人間に光あれ

差別なき社会をめざして

中山武敏

花伝社

父と母に捧げる

著者近影

布施辰治弁護士の墓前にて

人間に光あれ——差別なき社会をめざして◆目　次

第Ⅰ部　私の生き方

序文　「懐かしい」人との出会い

慶應義塾大学名誉教授、弁護士　小林　節

数年前、中山武敏先生に初めてお会いした時に感じたことは、なぜか、初対面なのにとても「懐かしい」という思いだった。不思議な体験である。以来、私は、いつ思い出しても中山先生が「懐かしい」。

私の原体験は、先天性障害児として苛められたことだった。でも、私は、父の規律と母の愛に守られて、道を外れずに育つことができた。だから、今でも毎月1回老母を訪ねると、心が休まり元気に仕事に帰って行くことができる。この同じ心の安らぎを、私は中山先生とお会いする度に感じることができる。

中山先生は、弁護士としての業績が示しているように、文字通り「闘う」男で「リーダー」である。だから、強さが前面に出る時や不動の大きさが見える時がある。しかし、普段は、とても優しい穏やかな方である。

そして、常に相手に対する心配ばりを忘れないお人柄はどのようにして形成されたのかを考えてみて、私は当たり前のことに気付いた。本書の中でも紹介されているが、損をしながらも筋を通して社会と闘い続けたお父上と、苦労から逃げずに働きながら愛情一杯で子供たちに向き合ったご母堂の下で中山先生は育った。このお二人のＤＮＡとご家庭が、中山先生の人格と能力を作ったのだ。

だから中山先生は、理不尽な就職差別に直面しても、人生から逃げず、正攻法で苦学生をやり切り、中大の夜学に学んで弁護士になり、今では業界では有名な存在である。実に清々しい見事な人生である。

私は、人生の理不尽を努力で克服して成功した人々とこの人生で何回も出会わせてもらったが、彼らには共通するものがある。皆、普通なら挫けて当然な苦労を堂堂と超えて来たためか、実に明るく、一見楽天的である。しかし、彼らは常に「アンテナを張った」状態で、外見は豪放磊落に見えても内面は知的で繊細で、イザという時には判断が早く瞬発力がある。中山先生も正にこういう偉人の一人である。

私生活でも中山先生は成功者である。先生は、誰もが認める上品で美しい奥方と三人のお子さんに恵まれ、明るいご家庭を築いた。

中山先生の人生には、幸福な人生を勝ち取る秘訣がちりばめられている。だから、特に若い人に本書を読むことを勧めたい。そして、ワクワクしながら、時に怒り笑いながら、人生を歩むための正義感と勇気と希望を高めてほしい。

第Ⅰ部　私の生き方

1　私の生い立ち

直方のこと

私は終戦前の年、１９４４年2月に福岡県直方市郊外の遠賀川のそばにある部落で生まれました。小学校1年生の秋まで直方の部落にいたのですが、ここは母の出身地です。

直方駅は筑豊炭田から集まってきた石炭を北九州工業地帯に送り出していて、ここには三菱の石炭を一時貯めておく場所がありました。直方駅からそこまで線路が繋がって、石炭を積み出していたのです。

貨物車が停まっていて、その線路の上に石炭が落ちています。それを直方の部落の女性が拾うのですが、そこに私も母と一緒に行っていました。粉状になっている石炭を拾ってきて団子を作り、燃料にするのです。

貨物車の下に潜り込んで石炭を拾うのは、非常に危険です。切り離された滑車が流れてきて、止まっていた滑車が動くこともあるのです。実際、滑車が動いてそこに挟まれ、両足を切断した女性がいました。そんな危険を冒してまで、部落の人は石炭を拾いに行かなければならなかったのです。

直方の部落ではほとんどの人がそうだったと思いますが、各家庭に風呂が無く共同の風呂があって、拾ってきた石炭を燃料にしていました。みんなで共同風呂に入って、掃除も当番でやっていましたから、非常に人間と人間の関係が密だった。そういうことが鮮明に記憶に残っています。

上京して大学に入り、上野英信さんの『追われゆく坑夫たち』（岩波新書）を読んだときは、本当にショックを受けました。この本は、地底で働いていた部落民や朝鮮人、土地を奪われた農民を描いています。１９６０年代、石炭から石油にエネルギー政策が転換され、坑夫たちは絶望の状況に置かれます。

また、『炭鉱の子等の小さな胸は燃えている――産炭地児童の生活記録集』（芝竹夫編著、文理書院）という筑豊の子どもたちの作文集があり、これも当時の状況がよくわかる本です。この中に小学校1年の女の子が「やけど」という題で書いた詩があります。

「やけど」　木村とし子（小1）

かあちゃんが
うちをほったらかして
あらい炭のじょお行くき
うちが顔にやけどした。
ようちえんもやらんで
ほったらかしちょくき
うちが湯をひっかぶってやけどした。
とうちゃんが
あとがのうなるまで
びょういんへ行かしてくれんき
顔のしわがようならん。
くすりをうんとこうてぬったら
こげな顔にならんとに。
学校で、みんなうちにおばけチ言う。

やけどを負って学校に行ったら友達はみんな自分のことを「おばけ」と言う。そんな状態は、「お母さんが自分をほったらかして、顔にやけどを負った」「お父さんが病院に連れて行ってくれなかったり、薬をうんと買うて塗ってくれなかったからこうなった」というのです。

「あらい炭のじょお行く」というのは炭を選別する仕事のことで、炭鉱での唯一女性の職場でした。当時、この選炭に従事する女性たちを選炭婦といいました。

石炭採掘のとき、石炭だけを選り分けて地下から掘り出すことはできません。燃料となる石炭と燃料とならない他の物（ボタ）が混ざった状態で地上に引き上げます。そのような状態の中から石炭だけを選り分けるのが選炭といわれていたのです。

私も小学校に上がる前、拾ってきた炭団子を燃料に火を起こした七輪を飛び越そうとして、その上に落ち、左足に今も大きな火傷の跡が残っています。だからこの作文の内容もそういうことと重なって、自分の生き方を考えていくきっかけとなったのです。

また、小学校5年の男の子が書いた「どろぼう」という題の詩があります。

「どろぼう」　深川九州男（小5）

父ちゃん
何し僕をどろぼうに行かするトか
悪いチ知っちょって
何し行かするトか。
待っちょってやるき

いもをほって来いチいうたり
どう線をぬすんで来いチいう。
僕、おとろしいトばい。
見つかったら
僕、どげんするとかい
けいさつにつれて行かれるトばい
先生にもおこられるトばい
そしたら僕どげんするとか。
父ちゃんがぬすんで来いチいうたチいうたら困ろうも。
よそのいもをほって食わんだチ
小使いげなくれんだチいいき
父ちゃん
もう、どろぼうせんごとしょう。

この子の父親はもう本当にわずかな賃金で働いており、それなのに酒をずっと飲んでいます。そして、自分が鉱山の銅線などを盗んで見つかれば退職金がなくなりますので、子どもに盗みに行かせるのです。それに対し、「恐ろしくてたまらん、お父さん、こんなことは止めよう」と書いている詩です。

盗みという現象だけを見て批判するのは簡単です。そうではなく、「そこにある問題の本質は何なのか」まで見つめていくことが大切です。そういった考え方ができるようになったのは、自分の体験が結びついているのだと思います。

久留米のこと

父の出身地は福岡県三井郡の草野町で、当時はまだ三井郡と呼ばれていましたが、今は合併して久留米市になりました。耳納山脈があって、すぐ筑後平野に続いている小さな部落です。

私の部落以外の所は、耳納山脈のふもとにあり、反対側は筑後平野が広がっています。だからみんな山とか畑があり、ミカンや柿がとれる裕福なところです。

ところが私の部落には、山も畑も田んぼもありません。だから靴の修理や日雇い、女性は廃品回収や草履作りをして生計を立てていました。

部落の人たちは、直方の部落を拠点として、筑豊炭田の鉱山をずっと掘削してまわります。私の父と母はそこで知り合うのです。

私が小学1年生の時、今度は父の地元である久留米の草野町の部落に移りました。草野の部落に移っても、父は靴修理業をしながら部落解放運動をやっていました。

私の部落は20軒くらいの小さな集落ですが、部落外からの混住は1軒もありませんし、当時は靴修理と日雇い、廃品回収、草履作りなどしか仕事がなく、生活は保障されていませんでした。だから部落のお母さん達は、お百姓さんの収穫が終わった後、何キロも離れた筑後平野までほおかぶりしてとう米袋をもって、田んぼに落ちているモミを集めに行くのです。

秋の間は、モミを水で洗って小石を拾い出し、食糧の足しにしていました。そういう米ですから、いくら拾い出しても食べると石が入っています。食べるとガリっとするのです。私は19歳で定時制高校を出て上京しましたが、その後も、田んぼに落ちているモミを集めるのは続いていました。米拾い、モミ拾いもやめられないという現実だったのです。

父の「差別の中を生き抜いて」という文章が部落解放文学賞の佳作に入選しましたが、その中で、父がこういう風に書いています。

この町に五十年前は杉の大木と竹藪で昼間でも薄暗い谷間に十五戸の部落があった。私は大正二年、現在の久留米市草野町の被差別部落に生まれた。私の部落はほとんどの部落がそうであるように農村地帯にありながら、手の平ほどの土地も持たなかった。子どもの頃の部落の生活は皆一様に困窮を極め、男たちは下駄のはがいに町をならして歩き、女たちは皮で草履をあみ、それを町へ出て売っていた。部落差別で他の仕事に事実上つけないので常に半失業状態でがつがつの生活を余儀なくされていた。

父の子どもの頃の状況を書いているのですが、私の子どもの頃の状況も、仕事の面や教育の面ではほとんど変わりがありません。

私の部落で働きながら夜間大学に行ったのは、私が第一号です。私よりももうちょっと上の世代になると、中学もほとんど行ってないし、中学に行っても悪さをするから殴られたりして放置状態がほとんどでした。

田川のこと

私は、「私の歩んでいる道」と題して、２０１４年9月29日に田川市香春町の町民センター町民ホールで人権講座の講演をしました。その時に田川市長が、「人権問題を自分の問題として捉える」ということをおっしゃいましたが、私も本当に、色々知ったこと、学んだこと、それから経験したことを、自分の生き方に活かしていくことをずっと続けています。この時、加治町長さんが定時制高校の先生だったという話を聞いて、私は定時制高校出身なので、本当に感銘を受けました。

田川には親戚がいっぱいあり、私の父が養子縁組している姉さんが田川に嫁ぎました。姉さんはもう亡くなっていますが、連れ合いとその子どもさんが田川で靴の修理をしています。

私の連れ合いは、靴屋の娘です。その兄弟が私の父の姉さんと結婚した人です。だから田川に行ったら親戚が何軒もありますし、本当に身近な所です。

部落差別について

（1）部落差別と教育

私は子どもの頃、友達から父・母の仕事をからかわれ、「クツ」「ボロ」とか、「お前のとこは火の玉が出て恐いところだ」などと色々言われました。中学の修学旅行もお金がなくて行けませんでした。

親父が教育熱心でしたから、私や兄貴は定時制高校に行きましたが、狭山事件の石川さんと同じような状況の人たちは、中学校に行っても勉強しないし、また素行が悪くもあったのです。

小学校も中学校も一緒の校舎でしたから、部落の青年が教師から殴られて鼻血を出して逃げたり、そういう状況を見てきました。

私は子どもの頃から動物や植物が好きで、ヤギを飼ったりしていました。ある時、気になったので中学校の理科の教師に「先生、ヤギにはダニがいるんですか?」と言ったら、先生は怒って「おう、いるくさ、今日も発心公園で捕まったやろうが」と言ったのです。

その日の朝の朝刊に「発心公園のダニ捕まる」との見出しが大きく出ていたのですが、それはうちの部落で私の親戚の青年のことでした。発心公園で花火大会があって喧嘩になり、落とし前にビールを向こうから差し入れさせました。それが恐喝罪にあたるとして逮捕され、「発心公園のダニ捕まる」と新聞に載ったのです。たったそれだけのことです。

同じ中山姓だから、その日は「嫌だな」と思いながら学校に行ったのですが、先生はそのように言いました。

当時、部落の子どもたちは教育から放置されていましたが、勉強しなくてはいけないと、私は初めて私の部落で大学に行きました。こうした経験から同和教育の学習に出て行った時は、勉強がいかに大切かということを話しています。

私の小さな部落からは、４人の教師が出ました。その中の1人が今、久留米市教育委員会人権同和教育課指導主事をしている中山信一さんです。教育がいかに大切か、それから教師の役割もいかに大きいかということです。

本当にいい先生もいました。例えば、私が修学旅行に行けなかったから、わざわざ土産を買って来てくれた先生もいます。

しかし、当時の部落問題というのは、先に述べたような状況だったのです。

（2）就職差別

私は中学を出て、就職先として鳥栖の専売公社の工場を受けました。１５００人くらいの中学生が私と一緒に受けており、今でも受験番号を覚えています。１１４９番です。中学の友達が「お前の番号はイチイチシクジルだから落ちる」と言ったものだから、それが残っているのです。

学力と適性検査がありました。私は負けず嫌いだったから、もちろん勉強は一生懸命していました。親父は自分が学校も行っていないし、勉強していないから、「勉強だけはしておかなきゃいかん」といつも言っていました。

私は学力と適性試験で35人合格したうちの1人として、鳥栖の専売公社で面接を受けました。そこまできたからということで、帽子のサイズ、靴のサイズ、作業服のサイズまで測りました。

その後身元調査ということになってはいましたが、１５００人受けて35人になっていますし、作業着の採すまでしたのだから、専売公社に入れるものと思っていました。

そしたら、1ケ月後になってからハガキ1枚が届いて、「今回は採用を見送ります」と通知がきました。父が中学校の校長先生に「これは身元調査の結果で、部落差別じゃないのか」と言って抗議したのですが、真相は明らかになりませんでした。

私が弁護士になって、専売公社の人たちと知り合いになる機会があったのでそのことを話すと、当時は縁故採用が多かったということです。そう言われてみると、面接の時、専売公社に知り合いがいる人といない人とに分けていたのです。

私の部落にはもちろん、専売公社というような職場に勤めている人など全くいません。仕事といったら廃品回収や靴修理などしかなく、就職差別があったことは間違いありません。

定時制高校時代

私は、久留米での4年間の定時制高校時代に、本当に自分の生き方が固まったと思っています。みんな色々な事情を抱えて来ていて、眠さや空腹を堪えて一生懸命勉強しているのです。その中で私自身、「困難から逃げてはいけない」「人間の価値で一番大切なことは、人としての温かさだ」といった考えを身に付けていきました。この経験を通じて、今日の自分があると思っています。

兄は定時制高校に行って、修学旅行にも行ったのですが、私は定時制の時も中学の時も、修学旅行には行っていません。修学旅行が終わったその次の日に学校へ行くのが、もう辛かった。みんなは修学旅行の話をしています。友達はみんな、私がお金がなくて修学旅行に行けなかったということを知らないのです。

弁護士になって色々と講演したりする中で、みんなは初めてそういうことがわかってきたようです。私が故郷に帰ると友達もみんな喜んでくれて、色々なことがあってもやっぱりみんなと連帯していく、そういう思いを抱き続けてきました。

定時制高校の4年間は、通学しながら働きました。初めは紙問屋で、そこで3ヶ月働きました。その後、久留米市内の理科の実験器具を販売している会社で、小学校や中学校や高校や専門学校に運ぶ仕事をしていました。

今も忘れられない思い出

久留米市内から何キロも離れた小学校や中学校、高校まで、硫酸や塩酸など学校で使うものを自転車で運ぶ仕事をしていたときのことです。

学校までは、久留米市内から八女の方に国道3号線を通って行くのですが、当時は舗装されていない所がいっぱいあって山道になっていました。

ある朝、小学校5年生が授業で使う粘土を運びました。粘土は、一つの大きさはそれほどではないのですが、学級全員分とか学年全員分になると本当に重い荷物になります。私は体が小さかったので、粘土を載せると自転車のハンドルが浮き上がった状態になるのです。冬の寒い日に、ふらふらしながら行っていたら、粘土を届ける広川小学校の入口の手前の3号線の坂で倒れてしまい、雨も降っていたこともあり、寒さと疲労で自転車を起こせず、どうしようもなくて泣いていました。

すると、通りかかった広川の町の魚屋さんが、自分も魚の荷物を持っていたのですが、わざわざ自転車を起こしてくれて、一緒に小学校まで粘土を運ぶのを手伝ってくださったのです。

その時のありがたさは、本当に忘れられないものですし、いつまでたってもその時のおじさんの、カッパを着ていた情景が浮かんできます。

こういうこともありました。佐賀県の方に行った時のことです。

帰りがけに自転車がパンクし、「今日は定時制高校へは行けないな」と思っていたら、血液バンクの青年がバイクで通りかかり、タイヤのパンクの修理道具を使って直してくれたのです。

定時制高校の時のそういう経験を通じて、勉強ができたり、絵がうまかったり、体操ができたりするのも一つの価値かもしれませんが、やはり、「人間の価値で一番大切なものは人としての温かさだ」と、本当に身に染みて学びました。

上京

東京に出て行く時は、「もう二度と久留米には帰れないかもしれない」と思っていました。

兄貴は長男で、わりとのほほんとしているところがありました。兄は、東京への修学旅行中に盲腸になり、「金を送れ」という電報が来ました。家に金はありません。私が働いて10円、20円と貯金していたお金を全部おろして送ったのです。だから私は、「もし東京に行って盲腸になったら大変だ」と思い、社会保険のあるうちに盲腸を切って、東京に上京してきました。

今は新幹線や飛行機がありますが、当時は久留米から東京まで急行で22時間くらいかかっていました。1963年3月31日に発って、東京に着き、次の日から中野の日本経済新聞の新聞販売店に住み込みで新聞配達を始めました。日本経済新聞だと当時は部数が多くないので、その年の5月1日、日本経済新聞から東中野の読売新聞の販売店に移って、拡張や集金までして大学の入学金を貯めました。私には、弁護士になりたい、部落差別と闘いたい、父・母を喜ばせてあげたいとの思いがあったのです。

その年の11月にケネディ大統領の暗殺事件が起こって、東中野駅前で読売新聞の号外を配ったことを覚えています。今は改善されましたが、当時、新聞配達というのは、休みはお正月だけなのです。正月の2日3日の朝刊だけが休みでした。それ以外の日は代わってくれる配達員がいないので、病気でも休めません。

みんな田舎から、大学とかを目指して出て来ています。もう大学に通っている人もいました。新聞配達で風邪を引いて、40度近い熱が出たのに、代わってくれる人がいませんから、夜中までかかって配達をやり抜いたこともあります。

大学時代

1年間、住み込みの新聞配達で働いて、私は中央大学法学部の夜間部に入りました。

夜間部ですので、昼間はデパートの配達、ビルの屋上から宣伝のアドバルーンを上げる仕事、小学校の夜警、ラーメンの配達などいろいろな仕事をやりました。

その後、大学の研究室で事務員を募集しているのでそれを受けました。

その時、面接官だった理事の方が、新聞配達をしながら苦労して弁護士になられた方でした。私も「新聞配達をして大学に入ってきた」ということを言いました。自分が新聞配達をされていますから、その苦しさが分かられているのです。「中山君だったらきちんと仕事をしてくれるのではないか」ということで採用されました。

新聞配達では苦しいこともありましたが、それを一つひとつやり抜いたことで、この事務の採用にもつながったのだと思います。

司法試験

当時、中央大学法学部は司法試験合格者を最も多く出していました。合格するためには、大学が公認する5つの受験団体があって、そこに入らなければなかなか受からないのですが、そこに入ること自体が30倍とか50倍とか、ものすごく難しい試験なのでした。

その1つに、中央大学の学長や教授、有名な裁判官を出している名門の研究室があって、私が事務員として採用されたのはそこでした。

大学の研究室には自分の部屋がありますし、受験生だけの特別な建物があります。そこに各団体が入って、学生が勉強しているのですが、みんな朝から夜中まで勉強しているのです。

受験生の先輩たちが、「中山君ね、勉強する時はこういう姿勢でしなきゃいけない。サツマイモのつるを引いたら芋がずっと連なっていくだろう。1つのことがあったら次のこととの関連とか、そういうことも考えた勉強をしなければいけない」「目次を見てどこに何が書いてあるかというところまで頭に入れておかなきゃいけない」「文字に出ていない行間、そこまで考えなきゃいかん」など、色々基本的なことを教えて下さいました。

もちろん、私は大学の研究室の事務員で、昼はそこで仕事をしなければいけませんので勉強時間を確保できません。そこで、大学の研究室に自分で持ち込んだベニヤ板を敷き、コンクリートの土間の上で冬も夏でも寝泊まりしました。夏はねずみやゴキブリが出たりしましたし、冬は寒かったです。

働いている研究室も勉強している研究室も同じ建物の中にありますから、仕事が終わったらすぐに自分の研究室に移動し、集中して勉強しました。独立した建物の中で夜中も勉強できますから、下宿と大学との往復時間を節約できますし、夜中に眠くなってくると大学の水道で水をかぶったりして勉強しました。

本当に、部落差別と闘いたい。人権侵害と闘いたい。こういうエネルギーが自分を支えてきました。

当時、研究室で勉強していた人もなかなか司法試験に受からなくて、10年や20年やっている人もいたのですが、私は卒業の年に受かりました。

私の司法試験合格には、私の部落の人たちも、直方の部落の人たちも、本当に自分のことのように喜んでくれました。

子どもの頃も私は一生懸命勉強していたのですが、「そんなに勉強して何でそのくらいの成績か」というぐらいしか出来ませんでした。東京に出て、勉強のやり方や、なぜそうなっているかなどを考えていくことの大切さを学びました。

腰が「く」の字のように曲がっても働いている母親や父親、うちの部落の人たちの役に立ちたい――その思いがエネルギーになって、今はロースクールが出来て１５００人くらいが合格しますが、当時は全国で５００人しか合格しない大変な試験に合格できたのです。

2　司法修習23期での出会い

任官拒否事件

私は１９６８年に司法試験に受かって司法修習生（23期）になりましたが、修習生時代も色々な経験をしました。

これも当時は大きく新聞に報道されましたが、私と仲が良かった7名の同期生が裁判官になれなかった任官拒否事件が起こりました。

司法修習23期生のことを朝日新聞が人脈記「弁護士の魂」（２００７年2月8日夕刊）で取り上げています。私の同期の弁護士は、人権問題や平和問題の第一線で闘っている人が多いのです。

学生運動のうねりをくぐった約５００人の同期生には、いまをときめく弁護士が多い。

ヤミ金融と闘う宇都宮健児（60）や木村達也（62）。日の丸・君が代の強制に抗する澤藤統一郎（63）。

元一橋大自治会委員長の梓澤和幸（63）は、強制退去を命じられた外国人の救済や、報道と人権の問題に力をそそぐ。

（中略）経済誌の「人気弁護士ランキング」ナンバー1になったビジネス弁護士久保利英明（62）も、かつて同じように運動にのめりこんだ。いま多くの会社の顧問をつとめ、「社会を変えるには企業を変えなければだめだ」とコンプライアンスを説く。

世直しを熱く語った世代が、さまざまな実を結んでいる。

この記事の中で、私も紹介されています。

中山武敏（63）は狭山事件再審の主任弁護人。九州の被差別部落に生まれ、定時制高校、大学の夜間部で学ぶ。修習時代は任官拒否の反対運動に没頭した。「虐げられている人の側で、が僕の原点」。

朝日新聞社は、「記録として残しておく」と言ってわざわざ写真を撮って載せてくれました。

司法研修所に入った頃、労働者に有利な判決がたくさん出たことで偏向裁判と言われ、裁判所が総攻撃を受けました。その流れの中で、憲法を守って、人権を守りたいと言っていた7人の司法修習生が、最高裁から裁判官不採用を言い渡されます。理由も示さずにです。

拒否をされた7名の修習生は、みんな勉強もできた人です。例えば、福岡出身で父親が福岡自治労の全国書記長をしていた安養寺龍彦君。彼は、お父さんの労働運動の生き方を見て、東大出であったのですが、「確かに限界はあっても自分は憲法を守る裁判官になりたい」と言っていました。安養寺君はその後、弁護士になって狭山弁護団に入り、「足跡」を担当してくれました。

それから私と一緒のクラスで仲が良かった友人は、小さい時、脊椎カリエスで結核菌が背中に入って身長が伸びなかった障がいを持っていたのですが、「障がいを持った人の苦しみが分かるので、私が裁判官になれば、そういった人たちの励みになるし、その苦しみが分かるような裁判がしたい」と言っていました。そういう7名の修習生を、最高裁は裁判官に採用しなかったのです。

それを見て僕たちは、自分の生き方をかけて最高裁と闘いました。

その時、「最高裁は不当だ」と訴えて先頭に立った修習生が、最高裁から罷免される事件が起こりました。1971年4月5日、最高裁は23期修了式で発言しようとした阪口徳雄クラス委員長を即日罷免したのです。私はこの時、阪口君にマイクを渡した当事者の一人でした。阪口君は、23期の7名が何故に任官拒否されたのかの理由を問いただしただけでした。石田和外最高裁長官は発言を聞いた後、退席しました。

ところが、石田長官はその後の5月2日、国家主義者、無政府主義者とともに、「共産主義者は少なくとも道義的には裁判官としては好ましくない」として、「裁判所はレッドパージはやらないが、訴追委員会などが動くことはあり得る」という発言をします。そして、「最高裁は2度と彼を採用しない。罷免を取り消すことはない」とまで言い切ったのです。

これに対する反対運動を展開した時、私の父親である中山重夫は、任官拒否された7名の修習生全員から墨汁で白い無地の法被に名前を書いてもらい、それを着て全国を回りました。私が父に頼まれ、署名を法被にもらってきたのです。最高裁に対する抗議です。

父が私に「阪口君からも書いてもらってくれ」と言うから、僕がみんなから名前を書いてもらって、父は法被を着て、直方の部落や久留米の部落で靴売りをしながら、署名を1人で1万2000筆も集めて来ました。私たちは、父の集めた1万2000もの署名を最高裁に提出しに行きました。その時父が着た法被は、今でも大切に保管してあります。

私は、任官拒否事件や阪口君のことも気になり、修習修了後1年間は弁護士活動をしませんでした。

私の父は、被差別者や私に期待してくれている人のためにも早く開業した方が良いとの意見でした。その時、「弁護士にならなくてもいい、労働者でいい」と言ってくれた妻の言葉が私を支えてくれました。

結局私は、狭山事件のこともあり、みんなから遅れて１年後に弁護士として開業しました。

１年後、最高裁長官が「２度と取り消すことはない」と言っていた阪口君を、最高裁は再び採用しました。阪口君は同期から２年遅れて弁護士になりました。石田長官は罷免を取り消すことはないと言っていたのですが、運動の力で阪口君は弁護士になれました。

西日本新聞の「ひと」欄（２０１１年11月４日）では、次のように私を紹介しています。

「思想を問わず人脈は広い。空襲訴訟団長を引き受け、２週間で弁護士を１００人超集めた。司法修習同期の仙谷由人元官房長官とは差別事件で共闘したこともある」

仙谷君も宇都宮君も同期ですが、当時、宇都宮君や僕とは異なり、仙谷君はわりとラディカルな考え方でした。でも、それぞれの考え方のちがいを超えて、みんな一緒になって最高裁と闘ったのです。だから仙谷君もその後、部落解放運動には非常に理解を示してくれて、狭山事件の弁護団にも加わってくれていました。

私は、「いかに色々な立場の人と連帯を広げていくか」という視点で今までずっと活動してきました。23期の友と出会い、それぞれの立場を超えて共に手を携えながら闘った経験を経て、私は狭山弁護団に入ることになります。

梓澤和幸君のこと

同期の梓澤和幸弁護士が著書『悲しいパスポート』（同時代社）の中で、「ほんとうの強さとは」と題して司法修習時代の任官拒否事件のことを書いています。

私はこの事件を通じて、裁判所の根幹を握っている機構がきわめて理不尽なものであることを身をもって知らされた。また、理由のない仕打ちで運命を左右されることがどれだけ大きな苦しみをもたらすかを知った。運動のはげしい日々のなかで、家庭を破壊されたり健康をがいしたりする友人も出た。また私は、この体験のなかで、高邁な理屈ではなく、友人を思いやるやさしさをもつ人こそほんとうの強さをもつ人なのだ、ということを学ばされた。

こんなことがあった。

裁判官志望の修習生のなかに、幼いころカリエスを病んだ障害者がいた。彼は授業中、教官から採用拒否を示唆するような場違いな質問をされた。そのことを不安に思った彼は、あるとき、「任官拒否を許さぬ会」の執行部の会合に出席し、「不安に思っていることを伝えたい」といった。

15人ほどがテーブルを囲む場所で彼が話を始めた。そのとき、1人の修習生が隣の友人と私語をかわしてふざけたようにみえた。

すると、彼の親友だった修習生が立ち上がって発言した。

「障害をかかえた彼がこの場に出てきてうったえることの重さを、この場の人たちはわかっていないのではないか。彼にとっては、人の前に出てしゃべるということ自体が苦痛とのたたかいなんだ。みんな、まじめに聞いていないんじゃないか」と。

批判された修習生は、「そんなつもりはない」といいながら反論した。

私はこの場面を何度も思いかえす。差別される側の心情をこれほどリアルに感じとっていなかった自分の鈍さを衝かれた思いがしたのだ。また、５００人の修習生がまとまって世論にうったえ、最高裁判所に改革をいどんでいくとき、こうした生身の人間のぶつかりあいが必要なのだということも思い知らされた。

学生時代、学生自治会の活動に参加することの多かった私は、この同期生の運動の中で、1人ひとりが仲間として助けあうことの大切さをいっそう学ぶことになった。連帯とは、イデオロギーの一致ではないということを。

弁護士としての体験を積むまえにいやおうなく経験することになったこれらの出来事は、いまも私の生きる姿勢の根底を支えている。

この、「彼の親友だった修習生が立ち上がって発言した」「この場の人たちは分かっていないのではないか」という発言をしたのは、私のことです。私もその時、部落差別の話をして「がんばれ」と励ましました。司法研修所では裁判教官や検察官が授業をするのですが、障がいのある彼が書いた答案を他の修習生に「こんな汚い字読めますかね」と言って、彼が勉強できないような雰囲気を作っていました。裁判官志望を自ら取り止めさせることを考えていたようでした。やはり彼は、任官を拒否されたのです。

梓澤弁護士が「裁判所の根幹を握っている機構がきわめて理不尽」というのは、司法研修所の教育が憲法と民主主義を無視して行われているからです。

私たちはそれに対し、反対運動を展開しました。当時の若手弁護士が中心となって東京の各区域内で「裁判の独立を守る会」が作られました。それが全国に広がっていくのですが、私は足立区で「裁判の独立を守る足立の会」というのを作って運動を作り出していきました。同期の3名は「最高裁は不当だ」と訴え、安養寺龍彦君らは最高裁の不当性を訴えました。

私も彼らも1年間は弁護士になりませんでしたが、同期の3名も最終的には弁護士となりました。

梓澤君は私が脳梗塞で倒れた時もすごく心配してくれて、何度も病院に駆けつけてくれました。とても心の優しい純粋な人です。

宇都宮健児君のこと

宇都宮健児弁護士とは、司法修習生の時に出会いました。23期の司法修習生7名に対する任官拒否を最高裁が決めたときでした。

私は狭山事件のこともあり、みんなから遅れて1年後に弁護士として開業しました。宇都宮君は私に、「君は部落問題をやれ、自分はサラ金問題をやる」と当時言っていました。

宇都宮君は、2010年、日弁連会長に当選しました。私は東京大空襲訴訟の弁護団長として、原告団長の星野弘さんとともに、日弁連会長との面会が実現しました。宇都宮君や海渡雄一さんの努力で、私も日弁連立法対策センターの委員にもなれました。

宇都宮君は、2012年、これまでの慣行を破って日弁連会長に再度立候補しました。その時、私が弁護士仲間に支援を呼びかけた文があります。

宇都宮支持を訴える

同期の宇都宮健児弁護士が日弁連会長再選挙に立候補しました。

宇都宮弁護士は、日弁連会長として、大阪市が市職員に対し組合活動の参加経験等を問うアンケート調査を実施しようとした問題では会長声明を発表し、アンケート中止に至る契機にもなりました。

石原東京都知事や橋下大阪市長らのファシズム的言動を歓迎するかの動きが強まり、マスコミも劣化し、彼らの言動の本質に迫った報道をしていません。

私と共に民間人空襲被害者の差別なき戦後補償を求める「全国空襲被害者連絡協議会」の共同代表を

している斎藤貴男さんは、その著『安心のファシズム』（岩波新書）の中で「ファシズムは、そよ風とともにやってくる。これもまた珍しくもない常套句だが、かつ、忘れてはならない警句でもある。独裁者の強権政治だけではファシズムは成立しない。自由の放擲と隷従を積極的に求める民衆の心性ゆえに、それは命脈を保つのだ。不安や怯え、恐怖、贖罪意識その他諸々——大部分は巧みに誘導された結果だが——が、より強大な権力と巨大テクノロジーと利便性に支配される安心を欲し、これ以上のファシズムを招けば、私たちはやがて、確実に裏切られよう。」と書かれています。

先日、私の隣家の早乙女勝元さんの80歳の傘寿を祝う会をし、マスコミ関係者、弁護士等など約100名が参加されました。宇都宮弁護士からも「傘寿、おめでとうございます。学生時代に早乙女勝元さんの『下町の故郷』を読み大変感動した思い出があります。これからもお元気で、反戦平和の訴えを続けて下さるよう祈念致します」とのメッセージがよせられました。

私は、同会のまとめの挨拶で、早乙女先生がドイツの「ブーヘンワルト強制収容所」を訪ねられた時のことを書かれた『わが子と訪ねた死者の森収容所』（中公新書）の一節を引用しました。

ナチスは、1928年の国会選挙で12議席だったものが、5年間で230議席になり第1党となり、1933年1月政権獲得し、わずか半年のうちに共産党弾圧・非合法化、全労働組合解散、社会民主党禁止、ユダヤ人排斥・迫害とファシズム体制を固めらてしまっている。

同著で早乙女先生は、「ワイマール共和国崩壊の歴史をふりかえるとき私は、ベルリンの名牧師としてナチスに抵抗し、1937年以降、強制収容所に捕われの身となった神学者マルチン・ニーメラーの、深い悔恨をこめた回想記を思い出さずにいられない。

共産党員が迫害された。私は党員でないからじっとしていた。社会党員が弾圧された。私は党員でないからやはりじっとしていた。学校が、図書館が、組合が弾圧された。やはり私には直接的な関係はなかった。教会が迫害された。私は牧師だから立ちあがった。しかし、そのときはもう遅すぎた。……」と書かれている。

秘密保全法が準備され、衆参両院の憲法審査会もいつでも動き出せる体制がつくられています。このような状況の中で、派閥に依拠し、派閥の動向に左右される候補者に、日弁連のかじ取りを任すことはできないと思います。

宇都宮弁護士は、思想・信条により同期の7人の司法修習生が最高裁に任官採用拒否された時も、同期の仲間と共に自らの資格と生き方をかけて闘いました。

宇都宮支持を心から呼びかけます。

宇都宮君の日弁連会長再選は惜しくもなりませんでしたが、これまで名誉職になりがちであった日弁連会長という地位を意味あるものにした、素晴らしい闘いでした。

その後、２０１２年、２０１４年、２０１６年と3度、宇都宮君は東京都知事選に立候補を表明しました。宇都宮君とは2回の都知事選の選対本部長として行動を共にしましたが、候補者の「一本化」問題などについても運動体の中で紆余曲折がありました。

「宇都宮選対が共産党に仕切られている」「宇都宮自身は脱原発派の一本化に前向きなのに、共産党が羽交い締めにしている」などの根も葉もないデマがインターネット上などで繰り返されましたが、「希望のまち東京をつくる会」が中心となった都知事選は、「選対をはじめ、事務局もすべて個人の自発的意思で参加した人たちによって構成された市民選挙であり、組織動員でない多くのボランティアによって支えられていました。共産党も含めて政党が、選挙方針にかんしてわたしたちの意思決定に介入することは一切ありませんでした」と書かれています。

左から筆者、宇都宮健児弁護士、福島瑞穂議員、鎌田慧氏

私は、選挙母体「希望のまち東京をつくる会」の代表で選対本部長でしたが、選対は、「希望のまち東京をつくる会、宇都宮候補の掲げる政策を支持される個人、団体、政党はみな対等・平等」の原則を確認し、誠実に実行しました。だからこそ１００万票近くの支持を得られたのです。

宇都宮君は「善戦、健闘した選挙戦でしたが、保守層の固い岩盤を掘り崩すことはできなかった。コツコツと市民運動を広げていく地道な努力が必要なことは言うまでもありませんが、これからの市民運動がどうあるべきか、より深く考えることも必要でしょう」と彼の著書の中で述べています。

今後の都知事を含めた選挙に、貴重な教訓を示唆するものです。

児玉勇二君のこと

児玉勇二君は23期の同期生でクラスも一緒でした。彼とは、友情、生き方についても語り合いました。私の終生の友です。

私が東京大空襲訴訟の弁護団長、彼が副団長をしました。重慶にも彼と一緒に行きました。植村訴訟の弁護団会議にも毎回参加してくれています。

私が脳梗塞で倒れた時にも、宇都宮君と児玉君が駆け付けてくれて、私の抱えていた事件を引き継いでくれました。二人とも無二の親友です。

安田秀士君のこと

『生命燦燦―ガン闘病の手記　長良川へ還る日のために―』（現代創造社）の著者である安田秀士君も、私の修習生の同期でした。

彼は、1995年10月1日に死去しました。彼は著書の中でこう書いています。

死について考える
私の友人で部落解放同盟の顧問弁護士をしている中山武敏君の亡き父重夫氏は、死の直前に「人はこの世に生まれたら、一度は必ず死なねばならなぬ。重要なことは意義ある生き方をして価値ある死を得ることである」と書き残されたという。

氏はまた、人間は貴賤の別はなく天皇も部落民も平等であるはずであり「天皇制は天皇を貴い人間として国民と区別する制度である以上、何としても天皇制をなくさないかぎり、万人は真の人間となることはできない」と強調されている。

この考えは『橋のない川』の作者・住井すゑ氏も強調されているところであり、私もまったく同感です。そして、万人の生が平等であるように、人間の死は誰の死も等しく価値のあるものだと私は思うのです。

問題は死に直面している当の本人が自分の「死」を価値ある死として受容できるかどうかにかかって

いるのだと思います。それができるということは、自己の「生」を価値ある生であったと満足できるということと同一のことだと思うのです。

私は仏教のことを研究したことはありませんが、親鸞が「成仏」について説いているところは、このような生と死の弁証法にほかならないという気がしています。

心を無にしてひたすら信心し、南無阿弥陀仏と唱えることによって誰でも成仏できるというのであり、その思想の根底には万民の死は平等であるという思想が流れているように思います。

1995・7・11記

彼が私にくれた一文「中山武敏君のこと」は、彼が死を覚悟して書き残していたものです。

中山武敏君のこと

①私が彼に初めて会ったのは恐らく1970年夏頃で、23期修習生の「許さぬ会」結成に向けての動きが活発化し、その準備会の席で顔を合わせたのではないかと思う。私は名古屋修習で彼は福岡修習であり、彼は九州出身であった。

②彼が中央大学の法学部の二部（夜間）の出身で昼間働きながら夜学に通って、それで司法試験に若くして合格してきていることだけで私には十分興味深かった。しかも利己的なところがなくて社会の貧しい人々のために役立つ弁護士になりたいという高い志を持っていることに私は感動した。

③やがて彼が「部落」民であることを知るようになり、部落差別が現在もなお生きている生々しい事実を聞かされるようになった。彼は被害者としての立場からそのように厳しい話を私に話し聞かせる時にも相手を批難する姿勢が少しもなくて、むしろおおらかに包みながら話してくれるのです。

私はそれだけ差別にあいながら、人を憎むことなく、社会を呪うことなく、社会の民社化と部落差別解消のために献身しようというおおらかな気持ちでいられるのが不思議であった。

④ところが後期修習になって東京に戻ってから、東京に出てきて彼の下宿で彼と同居するようになった彼の父親と会った時に私のなぞは氷解した。

「この父親にしてこの子あり」父親がこんなに心の大きい人であるならば彼の心も広くても少しも不思議でないと思った。

23 期の志したもの

私や阪口君、梓澤君、宇都宮君、児玉君、安田君等が目指したものは、人間としての尊厳であると思います。

私は部落差別に関わる酷い事件を担当しましたが、自分の生い立ちの中で、人間は必ず変われるものだと思っています。

世界人権宣言も、第二次世界大戦の悲惨で残虐な行為は、人権の軽視によるものであることを踏まえて生まれたものです。一人ひとりが自分の持っている弱さを見つけていって、本当に人権を守るような人間になっていく。そしてお互いに個人を尊重していくことが大切だと思います。

恵まれた環境に育った者には、差別が人間にとっていかに耐え難いものであるかを共感することは困難であるかもしれない。しかし事実を知り、虐げられたものの立場で想像力を働かせることによって、差別される側の痛み、苦しみ、悲しみを共有することができると信じています。

司法研修所の在り方とは

当時の司法研修所では、「裁判官になる人間は汽車もグリーン車に乗らなければいけない。労働者の出入りするような赤提灯の所には飲みにいったりしちゃいけない」ということを、本当に最高裁の司法研修教官が言っていました。

例えば労働者の出入りする赤提灯に行って労働者とたまたま知り合いになると、その人が裁判にかかってきたとしたら知り合いということだけで裁判の公正が失われる――こういう教育をしていました。裁判官になる人間を社会から切り離して純粋培養で育てていくということが、当時からなされていたのです。そしてまた人権感覚豊かな人は裁判官にしないということがなされて、まさにそういうことがおこっていたのです。

その後、司法研修所では「全ての証拠がそろって有罪を認定するなら苦労はない。少ない証拠でいかに有罪を認定するか、が研修所でやることだ。捜査にそんなに時間をかけていたのでは国民の税金の無駄使いになる。従って、迅速な裁判をする必要がある。そのためにはある程度誤判のリスクはあってもやむをえない。刑事訴訟の本には、一人の無実の人間も罰してはいけない、と書いてあるが、今の検察は優秀で99%有罪だから裁判官としては一人の有罪の者も取り逃がすな、という考えが必要である」。こういう教育がずっとなされています。

だから、免田事件、財田川事件、松山事件、島田事件のように、三十何年間にわたって死刑判決が維持されていたものが間違いということで、再審裁判において無罪判決がでていくという、世界の裁判史上、人権史上例のないことが日本で現実におこっているのです。

これは、やっぱり一つは裁判制度そのもの、特に裁判官の養成課程に大きな問題があると言わざるを得ません。

3　弁護士としての原点

布施辰治弁護士との不思議な接点

久留米の被差別部落では、私の父方の叔父中山島蔵（祖父の弟）が、私が弁護士になったことを非常に喜んでくれて、自分が若い時に着ていて大事に保管していた袴をお祝いに私に贈呈してくれました。そしてその叔父さんがこういうことを話してくれました。

「自分が若い時、郷里の福岡・久留米の被差別部落から上京し、東京で早稲田大学の前とかで靴の修理をしていたある時、警察官から差別言動を受け、不当逮捕までされそうになった。その時に布施辰治弁護士がかけつけて自分を助けてくれた。一時期、布施弁護士のところに下宿させてもらっていたこともある」

叔父さんの孫の中山信一君に、この話について何か記録として残っていないかどうかを調べてもらいました。

すると、この警察官による差別事件の顛末が、水平社の機関紙である『水平月報』１９２５（大正14）年10月15日付に大きく報じられていることがわかりました。

同月報の「戦跡より」との見出しの箇所での記事の要旨は以下のとおりです。

――九州のある同人が東京市内で靴の修繕をやっているとき、ちょっとしたことから神田錦警察署に連れていかれ、荒川警部補が、「福岡県の靴屋は皆新平民だ」との言語道断の沙汰の言動をなした。

東京水平社本部からの応援ですぐに荒川警部補と面談したが、同人は、「俺は新平民とは言わぬ、水平民と言ったのだ」と謝罪しないし、署長も部下の誤りを認めない。

そこで東京の深川武君、大阪の山田金太郎君ほか四、五名が警視総監を訪ねて色々交渉を重ねた末に荒川警部補は休職となり署長も訓戒となって、東京朝日、東京報知、東京時事の三新聞に謝罪広告を出すことになって解決した。相手が警部補であろうと署長であろうと決して恐れることはない――

このような内容の記事で、全国水平社、九州水平社宛ての大正一四年八月九日付元警視庁警部補荒木盛三郎の謝罪広告も掲載されています。

同紙面には、「戦ひの跡」との見出しで、戦前松本治一郎先生（私は子どもの頃、亡父から松本先生の部落差別に抗しての闘いの話を聴き、敬愛の念から先生と呼んでいます）と行動を共にされた東京水平社の深川武さんの報告の記事も掲載されています。

「去る七月二一日、東京神田錦警察署人事相談係主任荒川盛三郎警部補が福岡県三井郡水平社同人中山島蔵氏に対し、同署に於いて侮辱の言を弄したる事件は

一、謝罪状提出

一、謝罪広告を都下の時事、報知、朝日の三新聞に出し

一、錦町署長山口警視の口頭陳謝

警視庁当局はこれを甚だ遺憾とし事情調査の上、荒川警部補に断然休職を命じ、署長を戒めここに解決を告げた、当時の謝罪廣告文は別項記載のとおりです。東京市外中野町二八一八　深川武」

事件を報告した深川武さんの部落差別、人間解放の遺志は、息子さんの故深川不二夫さんに引き継がれ、不二夫さんは、解放同盟の東京・台東支部の支部長もなされました。私とは気持ちが通じ合い、1977年4月、東京都日中友好都民の翼代表団（団長：宇都宮徳馬）と一緒に訪中したりして、親しくしていただきました。

深川武さんの弟さんももう亡くなられましたが、私が弁護士になった当初の頃はご健在で、埼玉に住んでおられました。借家の明渡しを求められ裁判になっていましたが、私が代理人になり、明け渡さなくてもい

いように解決しました。

私の叔父が布施弁護士や深川武さんらに助けられ、私も深川武さんの弟さんのお役にたち、いろいろの闘いは繋がっていると実感しています。

弁護士布施辰治と部落解放運動

（1）布施辰治弁護士とは

布施辰治弁護士は、１８８０年11月、宮城県牡鹿郡蛇田村（現在の石巻市）の農家に生まれ、１８９９年上京、１９０２年明治法律学校（明治大学の前身）を卒業し、判事検事登用試験に合格し、司法官試補として宇都宮地方裁判所に赴任するも翌年には辞職、以後、官憲の弾圧にも屈することなく在野の弁護士としての生涯をおくられました。

同弁護士は、普通選挙運動、労働争議、農民運動、朝鮮独立運動事件、水平社の闘い、日本共産党３・15弾圧事件等の弁護活動を人間的立場から展開されています。

３・15事件の弁護活動が不当とされて懲戒裁判所に起訴され、１９３２年、弁護士除名判決が確定して弁護士資格を失います（33年12月皇太子誕生恩赦で資格復活）。33年新聞紙法違反事件で禁固３カ月が確定し、豊多摩刑務所に収監されます。

出所後、同年９月、日本労農弁護士団の治安維持法違反事件に連座し、逮捕・勾留（35年３月保釈）、39年５月、懲役２年の判決が確定し、再度弁護士資格を剥奪されるとともに同年６月千葉刑務所に収監されています（40年７月恩赦減刑出所）。

１９４５年８月15日の敗戦で弁護士資格が復活し、弁護士活動を再開、食糧メーデー事件、三鷹事件（弁護団長）、血のメーデー事件、大阪吹田事件等の社会的著名事件を担当されています（布施柑治著『ある弁

布施辰治弁護士の墓前にて

護士の生涯――布施辰治』（岩波新書）より）。

（2）布施弁護士と部落解放運動

移転前の東京・六本木の松本治一郎記念会館内には、戦前の水平社の大会で演説している故布施辰治弁護士と同大会議長の故松本治一郎先生が一緒に写っている写真が展示されていました。１９５３年9月13日、内臓癌で死去され、同月24日の日比谷公会堂で開かれた告別式での葬儀委員長は松本治一郎先生でした。

１９２２年3月3日、全国水平社が創立され、差別事件に対する大衆的な抗議活動、糾弾闘争は全国的に燎原の火の如く広がり、翌年には、抗議、糾弾件数は１０００件を超えています。

１９２５年5月、時の検事総長小山松吉は、「水平社の糾弾は社会の秩序を紊乱するもので断じて許容すべからざる行為」との訓話を発し、官憲は水平社の運動に対し、脅迫罪、強要罪、騒擾罪での検挙、徹底弾圧の方針で臨んでいます。

一連の水平社の弾圧事件の弁護活動に従事したのが、布施辰治弁護士です。

東京・池袋にある同弁護士の菩提寺の墓碑銘となって

いる「生きべくんば民衆とともに　死すべくんば民衆のために」との句は、民衆のための法律家を志す弁護士の心を強くとらえています。しかし、その句が、部落差別の不条理に対する人間的怒りと連帯の心情から発想されたものであることは、あまり知られていません。

同弁護士は社会派人権弁護士として、戦前から戦後にかけて著名でしたが、近年、再び知られるようになりました。その契機となったのは、韓国の人気テレビ番組「PD手帳」で「発掘　日本人シンドラー布施辰治」が放映され、同弁護士生誕120年の記念日である2000年11月13日、ソウル国会議員会館で布施先生記念国際学術大会が開催され、2004年10月15日、韓国政府が同弁護士に建国勲章を授与したことが日本でも報道されたことによります。

劇団前進座創作劇「生くべくんば死すべくんば　弁護士布施辰治」の上演や、同弁護士の孫の大石進著『弁護士布施辰治』（西田書店）等の著作が発刊されています。

農民の入会権の闘いのドキュメンタリーである山形国際ドキュメンタリー映画祭2009年特別招待作品「こつなぎ――山を巡る百年物語」にも布施辰治弁護士が登場し、「生きべくんば」の句も紹介されています。しかし、この句が生まれた背景は、このドキュメンタリーでも前進座の創作劇でも触れられていないし、同弁護士と水平社運動と関わりについても描かれたり書かれたりしていません。

（3）世良田村事件と布施辰治弁護士

「生きべくんば」の句は、群馬の世良田村事件の弁護をされて現場に行かれて、その時の悲惨な状況を見た憤りからだと、同弁護士の息子さんの布施柑治著『ある弁護士の生涯――布施辰治』（岩波新書）に書かれています。

「大正一四年一月、群馬県世良田村の未解放部落が他の部落民に襲撃された事件が起った。F氏（布施辰治弁護士）は現地へ行き、一二〇名の部落民に対して実に冷酷無惨な暴行と家財焼き捨てが三時間にわたって計画的に行われたあとを見た。しかも無抵抗で襲撃された被害者の側も起訴された。F氏の墓石に刻まれた自作の句〝生きべくんば民衆とともに死すべくんば民衆のために〟はこの事件の印象に発想している」とあります。

世良田村事件というのは、1925年1月18日、群馬県世良田村で、被差別部落が暴民によって襲撃された事件です。

「俺はチョーリンボではない」（部落民を意味する差別語―引用者）と幾度も村民の差別発言がなされたことに対して、水平社が抗議し、差別撤廃講演会が開催されることとなりました。

講演会開催に反対する暴民2000名が被差別部落（戸数23、人口120人）を襲撃し、部落民をメッタ打ちにし家の中まで侵入、家財道具を外に持ち出し、打ち壊し、火をつけ、金品を略奪し、部落民35名が負傷した差別事件です。

強盗、強盗致傷、放火罪にも該当する重大事件であるにもかかわらず、傷害罪等で起訴された暴民23人の判決は、懲役3月から6月で13人が執行猶予で実刑は10人です。他方、被害者である水平社側は5人が起訴され、判決は全員5月から6月の実刑です。前記のとおり官憲は、水平社の抗議活動、差別糾弾を違法として徹底弾圧の方針で臨んでいるのです。

官憲は水平社を壊滅するために、松本治一郎水平社議長らが、徳川家16代当主であり、正二位・大勲位・公爵という位階・勲等・爵位をもち、貴族院議長であった徳川家達を暗殺しようとしたとする「暗殺予備事件」や「福岡連隊爆破陰謀事件」をデッチあげて松本議長らを検挙し、弾圧しています。

これらの事件も布施弁護士が弁護活動をなしています。布施弁護士はトルストイの弟子として、「階級運動の徳義はもっとも抑圧されている者をまず解放しなければならない」と信じていました。

部落解放運動の視点から弁護士布施辰治に光を当てられることを、心から望んでいます。

4　部落解放運動と私――部落解放・人間解放を求めて

人の世に熱あれ、人間に光あれ

１９２２年３月３日、京都の旧岡崎公会堂（現在の京都会館）で「人間を尊敬する事によって自ら解放せんとする者の集団運動を起こせるは、寧ろ必然である」「人の世に熱あれ、人間に光あれ」と謳う水平社宣言を発し、部落差別からの解放、人間の尊厳を求めて全国水平社が創立されました。

戦前にあっては権力の弾圧で獄に繋がれた松本治一郎全国水平社議長（戦後実施第１回普通選挙選出初代参議院副議長）を始め、一連の水平社の弾圧事件を弁護した布施辰治弁護士らの権力に抗しての闘い、戦後そして現在も、全国水平社の精神を受け継ぎ、真摯に部落差別の解消、人間解放、人間の尊厳の確立に向け、自らの生き方をかけての活動を継続している部落（被差別部落）内外の心ある多くの人々がいます。

これらのことを伝えていくことも、私の役割の一つだと思っています。

日本社会に現存する部落差別と差別の痛み、悲しみ

今どき部落差別はない、部落差別は過去の問題、あっても大した問題ではないとの見解もあります。

部落問題に関係してエセ同和行為・利権・不祥事も多発し、かかる行為がさらに部落差別を助長させ、部落解放運動の存在意義そのものを否定する動きも勢いを増しています。

しかし、どのような社会、どのような運動にもふとどきな者はいるものです。権力はその矛盾を利用し、民衆の連帯に楔を打ち込んできているのです。

私の弁護士生活も半世紀近くが過ぎましたが、これまで部落差別にかかわる酷い事件を何件も担当してき

ました。現在も部落差別事件は全国で多発しています。近年の2件の差別事件を以下記します。

（1）高校教諭による差別事件

2010年9月から10月にかけ、高校教諭が生徒の父親宛てに、部落（被差別部落）を中傷し、脅迫する文書6通を送付する事件が発生しました。

いずれの文書も差出人は偽名で最初の文書の内容は、「今の子どもたち3人に一人は、きさまらには緑の血が流れていると思っていることを知っているのか。人ではない、いわゆる非人だと信じていることを知っているのか」「しょせん、きさまが誰からも相手にされない部落だから　その周りにはだれもよってこないだろ　くさいものには蓋、これしかない　とっととあきらめて、消え失せてほしい　存在そのものがうっとうしくて、カビくさい」等と記載されていました。6通目の文書には、「さんず（三途）のかわ（川）を渡れ」「しょうてん（昇天）しなさい」等と書かれていました。

文書を受け取った父親は、見えない相手の陰湿な行動に恐怖心を覚え、心身のバランスを崩し、病院で診察を受けたところ「十二指腸潰瘍」と診断され、仕事も一時休職せざるを得ない状態にまで追いつめられました。

差別文書を送付した高校教師は、脅迫罪、偽計業務妨害罪で逮捕、起訴され、裁判で懲役1年6カ月執行猶予3年の有罪判決が確定しました。この事件は全国紙、テレビでも報道されました。

被害者父親は、子どものころから私が可愛がっていた私の甥です。

（2）連続大量差別はがき事件

熊本の菊池恵楓園のハンセン病回復者の宿泊拒否事件で、ホテル支配人が宿泊拒否を謝罪している場面がテレビ等で報道されました。その後、謝罪している者になお責任を追及したとして、恵楓園に何百通もの抗議、誹謗中傷の手紙が寄せられています。

２０１２年５月、「ハンセン病差別の二重構造と私たちの責任」との演題での徳田靖之弁護士の講演を拝聴しました。同弁護士は、「この何百通の中で手紙を書いた人の多くは普通の市民で、中には、ハンセン病患者・元患者を隔離してきた国の政策を違憲とした熊本地裁判決を喜んでくれた人も含まれているでしょう。でも権利を侵害された者が自分たちの権利を主張すると、同情が嫌悪や非難に変わる」と述べられていました。

同弁護士は講演で、何通かの誹謗中傷の手紙を紹介し、実在の部落出身者U名で出された手紙にも触れられました。名前を使われたU君を私はよく知っています。U君は部落差別はもとより、一切の差別をなくすために誠実に活動している、信頼できる解放運動の活動家です。

恵楓園にU君の名で出された手紙には、「お前たちハンセン病にかかった奴らはハンセン病の発病の時点で人間ではなくなった。ダニやゴキブリやハエやノミやシラミやうじ虫よりもバカでアホでうざったくて汚い下等単細胞生物になったのである。おくればせながらハンセン病発病心よりおめでとうございます」「ホテルというところは人間が泊まるところであってお前たちのようにハンセン患者のような人間でないダニどもが泊まるところではない」「ホテルへあやまれ」等々の内容が書かれていました。

その頃、U君のもとにも、菊池恵楓園へ手紙を書いて出したAから連続して差別ハガキが送られて来ていました。AはU君の名前で、U君の住所を配送先として書籍（約１万７０００円）をハガキで注文しました。「荷物」はその後、たて続けに送られるようになり、英語教材、政党機関紙、結婚相談所への登録、芝刈り機の注文までしています。

陰湿な嫌がらせ行為はエスカレートし、U君の自宅に直接、「殺す」と脅迫するハガキが連日送られてくるようになります。誰が投函しているか特定できないように、郵便局の消印は東京中央局、東京上野局、渋谷局、本所局と転々と場所を移動しながら投函されています。

「人間はお前たち特殊部落出身のえた共とは同じ社会で生活するなんてイヤなんだよ。さっさと死んでくれよ。生きていても迷惑なんだよ」「えた非人は日本のダニ。一匹のこらず身元を公表して人間社会を追放してやる。お前たちの身元を暴くとその地区に住めなくなるため、どんどん暴いてやる。お前の身元ももっと広い地域に公開してやるぞ」「U、特殊部落出身のえた非人。お前は人間じゃない、ダニやシラミやうじ虫のような汚れた奴だ。生きている価値など全くない。生きている価値など全くない。生きている資格がない。U、お前は非国民であり、国家の敵だ。正義の名において、必ず天誅がくわえられろ」等々との内容です。

U君は、前記私の甥と同じように、毎日見えない恐怖、怒り、不安から夜も眠れず、精神的安定を保つことが困難になり、肉体的にもぎりぎりの状態にまで追いつめられています。

AはU君の身元の公開を実行し、U君の住むアパートの大家さんに「Uは特殊部落出身のえた身分の奴です。士農工商えた非人のえたです」「大変危険でおそろしい奴らなのです」とのハガキを送付しています。さらにAはアパート周辺住民にも差別扇動のハガキを郵送しました。住民の一人は大家さんを訪問し、近所のかなりの人に同じハガキがきている、Uさんに出ていってもらった方がみんな安心できると言って帰っています。大家さんからその事を聞かされたU君は目の前が真っ暗になり、全身から血の気が引くのを感じたと語っています。

U君周辺住民への差別扇動は執拗に繰り返され、U君以外の複数の被害者に対しても行われています。Aは、２００３年５月から04年10月にかけて、東京を中心にU君を始め全国の部落出身者等に差別ハガキ・手紙等を約４００通も発送しています。

Aは、U君らへの脅迫、名誉毀損、恵楓園へのU君の私印偽造・同行使等６つの犯罪事実で、２００５年７月１日、東京地裁で、懲役２年の実刑判決を宣告され、刑の確定、服役、現在は出所しています。

判決は、量刑の理由の中で、「被告人は、就職がうまくいかないことなどから社会に対し屈折した気持ちや劣等感を抱き、これを発散させようと考え、何の面識もない各被害者を対象に、住所等を調べた上で、各犯行に及んでいる。これらの各犯行において、被告人は、他者の名を語るという匿名的な手法で、はがき等にいずれも不当極まりない差別表現を執ように記載しており、そのこと自体が強固な犯行の意思を被害者らに伝えるものともなっており、名誉毀損や脅迫の各被害者は、被告人のこのような犯行の被害に遭い、精神的苦痛を受け、身の不安を感じるなどしている。とりわけ被害者のうち一名は、被告人から三度にわたりその生命を脅かす旨の脅迫文言を記載したはがきを送りつけられた上、前述のような署名の冒用や名誉毀損といった執ような攻撃を受けており、その被害者の受けた恐怖感や精神的苦痛は大きいものがある」「被告人のために考慮すべき一切の事情を考慮に入れても、被告人については、主文の実刑に処するのが相当であると判断した」と判示しています。

ジャーナリストの斎藤貴男さんは、その著書『安心のファシズム』（岩波新書）の中でAのはがき文言を取り上げ、「自分自身の不満を、それこそ自己責任で解決できない人々による、結局のところ鬱積晴らしでしかない」と分析し、同著あとがきに「独裁者の強権政治だけでファシズムは成立しない。自由の放擲と隷従を積極的に求める民衆の心性ゆえに、それは命脈を保つのだ。」と指摘します。

２０１２年に全国水平社創立から90年を迎えました。しかし、いまだに差別事件はあとを絶ちません。上記以外にも、「俺はこの度、貴様が江戸時代における穢多非人即ち特殊部落民の子孫であるという秘密をつきとめた。この秘密を日本中に暴露宣伝されたくなければ即金で五〇〇万円持ってこい。もし拒絶すれば貴様は徹底的な嫌がらせを受け、従来の如き平民並みの生活を営むことができなくなるであろう」等と記載された文書が部落出身者個人宅などに合計25通郵送された連続差別脅迫事件等と、全国で部落差別事件は多発しています。

２０１１年11月には、戸籍謄本等職務上請求書を偽造して戸籍謄本や住民票を不正取得したとして「プライム総合法律事務所」（東京・千代田区）社長、司法書士、元弁護士など5名が逮捕された「プライム事件」も発生しました。

この事件では1万件にのぼる戸籍謄本等の不正取得の実態や裏ルートの存在も明らかになっています。プライム社社長は法廷で、「依頼の85～90％は、結婚相手の身元調査と浮気調査だった」と証言しており、報道では、主犯のプライム社社長と探偵社社長の２人は、３年間に２億３５００万円の利益を得たとされています。

大阪を中心に土地差別調査事件も発生しています。同和地区かどうかを調べるリサーチ会社、それを依頼した広告会社、広告会社がリサーチ会社から受け取った報告書をデベロッパーである不動産業者へ持って行くという三者の構造がこの事件の特徴です。

結婚相手が部落出身者（同和地区出身者）ではないか、土地・住宅を取得する際にその地域が部落（同和地区）ではないかとの調査がビジネスとして成立する背景には、市民の部落や部落の人とかかわりたくないとの忌避意識があります。

近年の各府県人権意識調査でも、部落出身者との結婚忌避（07年愛知県、08年奈良県・宮崎県・兵庫県、10年大阪府）や部落が存在する校区の住むことへの忌避（08年奈良県、10年大阪府）は10％から50％近くもあります。大阪府民の意識調査では、「結婚を考える際に気になること（自分自身の場合）」については、20・6％の人が、相手が「同和地区出身かどうか」を気にするとしています。

「住宅を選ぶ際」には、54・9％の人が「同和地区の地域内」を避けるとし、「小学校区が同和地区と同じ区域になる」ことを43・0％の人が避けるとしています。

この社会意識は、格差と貧困が拡大している社会構造の中で、部落の若い世代の教育・労働実態などにも深刻な影響をもたらしています。２００６～10年に実施された愛知・埼玉・大阪・兵庫・奈良・京都の部落女性調査結果（約１万２０００人）では、20～30歳代の若年層でも、最終学歴で高校中退者を含む中学卒業割合が約10％強と府県平均より２倍高く、非正規雇用が約６～７割と府県平均より１・５～２倍高い実態で、パートナーや恋人関係にあった者から蹴られたり叩かれたりの暴行を受けた経験がある女性は約３～４割あります。

両側から超える

以上、いくつかの差別事件の実情や市民の部落に対する意識等について記載しました。恵まれた環境に育ち、高等教育を受けた者には、差別が人間にとっていかに耐えがたいものであるかを共感することは困難であるのかもしれません。

しかし、事実を知り、虐げられた者の立場で想像力を働かせることによって、差別される側の痛み、苦しみ、悲しみを共有できると信じています。

６００万部ともいわれるベストセラー『橋のない川』の著者・住井すゑさんと生前にお会いしたことがあります。住井さんは、人間社会の差別構造が人と人とを分け隔てている現実、部落問題を小説を通して社会に問われました。住井さんは１９９７年６月16日、茨城県牛久市の自宅で亡くなられました。享年95歳。その住井さんが生涯をかけて追い求められたものは、差別する側と差別される側を分け隔てている川に橋をかけようとの思いでした。

私も、「人間を尊敬することによって自ら解放せん」との水平社宣言の精神で、これまで、差別と被差別の両側を超え、人間の尊厳を基礎とした民衆の草の根からの連帯を求めて活動を続けています。

部落解放運動、平和運動に生涯をかけ、清貧の中で死んでいった父の死去後、故後藤昌次郎弁護士から、

「父は亡ぜるに非ずその子の心身に生きるなり」との励ましのはがきもいただきました。

私は父の生き方、多くの方との出会いの中で、人間の可能性と可変性、人間の優しさを信じています。東京・池袋にある布施辰治弁護士の菩提寺の墓銘碑の「生きべくんば民衆とともに　死すべくんば民衆のために」の句は、部落差別の不条理に対する人間的怒りと連帯の心情から発想されたものです。この句は、私の座右の銘でもあります。

故郷の子どもたちとの交流

私は故郷の久留米の中学校等で講演をすることがあります。すると必ず子どもたちが感想を私に送ってきてくれます。

感想の手紙を読んでみると、将来の夢を持って頑張っている人、今それを探している人、悩みながら考えている人、いじめにあったことのある人、差別について考えている人、いろんな人がいます。皆さんが真剣に自分と自分のまわりの人のこと、社会との関わりについて考えていることがわかり嬉しくなります。

私の話した、定時制高校時代のことで、「困難から逃げない姿勢を身につけたとありましたが、その姿勢はどうやったら身につき、いったいどんなことをその姿勢というのですか。そのことがよくわかりません」という問いかけをする手紙がありました。

私は、昼間働きながら夜は定時制高校、夜間大学で学び弁護士になりましたが、困難から逃げていたら、自分の夢を実現することも、自分の人生を切り開くこともできませんでした。

皆さんも、悔しいこと、辛いこと、悲しいこともあると思いますし、これから、いろいろな困難に出会うこともあると思います。

その時に、安易に楽な方向を選ぶのではなく、困難をどうしたら解決できるかを考え、一生懸命努力してみることが大切だと思います。それをしないと、困難を解決する道も、どんなことが自分を活かす道かも、探し出せないと思うからです。一生懸命努力してみてそれでもだめなときは、方法や方向を変えてみたり、しばらくそのままにして時間を置いてみることも必要だと思います。

自分自身で悩み、苦闘しながら一生懸命に努力してみる中から、自分を見つめ、自分自身をを深め、自分の生き方が見えてくると思っていますし、人間としての優しさと強さを持った人に近づいていくことができると思っています。

私自身、いつも自分を見つめ、困難から逃げないように自分を励ましています。暴力による身の危険がある事件や面倒な事件の依頼を受けると、正直に言って「逃げたい」という気持ちが起こることもあります。でも、それでは暴力に屈し、人権を守るという弁護士としての誇りも失うことになると自分自身を奮い立たせています。

子どもたちにも自分自身の夢を見つけ、夢に向かって努力していって欲しいと願います。

私の今の夢は、一つひとつの命が大切にされ、一つひとつの命が光輝く社会が実現されることです。一つの命はかけがえのない大切なものであることを一人ひとりが実感できれば、いじめも暴力も戦争も飢餓も地球上からなくすことが必ずできると思います。

後ほど詳しく述べますが、私は、軍隊を捨てた中米のコスタリカに注目しています。

２００２年５月、私も呼びかけ人となり、同僚の弁護士と協力し、コスタリカから国際法学者のバルガス教授（故人）をお招きしお話を聞きました。

コスタリカは１９４９年憲法で軍隊を廃止し、以来半世紀以上、非武装を続けています。バルガス教授は、争いは家庭、学校といろいろなところであり、紛争のレベルの最も大きなものが戦争で、それをなくすために最も大切なことは「対話」であり、コスタリカの平和教育は対話による問題の解決を重視していることを強調されました。

バルガス教授に続いて、2002年11月3日の文化の日には、私も呼びかけ人の一人となり、コスタリカが軍隊を廃止したときのフィゲーレス元大統領（故人）のパートナーのカレンさん（コスタリカの元国連大使）お招きしました。

カレンさんは、子どもたちとの対話集会で「平和は生まれるものではなく作るもの。言葉ではなく行い」と言われました。子どもからの平和のために「私たちに何ができますか」との質問に、「いろんなことがたくさんできる。毎日やらなければならない。言葉ではなく行動でやるもの。まず良い子であること。良い兄弟である。良い友だちである。良い市民である。他人を見て何かするのではなく、自分自身を見て良い行動をする」「自然、動物を大切にする。水、空気を大切にする」と答えられていました。私も心の底からそうだと共感しました。

「良い友だちである」ことは、友だちの痛みも自分の痛みとして共感できることだと思います。そして、良い友だちは自然に生まれるものではなく、お互いの「対話」「行動」のなかで作りだすものだと思います。そのような行動の積み重ねと広がりが、一つひとつの命が光輝く、平和の社会の実現につながっていくものと思います。

差別はなくならないのではないかとの手紙もありましたが、私は、私自身が人との出会い、書物との出会い、歴史の現場との出会いの中で、自分を見つめ、変革への努力の中で変わることができたと思っています。私は人間の可変性と可能性を信じます。人はみな豊かな可能性を持って生まれてきており、人はみな幸せになる権利があると思います。

今の子ども達は、受験や就職で大変でしょうが、虹色の夢を作りだし、かけがえのない命を光輝やかせて欲しい。そして、今の子どもたちは、私の子ども時代と比べて、良い友だちと皆さんの将来を心から考えてくれている良い先生に恵まれて幸せだと思います。私も中学時代には悔しかったこと、悲しかったこともありますが、今はそれを超えて、中学時代の友だちはみんなかけがえのない宝ものだと心から思っています。きっと大人になると実感できると思います。

友だちといろいろ悩みや夢を語りあい、対話を通して、みんな仲良く、充実した中学生活を送って欲しいと思います。

5　父のこと

父は、１９８６年3月12日に73歳で亡くなりました。「人は只一生に一死有り　生を得て意義を要し　死を得て価値あり」との詩を書き写し、遺して。この言葉も、私の座右の銘となっています。

父の幼少期

父は、福岡県の、現在は久留米市に合併して編入された三井郡草野町という所で生まれました。父は次のように述べています。

部落の子どもにとって学校は差別の修羅場である。教師達も「きたない、くさい、宿題もやって来ない」と差別と生活苦から学力のない部落の子供を、事あるごとに鞭で叩いた。

五年生になったばかりの時だった。私は学校へ弁当を持参した事がない。朝も食べてないと知った本家の叔父さんが、その日、握り飯を竹の皮に包んで持たしてくれた。

たまたま弁当を持参したので、級友にからかわれ、その一人が私の握り飯につばをはきかけた。

如何にひもじくても、つばをはきつけられた弁当は食べる気持になれない。くやしくて、くやしくて、この屈辱感はどうしてもおさまらない。

学校帰りを待伏せして、つばをはきつけた友達に飛びかかって行き、さんざんこらしめた。相手は四、五人の友達と一緒だったが、他の生徒は、私のあまりに激しい怒りと真剣なさまに恐ろしくなって、遠巻きにして手出しをしない。

低学年の時は常にやられっぱなしだった私は、此の時初めて、屈辱感を晴らして、さわやかな気持を味わった。そして同時に、自分もやればできるという自信をつけた。

（父著作『差別のなかを生きぬいて』）

父の青春時代

父の部落は、靴修理業の人たちが多いので、筑豊炭田の方をずっと回って職員の人たちの靴修理をしていました。直方の部落を拠点として回っており、泊めてもらったりしていたなかで、母と出会い、結婚したのです。

私が生まれた時のことは父から聞かされていますが、本当に貧乏で、馬小屋を修理したところで生まれたそうです。私が小さいとき、近所にあるその馬小屋をよく見かけたものです。

その後、祖父の体が悪くなって、どうしても父が草野町に帰らなきゃいかんということで、直方から引き上げてきます。祖父は日露戦争で片足を失くしていました。

父は小学校卒業後、久留米市内の工場に働きに出ます。すると、祖父がそこに給料の前借りに来るのです。だからもう久留米にいられなくなり、北九州に移って、当時の八幡製鉄の孫請けで働くことになりました。

そこでも喧嘩が絶えなかったらしく、切った張ったの世界を生き抜いてきて、「自分に度胸というものが

父の２度目の出征の際の一族集合写真。２列左から３人目が父。右隣が母コイト

ついた」と生前言っていました。

父は20歳で招集され、中国戦線に送られます。１９３７年７月７日の盧溝橋総攻撃に、久留米の陸軍戦車隊の修理兵として加わり、12月の南京城の総攻撃にも加わっています。

揚子江に老人や女性、子どもの死体が浮いているのを見て、「もう二度と戦争には行きたくない」と、直方に帰って来てから独学で勉強します。

父はまたいつでも召集される状況でしたが、独学で勉強し、直方警察署で試験を受けた時、「お前のとこは部落じゃないか？」と面接官から言われます。部落差別です。

父はその時、「いや、道一つ離れて部落じゃないんだ」と言ってごまかし、それで通しました。父が合格したのが１９４４年４月で、その時の辞令は私が現在も所持しています。

父は月給38円で採用され、八幡警察署に配属されました。

当時は国家総動員法で闇米を売る人を検挙しなければなりません。心優しい父は、八幡署でそれをできませんでした。自分が部落差別を受け、本当の母親も5、6歳の時に亡くしており、苦しい境遇の人に同情して検挙ができないのです。

ある日父は、署長が昼の弁当で白ご飯を食べているのを見つけました。どうしても許せなかったのでしょう、それに抗議して、本当に苦労して独学で勉強して採用されたのに警察官を辞め、その後は直方で部落解放運動に携わりました。

町議会議員になる

その後父は久留米に帰り、部落解放運動をやったり、町議会の議員をしたりしました。

当時は解放同盟の筑後地区の副委員長も務めていました。現在の組坂解放同盟委員長も筑後地協の出身で、組坂委員長は私の久留米の隣の小郡で、私も組坂委員長を青年部の頃から知っています。

弟は中学を出てブリヂストンに入り、室温が40度くらいの所で大変な仕事をしていましたから、背中が悪くなって仕事が出来なくなりました。だから僕が「もう勉強しろ」と言って、定時制高校に行き、久留米市役所の衛生課に入りました。弟は今は退職して、筑後地協の委員長をしています。弟も親父の性格を引き継いでいますから、不正を絶対許さないということで、部落解放運動をやっているのです。弟が引き継いでくれている久留米の解放運動は、行政の方も含めてみなさんの信頼を得ています。

1番上の兄は明善高校定時制を出て久留米市役所に入り、久留米市の環境部長になって土地開発公社の理事長にまでなりました。

兄弟は本当はもう1人いたのですが、小学校にあがる前に白血病で死んでしまいました。だから私は、男兄弟3人です。

私が小学校5年生の時のことで、鮮明に覚えていることがあります。

小学校の塗装工事で不正をしていることがわかり、町政刷新のため、父が町議全員の総辞職を求めて役場前でハンストに入りました。本当に1滴の水も飲まない、命がけのハンストでした。

4日目くらいになって町の青年団が立ち上がります。とうとう部落外の町民の方も参加するようになり、ムシロ旗を立て、連日町民大会が開かれるようになって、「中山議員を見殺しにするな」と立ち上がってくれたのです。

そしてハンストから6日目に、全町議員を辞職まで追い込んでいったのです。

その後、父は町議会の副議長にまでなりました。それまで父は世間から色々妨害されたけれど、町議会を解散させたりする経験やその闘いの中で、部落解放運動が本当に支持されるためには、やはり社会的な共感と支持なくしては部落解放は成り立たないと考えるようになりました。

そして自分が信頼を得られるように自らを糺さなければならないということを、ずっと信条にしていたのです。そして、その信念を生涯貫きました。

そのことは私にとって、その後の生き方の大きな支えになっています。

父が上京してくる

父は、部落解放同盟の筑後地区の副委員長をしていましたが、私が狭山弁護団に加わって石川一雄さんの弁護をするということで、役職を辞めて単身上京してくるのです。

東京に出て来て、部落解放同盟東京都連合会の副委員長や狭山闘争本部長になるのですが、その時「本当に心から共感してくれるような運動でなければいけない、部落解放運動家が水平社の原点に立って、自らを糺さなくてはいけない」と自らの著作『部落解放　自らを糺す』にも書いていますす（この本は、その後謁見したローマ法王にも贈っています）。それが父の信念だったのです。

東京拘置所の近く、足立区青井に開設した弁護士事務所前にて

そういう父の生き方に、非常に多くの人が共感してくれていました。

父と2人で便所掃除

父が上京してきた当時は、石川さんがまだ二審で死刑判決を受けて東京拘置所にいましたから、私は石川さんの弁護をするために、東京拘置所に歩いて15分くらいで行けるところにアパートを借りていました。足立区青井町というところです。大家さんに話して了解を得て、一階の借りた部屋を弁護士事務所にしました。

弁護士事務所というのは、みんな大体都心に作っています。しかしここは足立の町の外れです。弁護士事務所を作ったものの、収入は全然ないのです。

そこで、上京してきた父が、自分で当時の足立区長の長谷川さんと交渉して、公園の便所掃除を十何か所か請け負うのです。長谷川さんは本当に同情心の強い区長さんでした。

夜中の暗いうちから父と別々に反対側から便所掃除をしてきて、明け方ごろ公園で落ち合う。そういうことをしながら、弁護活動に携わってきました。

父は晩年、狭山はもちろんそうでしたが、盧溝橋事件、南京総攻撃で経験した事実を伝えるべく、全国300ヶ所くらいを訴えて回りました。そのことは全国で色々な新聞が取り上げています。

狭山闘争と父

狭山事件の上告審段階で父が日比谷公園でハンストに入ります。その時も「跳ね上がり」とか色々言われたのですが、父は自分が正しいと思ったことは、人から何と言われようと本当に命を懸けて闘う人でした。それが結局、全国1000ヶ所にも広がっていきます。

父は、解放同盟の全国大会でも「狭山闘争こそ街頭運動の原点だ。もっと力を入れるべきだ」ということを常に訴えていました。

故・西岡智さんが部落解放同盟狭山中央闘争本部事務局長をしている時、狭山の交渉で道に部落の青年の1人が座り込みを始めたことがあります。すると、それに続いてみんなが続々と座り込んだのです。これは上からの指令とかでなく、自然発生的に、警察が規制していたから座り込んだのです。

その時、福岡県連の青年が逮捕されましたが、逮捕された青年に公安が「中山弁護士のお父さんは立派な人だ」と言ったといいます。そして、「指示したのは誰か？」と。西岡さんを逮捕したかったのです。でも、青年は頑張ります。この時、僕や福岡県連の羽音さんと、部落解放同盟京都府連委員長の駒井さん、西岡さんが釈放を求めて乗り込むのですが、釈放しないのです。羽音さんは「釈放しなきゃもう絶対座り込んで引かないぞ」と、深夜までずっと交渉します。とうとう当時の部落解放同盟の上杉委員長が来て「羽音君、ここは引け」と言ったので、結局その場は引きますが、その後も交渉が続きます。

その時の態度を見ていても、羽音さんの人柄がよくわかったのです。

羽音さんは私の父親に対しても連帯感を持ってくれていました。羽音さんの生き方と父の生き方は、警察官を辞めた時の経緯もそうですが、本当によく似ていました。

父の部落解放運動

父の誕生日祝いの集会の際に、故森田宗一先生は、父の生き方に強く感銘を受けて、「部落解放優しく強く説き給ふ君が瞳の輝きており」という歌を作り、贈呈してくださいました。

森田先生はカトリック教徒でいらしたから、詩を作って色紙をくださいました。

森田先生は、「私の中山さんへの印象は、初めての出会いの日から、一言でいえば、この短歌の気持ちにつきるといってよい。中山さんの『部落解放』の運動は、政治的イデオロギーによる運動や、とって付けたようなものではない。人間の悲しさ、苦しさの中から己を捨て、ただ人間的（ヒューマン）な視点からの、温かさと強烈さをもったものであることを感じとったのである。」と述べられています（父著作『部落解放自らを糺す』より）。父は本当に気性も激しかったですが、森田先生がおっしゃられたように一面の優しさを持った人なのです。それはやはり、自分の部落差別の教訓が、そういう生き方をかたちづくっているのです。

森田先生は、最高裁でかつて課長をされていました。その時、調停員はあまり部落を理解していませんから、家庭裁判所で差別問題が起こります。これに対して、当時の参議院の副議長をしていた故松本治一郎先生が最高裁に来て、申し入れをする事態に発展しました。

森田先生は課長として対応し、「自分が責任を持って対応します」と言ったら、松本治一郎先生が「じゃ君に任せる」と言って引かれたといいます。森田先生は、「『人間は平等だ』と言っているこの松本先生は『本物だ』と思った」と言っています。

その後は裁判官を辞めて弁護士となり、少年問題について活動され、部落解放運動にも積極的に貢献され

ローマ法王ヨハネ・パウロ２世に謁見する父

ました。

ローマ法王ヨハネ・パウロ2世に謁見

１９８１年2月23日、ローマ法王ヨハネ・パウロ２世が「平和の巡礼者として日本に来ました」と広島と長崎を訪れ、平和アピールをされました。

その時、法王は5人の個人とだけ会ったのですが、４人はカトリックに貢献してきた神父、１名は父だったのです。父は全くカトリックとは無関係ですし、そんなに有名ではない。無名です。解放運動をしている人だったらわかっていますけど、無名です。しかし、当時名古屋で司教をされていた相馬信夫さんという方たちの推薦で、ローマ法王とカトリック教会で会うことになったのです。

相馬信夫司教はアイヌ問題と関わっていた方で、日本が湾岸戦争で自衛隊を送ろうとした時、これに反対し、湾岸避難民救援実行委員会委員長として民間機をチャーターし、約３０００人を母国へ移送するという、自衛隊を頼らず平和的にボランティアの力で解決を図る運動をされました。１９９６年には、東ティモールの独立運動を支援し、マレーシア当局に拘束されたこともありました。それから国連で核軍縮を訴えていた方です。

父はカトリック信者ではありませんでしたが、カトリックの部落解放運動に大きな影響を与えました。私は父とパウロ2世の面会に立ち会って、その時撮った写真をいつも持ち歩いています。

相馬信夫司教は私たちをパウロ2世に、「日本には部落問題があって、親子で活動されているんだ」と紹介しました。そうしたらヨハネ・パウロ2世が、本当に力を入れて3回祝福されたのです。インドのカーストと同じように捉えていたのでしょう。「カースト、カースト」と3回仰って、最後は私はちょっと離れていたので聞こえませんでしたけれども、「しっかり頑張って下さい」と祝福されたといいます。

相馬信夫司教がこの時の事を後に書いてくれています。

ローマ教皇ヨハネ・パウロ2世の訪日に当たって、世に言う有名な人や宗教関係の人ばかりではなく、社会で苦しんでいる人達のため、社会正義と人権のために働いておられる方の一人に会っていただきたいと願い、それには中山先生（父）こそ適任者だと思い、先生にお願いしました所、心よくご承諾下さったので、5人の特別謁見者の1人に加わっていただきました。

私の簡単な紹介を聞かれた教皇が中山先生の肩を抱いて「しっかりやって下さい」と言われた時の感動を今も忘れることは出来ません。私には、これは歴史に残る出会いの一つであると思いました。

（『中山重夫一周忌追悼集』より）

父の葬儀

父は江戸川区の都営住宅で死んだのですが、300人くらいの方が葬儀・告別式に出席されました。その中には、私の面識のない人も沢山おられました。

父は、中国から帰国した人の援助や、江戸川区との交渉をしたり、日中友好運動もやっていましたが、そういった活動を一緒にした人などたくさんの人が来て、本当に心から泣いているのです。そういう光景を目にしました。

本当に晩年の父は、私が弁護士になったからといって、自分が楽をしたいとかいうようなことは全くありませんでした。解放運動とか、平和運動とかの前進を心から願っている人だったのです。

父は差別に負けないようにと、私たちが子どもの頃、家の中の壁に憲法の条文の人権の規定を書いて私たちに覚えさせました。法の下の平等を規定した14条をいつも強調していました。そのことがやはり私が弁護士になりたいということにつながっていって、大きな影響を受けたと思います。

父は、故松本治一郎先生を〝親父さん〟と言って、敬愛の気持ちで語っていましたし、水平社の闘いなどについても私によく話してくれていました。

父が部落解放同盟の筑後地協の副委員長であった時、松本治一郎委員長と1959年4月に久留米草野町でお会いできたのが父の誇りでした。

父の死去後、私はしばらく、この世の中で最も大切なものを失った思いでした。

私が父の追悼集を発刊し様々なところに贈呈したところ、故後藤昌次郎先生（松川事件の弁護等もなされた岩波新書『誤った裁判』（上田誠吉との共著）の著者もある弁護士）のお礼の葉書に、「父は亡くなるに非ず、その子の心身に生きるなり」と私を励ます言葉が書かれていました。後藤先生の言葉に元気づけられ、「そうだ、父は死んでいない、私の心身の中に生きている」と強く思うようになり、悲しみを乗り越え、力に変えることができるようになりました。

私が司法試験に合格した際、父は合格を知らせる電報を部落中に喜んで見せて回り、ムラの人がわが事のように喜んでくれました。今は、懐かしい思い出です。

部落解放運動、平和運動に生涯をかけ、清貧の中で死んでいった父――私は父の生き方、多くの方との出会いの中で、人間の可能性と可変性、人間の優しさを信じるようになりました。

6　母のこと

母は2000年5月に死去しましたが、私が弁護士になってからも38年間、廃品回収の仕事を続けました。父はああいう人だから、お金は全然稼げませんし、当時の町会議員はボランティアのようなものですから、町議としての収入はほとんどない。だから母親は廃品回収をして、子どもたち3人を育ててくれたのです。私は母に反抗したことは一度もありません。私が頑張ってこられたのは、母が腰が「く」の字に曲がっても廃品回収をして私たち子どもを育ててくれたからです。私も、母の姿に負けてはいけないと自分を奮い立たせて頑張ってきました。

母が廃品回収に行って、リヤカーに廃品を乗せて帰ってきます。家の前から500メートル先が坂道になっているのですが、母は体が小さいので、リヤカーで坂道を登れません。だから僕らが待っていて、母を見ると飛んで行ってリヤカーを押して、坂を登っていきます。母は、廃品回収を終えて家に帰る夕方になると、決まって息子たちが迎えにきてくれてリヤカーの後を押してくれたことで、疲れが吹き飛んでしまったと語っていました。

廃品回収の仕事をしていると、冷たい人に出会うこともあります。大きな家の近くにリヤカーを止めて休んでいたら、「汚い、あっちに行かんね」と言われたりして、帰って来て悔しがっている母の姿をよく見ました。

ただ、そういう人たちばかりではなく町の人たちにも親切な人がいて、「食べて行きなさい」とか、「お金

『ばぁちゃんのリヤカー』
（堀内忠編、発行：福岡人権研究所）

はいらない」という人もいたけれども、母が偉いのは、きちっと「チキリ」というハカリで量って、お金も全部きちんと渡していました。

母は子どもたちにも「みんなと仲良くしなさい」とよく言っていました。人間だから嫌なこととか弱いこととかいっぱいあるのですが、良い部分もきちっと見ていく、そういうところを私は母親から学び取りました。父からは、自分が正しいと思ったら、人が何と言おうと覚悟を決めて闘うことを学びました。

母のことは、公益社団法人福岡人権研究所が２０１５年８月15日に発行した『ばぁちゃんのリヤカー』という本に書かれています。

私が贈呈した『ばぁちゃんのリヤカー』について、各界の方々から多くの感想がぞくぞくと寄せられました。このような出会いから、人と人との繋がりの大切さを感じています。

7　早乙女勝元さんとの出会い

作家の早乙女勝元さんとは、たまたま団地で出会いました。私は弁護士になって17年間公営住宅にいたのですが、その後転居した公団の新年会の席でした。そこの会長が私鉄総連の職をされた方で、私のことを知っており、「中山さんは狭山事件を担当されている」と紹介されたのです。

早乙女さんはたまたまそこにお見えになっていたわけですが、私が狭山事件を担当したり、部落解放運動に携わっていても何の偏見も持たず話しかけて来られて、自分が書いた『優しさと強さと』(小学館)という、ナチスの強制収容所で身代わりになって餓死した神父さんの本を僕にくださったのです。

そこで親しくなって、早乙女さんが「中山さんが隣に来てくれると自分も心強い」と言って、早乙女さんの家の横にそのままずっと誰にも売らないでいた50坪くらい土地があり、その値段も僕がつけていいとおっしゃるのです。

そこまでおっしゃるから「じゃあ先生、行きましょう」と言って、贈与となると早乙女さんに迷惑をかけますから、判例を調べて贈与にならない値段を私がつけて、ローンを組んで、団地から早乙女さんの隣に引っ越しました。

私は早乙女さんから東京大空襲について裁判を起こしたいという相談を受けました。東京大空襲訴訟の弁護団長になろうと思ったのは、東京大空襲の内容を聞いて協力したいと思ったことが一つと、もう一つは、早乙女さんとのつながりを大切にしたいと思ったことでした。

私は、これはどんなに困難があってもやらなければならないと思って、この裁判を引き受けることにしたのです。

このあたりのことを早乙女さんは、2012年下町人間庶民文化賞の推薦文として次のように書いておられます。

「法の下の平等」を信念に差別・人権問題で活躍東京大空襲訴訟の先頭に

中山武敏先生は、一九四四年二月六日、福岡県の生まれ。生活は苦しく、母が廃品回収業で一家を支え、昼間働きながら夜学で高校、大学を終えて司法試験に合格し、七一年から弁護士になりました。

現在は、東京大空襲訴訟原告弁護団長、全国空襲被害者連絡協議会共同代表のほか、重慶大爆撃訴訟原告弁護団、狭山事件主任弁護人などで活躍中です。

私が中山先生にお会いしたのは、一昔のことで、同じ足立区内の竹ノ塚第一団地自治会の新年会の席上でした。先生は同団地住まいでしたが、私は近くに家があるだけで、そんな部外者も招いてくれたのは、自治会長足立史郎さんの開かれた自治会にという志によるものでした。

その後、近くの喫茶店で偶然にも先生とお会いし、その苦労話を聞くに及んで、高校も出られなかった私は、大いに共鳴し、たまたまわが家の庭が空地のままでしたので、団地を引き払って来てもらいました。それからは、お隣同士の二人三脚の関係になりました。

東京大空襲訴訟は、最初のうち容易に弁護士を獲得できずに、遺族会の皆様は悩んでいたのです。先生が引き受けてくれて、一気に大弁護団となりました。

政府は、軍人・軍属には恩給などに、これまで五〇兆円もの大金を補償してきたにもかかわらず、一〇万人もが死んだ大空襲の民間犠牲者は、切り捨てたまんまです。国民主権の憲法下にあるまじき不条理で、戦争を始めた国の謝罪と賠償を求めた裁判は、一、二審で負けましたが、判決は立法での解決での言及。これを受けて、戦争被害者の「差別なき国家補償」の制定に向けて、全国的な組織が立ち上がりつつあります。司法と立法の二刀流で、目下、最高裁で火花を散らしています。六年にも及ぶ裁判で、東京大空襲の空前の惨禍はより広く知られるようになり、きっと歴史の一ページに残ることでしょう。

先生は、中国戦線に参加した実父の反戦・平和活動を引き継ぎ、この夏、私の編集による『平和のための名言集』（大和書房）に、次の一言を寄せています。

「一人の人間が決意すれば一生の間にはかなりのことができる。それから人間はいろいろな可能性を持っている。……父親の生き方から、そういうことがわかってくるのです。ですから、東京大空襲訴訟

早乙女勝元さんとドイツベルリンの壁の前で

は、私にとっては、父親の思いをはたしていく裁判でもあるわけです」

早乙女勝元さんと行く平和の旅

私は早乙女さん（団長）が主催する平和の旅に、副団長として参加してきました。

これまでに、ロシア、バルト三国のリトアニア、フィンランド、イタリア、ドイツ、中国、真珠湾のあるアメリカを、早乙女さんたちと訪問しました。

リトアニアの旅では、「日本のシンドラー」と称され、6000人ものユダヤ人を救った杉原千畝さんの足跡を偲びました。カウナスの元ユダヤ人強制収容所も見学しましたが、ここでは約8万人にも及ぶ人々が虐殺されています。暗く冷たい収容所のコンクリート壁には、自分が確かにこの世に存在し、非業の死を遂げなければならなかった事実を後世の人々に伝えるために、割れて血が滴った爪で刻み込まれたものと思われる名前、出身地を示す「PARIS」「MONACO」、収容された年月日等が刻み込まれていました。

時代と場所を超えて自分がその場に立たされていたら、

どのような行動がとれたであろうか——ファシズムの暴虐の嵐の中で、人として良心をかけてそれと闘い、非業・無念の死を遂げた人々、その思いを共有し、再び同じ過ちを繰り返さないことが、次に続く人間の責務ではないかとの思いを強くしました。

イタリアの旅では、ユダヤ人を含む市民335人がナチスによって銃殺されたアルディアティーネ洞窟を訪れました。この洞窟の資料室には「これだけの犠牲を払ったことによって、自由と民主主義が得られた」と書かれていました。

中国の旅では、3人の日本兵から銃剣で顔、腹等全身で37ヶ所も刺され、お腹の赤ん坊も流産した李秀英さんともお会い出来ました。李秀英さんらが、憎しみを超えて「日本の庶民も被害者で、普通の庶民はみんないい人で優しいです」と心から平和と連帯を求められている姿にも感動しました。

日本軍に強制連行され、北海道の山中で13年間逃亡生活をした劉連仁さんにもお会いしました。劉連仁さんが大切に保管されていたものに、部落解放同盟の故松本治一郎先生の手紙がありました。松本先生は、日中友好協会の会長として中国と日本の連帯を求めた人でした。

キューバの旅

早乙女さんの取材に同行し、キューバにも旅しました。

この旅行では、チェ・ゲバラの娘さんのアレイディタさんにお会いすることが出来ました。アレイディタさんは1960年生まれの小児科医師です。キューバの人々がチェ・ゲバラを愛し、チェの娘であるということで、幼いころから優しい心遣いをされてきたといいます。それをどういうふうにお返しできるかということを考え、医師を志したということでした。

アレイディタさんは、「チェは新しい世代の人々と生き続けている」と語っていました。「子どもは世界の希望」「子どもは愛することを知っている」というチェの志を継いで意義ある人生を送ろうと思い、自分に限らず、チェのように生きようと子どもたちはみんな思っている。私自身立派な人間として生きなければと思う、とのことです。

早乙女さんが、チェがボリビアで旅立ったことをどう思っているかとの質問には、

「人間だけが夢みることができる。みんなの持っている夢を実現できるのも人間だけ」

「夢を実現してくださるということではなく、自分で実現しなければならない」

「父はそういう人だった。誰かにやれというのではなく、自分がするからその気があるなら一緒にやろうということであった」

と語ってくれました。

早乙女さんの質問が終わった後、私は、「私もお父さんを愛した一人です」と伝え、学生時代に読んだゲバラ回想記『革命戦争の旅』（青木書店、１９６７年初版）の中で、チェが工業大臣の時の「ハバナ港の荷揚げ作業に加わって、労働者たちと汗を流すゲバラ」等の写真のコピーを手渡すと、アレイディタさんはにっこり微笑んでくれました。

アレイディタさんとお会いし、チェ・ゲバラがキューバの人々の中に脈々と生き続けていることを感じた旅でした。

ベトナムの旅

ベトナムの旅では、ベトナム解放30周年記念ツアーとして、２００５年3月28日、ボー・グエン・ザップ人民軍最高司令官とお会いしました。ザップ将軍も、かつて法律を学び、教えていた教師でありました。

人民解放軍は、ホーチミン、ファン・バン・ドン等をはじめ、いずれもいわゆる職業軍人出身ではない

ベトナム解放30周年記念ツアー。前列中心がボー・グエン・ザップ人民軍最高司令官、夫妻の右が筆者

人々で構成されていました。

私は、ボー・グエン・ザップ将軍の著書『人民の戦争・人民の軍隊』（弘文堂、1965年初版）を司法修習生の時に読み大きな感銘を覚えました。この歴史的な場所に自分が立ち、その著者に会えるとは当時は夢にも思いませんでした。人との出会いの大切さと不思議さをつくづく思います。

ベトナムから帰り、あらためて同書を読み返してみました。同書の冒頭には、若きザップ将軍やホーチミン主席などが写った13枚の写真も掲載されています。抗仏戦の戦略を練るファン・バン・ドン人民軍最高司令官の写真横には、「人民を大事にし、人民を助け、人民を守る」と書かれており、ホー主席の写真横には、「人民の立場に立つものは必ず勝ち、人民を抑圧するものは必ず敗れる」と書かれています。

その後の歴史は、その正しさを事実をもって証明しています。

同書には、自転車を物資運搬用に使い、米袋、食料等を満載し、ディエン・ビエン・フー攻略をめざして自転車を押し、延々と列をなし行進している人民軍の写真や、女性が米袋を肩に担いで山岳地帯を運搬している写真も掲載されています。

同書でザップ将軍は、「われわれは、植民地の弱小人民がひとたび立ち上がり、独立と平和のために戦うことを決心し、戦いに団結するならば、帝国主義権力の強大な侵略軍をも打倒するに十分な力を持つことができるという偉大な歴史的事実を打ち立てた。このように、ディエン・ビエン・フーは、わが人民の勝利のみならず、植民地主義者と帝国主義者のくびきを払いのけようとするすべての弱小国人民の勝利である。これがディエン・ビエン・フー勝利の偉大な意義である」と書いています。

自転車運送隊についても、「主戦場ディエン・ビエン・フーでは、わが人民は大規模な軍隊への食料や軍需品の補給を確保するために、後方5百ないし7百キロの地点から非常に困難な条件の下で最も効果的に活動した」とし、「町々から何千もの自転車輸送隊もまた、前線へ食料や軍需品を輸送した」と書いています。

この輸送に使用された自転車を、ハノイの軍事博物館2階のディエン・ビエン・フー特別室で実際に見たときも、ディエン・ビエン・フーの戦いがベトナム全民衆に依拠した戦いであり、民衆の知恵の偉大さというものをあらためて実感しました。自転車のハンドルに棒を取り付けて、一台に米袋5つ、食料、水など370キロもの重さの物資を積めるように工夫し、悪路、容赦ない爆撃、激しい雨の中でも自転車輸送隊は延々と輸送を続けていました。

トラック輸送隊が山岳や森林の中を輸送中、パンクを修理するのに、タイヤに釘を打ちこんで修理したタイヤの展示もありました。大砲がぬかるみに滑り落ちるのを防ぐために自分の体を車輪の下に投げ出した兵士、フランス軍の機関銃を自分の体で防いだ兵士、多くのベトナム民衆の英雄的な闘い――そういった尊い犠牲によって、ディエン・ビエン・フーの勝利が勝ち取られているのです。

同書には、「ディエン・ビエン・フーでわが軍は、敵のインドシナ最強の要塞軍地を全滅させ、1万6千人の精鋭部隊を掃討した」と書かれていますが、ベトナム側の死傷者については何も書かれていません。現地での説明では、ベトナム軍4万の中で2万人が死傷したとのことでした。朝日新聞記者の伊藤千尋著『ベトナム』（高文研）では、「この戦いでフランス軍の1万6千人が死傷又は捕虜になった。ベトナム軍の死傷者はその倍近い2万5千人である。長さ20キロ、幅5キロの盆地に、これだけの血が流れたのだ」と書かれています。

抗仏戦に続き、約15年にわたるアメリカとのベトナム戦争で、ベトナム側は将兵110万人が戦死し、60万人が負傷、戦闘にかかわらない女性、子どもなど民間人も200万人が殺され、200万人が負傷したと言われています（伊藤千尋『ベトナム』）。ベトナム独立は、ベトナム民衆の多大な犠牲と、世界の多くの人々との連帯の中で勝ち取られているのです。

ホー主席の「独立と自由ほど尊いものはない」は、ベトナム民衆や多くの世界の人々の心をとらえました。国益をこえた国際連帯の思想の堅持、その実践は、不正義、抑圧に抗して闘っている世界の人々に、勇気と希望を与えます。

フランス軍、日本軍、アメリカ軍の侵略に対して、ベトナム民衆は、犠牲を恐れず、武器を持って立ち上がらざるを得ませんでした。超大国の侵略に屈伏することなく闘ったベトナム民衆に心からの敬意と連帯の気持ちを表明し、平和を創り出すための活動に少しでも貢献したいと思います。

それと同時に、非暴力、非武装で平和をつくりだすための活動の大切さを改めて痛感した、ディエン・ビエン・フー、ベトナムの旅でした。

私は、今回のベトナムの旅に参加するかどうか、担当している仕事の責任との関係で最後まで迷いましたが、ベトナムの民衆が勝ち取った独立・自由の現状を自分の目で見てみたいとの思いを捨てきれず、無理をして参加しました。参加して本当に良かったと思っています。

法律家の卵としてどのような法律家を目指すか模索していた時代、『人民の戦争・人民の軍隊』『ホーチミン』『二七度線の北』『パリからの報告』『ベトナム革命』『解放戦線は何故強いか』『あの人の生きたように』等々、多くの著作を一心に読んだものです。

ジュネーブ協定の履行を要求する平和運動を組織し、南ベトナム政権により投獄されていたサイゴンの著名な弁護士であったグエン・フー・トは、62年に脱獄し、南ベトナム民族解放戦線（60年結成）の議長に就任、69年には南ベトナム共和国臨時革命政府顧問評議会議長に就任しました。資本家の利益のために奔走しているアメリカのウォール街の弁護士とは対照的に、グエン・フー・トはジャングルの中で独立と自由のための闘いに一身を捧げていました。私はグエン・フー・トの生き方に感動したのです。ベトナムの旅では、そのグエン・フー・トと一緒に解放戦線の副議長として活動されたグエン・チ・ピン女史ともお会いできました。

憲法改悪、アメリカの仕掛ける戦争に日本も参加する体制が作られようとしている今、ベトナムの偉大な教訓が示しているように、広範な民衆が、思想信条をこえて結集できるかどうかが問われています。今回のベトナム旅行は、法律家として自分の役割を果たしたいとの思いを強くした旅でもありました。法律家の一人として、敢えて次のことを書くことも自分の責務であると思っています。

ダーちゃんのパートナーの方が何となく寂しそうに思えたのは、私一人の思い過しでしょうか。解放戦線の兵士として命を賭して戦った一人ひとりの兵士、民衆に対する敬意を、ベトナム当局は十分に払っているのでしょうか。人民を大切にするとの思想は、現場の当局者の一人ひとりまで根付いているのだろうかと思ったのです。

ダーちゃんの自宅を訪問する際、自宅手前の地点で公安当局からバスを停車させられ、写真撮影は禁止、自宅にも二人の公安が来て通訳の方は事情聴取されていました。当局はどんな権限、どんな法律に基づいてこんな処置ができるのでしょうか。

「独立と自由ほど尊いものはない」というものの、民衆の「自由」の実現は大きな課題です。これは、ロシア、中国、キューバでも切実に感じたことです。

三権分立、法治主義は人類の英知がつくり出し、発展させてきたものです。友好と連帯を求めての訪問団のバスを停車させ、個人の写真撮影を禁止し、公安が事情聴取するということが日本で起これば、間違いなく大問題となるでしょう。

8　コスタリカ「平和の旅」

コスタリカの軍隊を捨てた「生き方」

(1)　コスタリカとの出会い

2002年5月6日に東京・オリンピック総合センターでの映画「軍隊を捨てた国」の上映とコスタリカの国際法学者カルロス・バルガス教授の講演会や、同年11月に来日されたカレンさん（フィゲーレス元大統領のパートナー）の話を聞き、コスタリカが常備軍を廃止して半世紀以上にわたって非武装を貫いている「生き方」に感銘を受けたことが、私とコスタリカとの出会いです。バルガス教授は講演で、「紛争は家庭、学園のどこにでもあり、紛争のレベルの最も大きなものが戦争で、それをなくすキーポイントは『対話』である」ことを繰り返し強調されました。カレンさんは「平和は言葉でなく行い」「そこにあるものではなくつくりだすもの」と語られました。

「軍隊を捨てた国」の上映、バルガス教授の講演会を契機に「軍隊を捨てた国コスタリカに学び平和をつくる会」が発足し、同会の、自分達の目でコスタリカの現実を知ろうとの呼びかけで、弁護士ら19名の訪問団で、2003年1月6日から10日間の日程でコスタリカを訪問しました。

コスタリカを訪問し、バルガス教授やカレンさんが日本で話されていたことがほんとうに実践され、政府機関、民間団体、市民一人ひとりの間まで、軍隊を捨てた「生き方」が根づいていることに感動した訪問でした。

(2) 軍隊を捨てた「生き方」

コスタリカは軍隊の廃止、平和教育、自然環境保全を3本の柱とし、相互に関連するものとして、統一された実践が積み重ねられています。

映画「軍隊を捨てた国」のコスタリカの首都・サンホセ郊外の朝市でのインタビューで、絵葉書のような物を売っている男性は「軍隊がないからみんな自由に生きている」と答え、若い女性は「軍隊がやることは家族に苦しみをもたらすだけでしょう。だって死んじゃうかもしれないでしょう」、小さい女の子を連れた母親は「軍隊がなくてもちゃんと生きられる。表現の自由があるから言葉で話しあいができるでしょう」、黒のサングラスをかけ赤いポロシャツを着た男性は「軍隊は必要ないじゃない。軍隊は戦争のためのもの、僕たちは平和のほうがよい。いい国だよ。僕たちは幸せだよ」等と答えています。モンテベルデのコーヒー園の栽培農家の男性も「私たちにとって軍隊や戦争のないことはあたりまえのことです。若者が軍隊にとられることもありません。自由に生きるコスタリカ人には軍隊はなじみません」と答えています。

私たちコスタリカ訪問団も実際にコスタリカの人々と接して、「軍隊はない方がよい」「軍隊がなくても生きられる」ということが言葉のうえだけでなくて一人ひとりの生き方にまで深く根ざしており、暴力ではなく対話での生き方が人格の一部にまで高められているとの感想をもちました。

コスタリカ訪問中、サンホセにある国立博物下の民主広場で、日本製オートバイに乗り、ピストルとミニ自動小銃を携帯している2人の警察官に出会いました。訪問団の数名と警察官との対話が始まりました。安原和雄氏(元毎日新聞編集委員)が、「コスタリカは警備と治安のための警察力はあるが、他国との紛争に軍事力を行使する軍隊を持っていない。そのことについて警察のメンバーの一員としてあなたはどう考えているか」との質問をしました。

「軍隊を持たないことは大変素晴らしいことだと思っている。軍隊を持つと、必ずといっていいほどその軍事力を行使し、暴力を振るいたくなるものだ。それを避けるためにも軍隊を持たないことはいいことだ。われわれは常に国が定めた法律に従って行動している」との答えが返ってきました。私はあえて、「それはそれで理解できるが、もし他国から攻められたら、どうするつもりなのか」との質問をしてみました。すると「まずわれわれ警察隊が対応する以外にない。しかし最終的には政治家が話し合いによって平和的に解決してくれることを信じている」との答えでした。

バルガス教授の強調された「暴力ではなく対話」との思想は、現場の警察官にまで浸透し、政治に対する信頼、法治主義が根付いているとの感を強くしました。暴力でなく対話で紛争を解決する。軍隊を持つと暴力を行使したくなる。このような考えが、権力機関を構成する一人ひとりにまで根付いています。

ここに同じように軍隊禁止の憲法をもちながら、実際は自衛隊という名の軍隊をもち、軍事力の強化を続け、憲法を空洞化させている日本との違いがあると実感しました。何故このような違いがあるのか。このことを考察することも大切だと思います。

国際先住民年

マリオ・アルバラードさんに対するコスタリカ訪問団員の質問の中で、アイヌ民族と対比した質問がなされ、国際先住民年にも触れられています。

コスタリカの先住民族問題だけでなく、アイヌ民族の置かれている状況の正しい認識と連帯も必要と考え、国際先住民年とアイヌ問題についても、簡単に述べます。

1992年12月10日「国際先住民年」の開幕式で、ガリ国連事務総長は、「先住民族の権利保障を行うことは国際社会が普遍的な人権保障制度を完成することができるかどうかの試金石」との演説をなし、1993年を「国際先住民年」と定め、国連を中心としながら、世界各国で、先住民族の権利回復に向けた取り組みがなされています。

同開幕式で、野村義一さん（北海道ウタリ協会理事長）が記念演説をなしていますが、その要旨は次のようなものでした。

――アイヌ民族は、日本政府の目には決して存在してはならない民族であった。国連によって私たちの存在がはっきり認知された。19世紀後半、「北海道開拓」によって一方的に土地を奪われ、強制的に日本国民とされた。伝統的領土は分割され、多くの同胞が強制移住させられた。アイヌ語の使用禁止、伝統文化の否定、経済生活の破壊といった日本政府の強力な同化政策により、アイヌ民族は抑圧と収奪、深刻な差別の対象となった。川で魚を捕れば、「密漁」、山で木を切れば「盗材」とされ、先祖伝来の土地で民族として伝統的な生活をしていくことができなくなった。

ひどい差別や経済格差は依然として残っている。現存する不法な状態を、われわれ先住民族の伝統的社会の最も大切な価値である、協力と話し合いによって解決することを求めたい。私たち先住民族が行おうとする「民族自決」の要求は、国家が懸念する「国民的統一」と「領土の保全」を侵すものではない。要求の高度な自治は、伝統社会が培ってきた「自然と共生および話し合いによる平和」を基本原則とするものであり、独自の価値によって民族の尊厳に満ちた社会を維持・発展させ、諸民族の共存を実現しようとするものである――

この演説は、人々の心を打つ崇高な内容ですし、「暴力ではなく、対話による解決」と基本とするコスタリカの人々とも共通するものです。

国連では1982年、国連人権小委員会に先住民族の権利に関する国際基準の検討を目的として先住民作業部会を設置し、「先住民の国際10年（1995年~2004年）」の最終年の採択を目指して、世界各国の政府委員と先住民族代表等によって、「先住民の権利に関する国連宣言案」の審議が進められました。

日本におけるアイヌ民族問題

（1）問題の所在

アイヌ民族が独自の文化や社会を形成していた地域に日本人が不法に侵入し、土地を奪い取り、文化を否定し、経済的搾取を行い、日本人への同化を強制してきたことに原因があり、アイヌ民族に対する、結婚、就職での差別は現存し、経済的格差も存在しているし、教育格差も歴然としています。

アイヌ民族は、アイヌ語などのアイヌ文化を禁止され、1878年からは戸籍上統一的に「旧土人」という差別的呼称が使用され、「北海道旧土人法（1898年）」が制定され、1997年に廃止されるまで、差別法が効力を有していました。同法は、狩猟や漁撈の民族を無理やり農耕化することを前提に農地を与え、福祉政策の対象としようとするものであり、アイヌの人々に与えられた土地は、荒地、湿地、傾斜地のわずかなもので、他の開拓農民に与えられた土地と比して、立地条件、面積とも不公平なもので、アイヌの人々の権利の回復、保障とは程遠いものでした。

学校教育においてもアイヌ民族の歴史を正当に紹介することもほとんど行われてこなかったし、民族教育も公的に保障されることはなかったのです。

北海道庁の「ウタリ生活実態調査」（1986年北海道庁調査、北海道内約2万4000人）で、差別体験があると答えた人は、71・63倍の比率で、漁業や農業、中小企業に従事し、経営規模も零細であり、大学進学率も道全体の27・4%に対し、8・1%と報告されています。

（2）政府の政策

１９８６年11月まで日本政府は、「日本には少数民族はいない」との立場をとり、中曽根元首相の「単一民族国家」発言が問題となった後は、「ほぼ」「おおよそ」などの修飾語を用いた「単一民族国家」との発言が繰り返されています。

国連がアイヌ民族を先住民族と認め、運動も発展したことから、ようやく、１９９６年5月「アイヌ文化振興法が」成立し、同7月に施行されました。同法は、アイヌの誇りが尊重される社会を目指し、アイヌ文化の振興、啓発を規定していますが、先住民族としての権利などは規定されていません。

国連・人種差別撤廃委員会による審査報告（２００1年3月8日、9日）で、21項目の懸案事項と勧告を日本政府になしていますが、肯定的側面として、１９９7年の「人権擁護施策推進法」、「アイヌ文化の振興並びにアイヌ伝統等に関する知識普及及び啓発に関する法律」、アイヌ民族をその独特の文化を享受する権利を有する少数民族であると認定した最近の判例などをあげています。

（3）国連の勧告

懸念事項および勧告として、総論部分では、人種差別禁止の法制度の整備と人種差別を受けた者への効果的保護と救済機関の設置、人種差別撤廃条約の適用範囲に関し部落問題が「ディセント（descent）」（世系または門地）に基づく差別にあたるなどの指摘・勧告を、各論部分では、アイヌの社会・経済的分野における差別と格差、アイヌ文化振興法の運用実態、土地問題、過去の差別への賠償問題、アイヌは先住民族であるなどの指摘・勧告をなしています。

アイヌ民族の復権に生涯をかけられた結城庄司氏が、「アイヌ民族の復権とは、民族としてのあらゆる誇りを回復するのが解放の道であって、アイヌの自覚を捨て去ることではない」と述べられていますが、全ての被差別の人々の共通の思いであると感じます。

国連が評価した前記判例は、二風谷ダム訴訟に関する札幌地裁判決で、同判決は、「アイヌの人々はわが国の統治が及ぶ前から北海道に居住し独自の文化を形成し、アイデンティティを有し、わが国の統治に取り込まれた後も、その多数の構成員が採った政策などにより経済的、社会的打撃を受けつつ、なお独自の文化を喪失しない社会的集団であるから『先住民族』に該当する」と判示した画期的なものです。

差別からの解放を求める人間的な戦いは、日本においても、多くの先駆的な人々により、過去、現在、未来へと引き継がれているのであり、コスタリカで学び、感じたことを、自分個人の今後の生き方に活かしていくことの大切さを強く意識させられたコスタリカの旅でした。

バルガス教授の日本訪問

（1）バルガス教授との対話集会

久留米集会は、「コスタリカに学ぶ久留米の会」など人権・平和9団体で構成された実行委員会の主催で行われました。第1部はバルガス教授の講演、第2部は「平和を語る」という演題で私との対話と会場からの質疑が行われました。西日本新聞、毎日新聞が事前に報道したこともあって、当日は久留米主市以外の福岡市等からの参加もあり、会場は満席、300名以上の参加となり、熱気ある集会でした。

集会終了後の懇親会にも実行委員会を中心に40名の参加があり、バルガス教授との懇親も深め、関係者全員企画の成功を喜んでいました。

（2）地域での平和の枠組を

西日本新聞は集会後にもバルガス教授のインタビューを大きくとりあげました。

（記者）日本の隣国の北朝鮮は、国際社会の非難を受けてもミサイル発射を強行した。理解できない行動をとる国もある。対話だけで国や国民を守れるのか。

バルガス教授来日の際の懇親会にて

（バルガス）「日本人は、自国のこれまでの外交努力が十分だと考えているだろうか。戦後、日本は米国寄りで、隣国との関係が貧しい。近隣諸国とも友好関係を築き、米州機構のような地域で国際紛争を解決できる枠組みを日本が主導してつくるべきだ。アジアは多様で一筋縄ではいかないかもしれない。しかし、国と国民を守るために対話が重要だ」

（3）バルガス教授小学校訪問・対話

久留米集会の翌日、バルガス教授が日本訪問で強く希望されていた学校訪問が実現しました。私の出身校である久留米市立草野小学校を訪問され、1年生から6年生まで全学年の教室を回り、子どもたちと対話しました。

1年生の教室では、「コスタリカという国から来ました。今日みなさんに会えて嬉しいです」と挨拶されると、子どもの1人が「どんな旗ですか」と質問し、「赤・白・青です」と答えると、他の子どもから「知っている。見たことあるよ。家に世界地図があるよ」等の発言がありました。教授を囲んで子どもたちと一緒に写真を撮りました。

2年生の教室では、教授は教室の前方に飾られていた七夕の短冊を見て、「みなさんは、どんな願いを書きましたか」と尋ねました。子どもらからは、「背が高くなること」等の願いごとを数人が答えていました。「みんなの夢は何ですか」との問いに「スチュワーデス」「他の国の言葉を勉強したい」等の答えがありました。

3年生の教室では、「学校から帰ったらみなさんは何をしていますか」と質問されると、宿題、サッカー、野球、おにごっこ等々の活発な答えが返ってきました。「みんなしっかり勉強して社会に役立つ人になって下さいね」と子どもたちにエールを送られていました。

4年生の教室では音楽の時間でしたが、歓迎もこめられた「君をのせて」という歌をみんなで歌ってくれました。「すごく歌が上手ですね。今日ここに来られて、そしてみなさんの歌を聴くことができて、とても嬉しいです。みなさんがどのように勉強しているのかを知ることができて嬉しいです。山があっていいところですね。ここに来られて幸せです」と話されました。

5年生の教室では、「みなさんがこれからの日本の将来を担う人達です。だから他の国の言葉や他の国のこともぜひ知って下さい。コスタリカは小さい国です。みなさんみたいな小さい子どもたちの教育にとっても力を入れています。コスタリカの子どもたちも、自分の国の言葉だけではなく、他の国の言葉も勉強します。他の国の文化を知って、他の国を旅行することもすごく役に立ちます」等と語りかけました。

6年生の教室では命、自然、時間等のテーマの中から1つを選んで自分の考えをまとめる授業が行われていました。バルガス教授が生徒にどのテーマを選んだか等の質問や、人権とは何かについても質問されました。「人の権利」「毎日充分な食事ができること」「いい空気を吸えること」「自由に行動できること」等々の答えがありました。「子どもの権利というものがたくさんあるので、それも知って下さい」とも話されました。

その他、学校と家庭での勉強時間はどのくらいか、両親が勉強を教えてくれるか、何時に寝て何時に起きているか等々の多くの質問をされ、子どもたちが活発に答えていました。

バルガス教授は子供たちが明るく自分の考えを持ち発表できることにも感心されていました。長年の平和・人権教育の積み重ねの成果であることを説明しました。耳納山脈の麓の温泉宿泊施設で1泊後、福岡空港へお送りする途中で大宰府天満宮に立ち寄りました。日本の文化と接したことにも喜んでおられました。

9 「韓国併合」100年の痕跡確認の旅

2010年は、いわゆる「韓国併合」100年でした。日本は「韓国併合条約」を強要し、1910年から1945年8月までの35年間、朝鮮半島を植民地支配しました。

2008年10月25日、京都の龍谷大学で、「『韓国併合』100年市民ネットワーク設立総会」が開かれ、私は共同代表の一人に選ばれました。共同代表には田中宏さん（龍谷大学）、鶴見俊輔さん（哲学者）、前田哲男さん（ジャーナリスト）らも名をつらねています。

この「韓国併合」100年市民ネットワークは、日本と朝鮮半島に暮らす人々が100年の歴史をふまえて、相互に深い信頼関係を築き、国家の枠組みを超えて国際連帯の市民社会を創造すること、これを東アジアで実現することを目指して、日韓両国での市民運動を展開することを目的として設立されました。このこともあって、日本の植民地支配の歴史の痕跡の現場に立ち、自分の目で確認したいとの思いで、2008年12月12日から15日まで訪韓しました。特に深く思い出に残った訪問先をいくつか紹介します。

西大門刑務所歴史館

私は西大門刑務所歴史館を見学して、日本軍・日本官憲が過酷な植民地支配に抵抗する朝鮮の人々に対して苛烈な弾圧を加えた事実、それに屈することなく命をかけて立ち向かった朝鮮の人々の存在等を確認し、日本と韓国の歴史、自らの歴史認識を深め、日韓両市民の信頼、連帯を築いていくことの大切さをあらためて痛感しました。

西大門刑務所歴史館の沿革は、日本軍・日本官憲が、植民地支配に抵抗する朝鮮の人々を弾圧する機関として、１９０８年に京城監獄として新築し、その後、西大門監獄、西大門刑務所と名称変更され、１９９８年11月、歴史教育の場として開館されたものです。ここには、追悼の場、歴史の場、体験の場が設けられています。

追悼の場の映像室では、日本の侵略と弾圧に抵抗して投獄された朝鮮の人々への弾圧機関としての西大門刑務所設立の背景、変遷過程が、立体映像で7分間にわたって上映されています。

歴史の場の民族抵抗室では、朝鮮の人々の日本の植民地支配への抵抗の歴史が、時代、事件別に展示されており、獄中生活室では、拷問と弾圧に関する獄中生活の実状が展示されています。

体験の場の臨時拘禁室と拷問室では、朝鮮の人々を拘束・監禁し、取調べや拷問をした保安課の地下監房、拷問の数々を文献と考証を通じて再現されています。死刑場は、１９３２年に建てられた木造の建物で、ここで日本の侵略、植民地支配に抗した朝鮮の烈士が処刑されました。屍躯門は死刑を執行した後、その遺体を刑務所の後ろにある共同墓地に捨てるための秘密の通路であり、日本軍・官憲は、蛮行を隠すために閉鎖しましたが、現在は復元されています。

タプゴル公園（塔洞公園）

1919年3月1日に日韓併合に反対する運動家たちがこの公園に集まり、日本からの独立宣言を読み上げました。独立万歳運動は全国的に広がり朝鮮民衆は激しい抗争を敢行し、日本官憲との衝突、弾圧で死者7万509名、負傷者1万5961名、逮捕者4万6948名にものぼっています。

公園内にある銅板レリーフには、各地で起こった万歳運動の様子が刻みこまれています。1980年に3・1万歳運動の大韓独立宣言を記念するために建立された3・1独立宣言記念塔もあります。3・1独立宣言書の内容は、祖国の独立を宣言し、人道主義に基づいた非暴力、かつ平和的方法で民族自決による自主独立の運動の展開が込められており、私たち「コスタリカに学ぶ会」の目指す方向と一致していることからも感無量でありました。

安重根烈士記念館

安重根（アン・ジュングン）は、1909年、15箇条の罪状をあげて前韓国統監の伊藤博文をハルピンで射殺しています。裁判では、韓国独立のための義軍参謀中将としての行為であり、東洋平和のための行動であると主張しましたが、彼の主張は認められず、一般刑事犯罪人として死刑判決を宣告され、1910年3月26日に処刑されています。

龍谷大学深草図書館には、岡山県浄心寺から寄託を受けた安重根の遺墨3筆ほか、関係資料が貴重図書として特別倉庫に保管されています。命日である3月26日から4月1日までの間、龍谷大学、浄心寺の協力を得て、「韓国併合」100年市民ネットワークの主催により、同大学内の会場で同図書館所蔵の安重根関係資料の展示（一般公開）がなされました。安重根は、韓国・朝鮮民主主義人民共和国（以下「北朝鮮」という）では義士と称えられており、安重根烈士記念館には、彼の生い立ち、活動やその書等の資料が展示されています。

板門店

1950年6月に始まった朝鮮戦争は、北朝鮮・同国を支援する中国軍対韓国・アメリカを中心とする国連軍との戦争となり、第二次世界大戦後の東西対立を象徴する戦争となりました。

1953年7月の休戦協定に従って設定された軍事境界線（休戦ライン）は北緯38度線にそって東西248キロに延びており、南北2キロの幅の部分が非武装地帯となっています。板門店は、韓国と北朝鮮との軍事境界線上にあり、共同警備区域軍事停戦委員会本会議場の建物が設置されています。板門店の共同警備区域とは、800メートル四方の狭い空間を指し、国連軍側と北朝鮮軍側がそれぞれ6カ所に歩哨を置き、共同で警備しています。休戦協定後、1万2773名の捕虜が渡って交換されていた臨津閣（自由の橋）もあります。

板門店視察には特別の許可が必要で、パスポートのチェック、服装制限、写真撮影制限等の規制があり、いまだに戦争は終わっていないとの現実を前に、緊張感にかられながらの視察でありました。

10　小林節先生との出会い

2015年12月20日の朝日新聞で「平和・反差別　交わる弁護士　安保反対と共闘」という題で、私と小林節さんとの出会いを取り上げてくれました。

被差別部落出身の人権派弁護士と慶応大名誉教授のエリート弁護士

小林節先生と握手を交わしながら

戦後70年の今年、戦後補償や安全保障関連法反対の運動の先頭に2人の姿があった。異なる人生を歩んできた2人の絆を強めたのは差別体験だった。

11月20日夜、東京・北千住の天空劇場。安保法制に反対する「戦争はいやだ！　足立憲法学習会」主催の講演会で、約５００人を前に、慶応大学名誉教授で弁護士の小林節さん（66）は開口一番、こう言った。

「尊敬、私淑する中山武敏さんに来いと言われてやってきました」

講演会の実行委員長を務めた弁護士の中山武敏さん（71）は、福岡県の被差別部落に生まれた。靴修理業の父は部落解放運動に打ち込み、母の廃品回収業が家計を支えた。高校、大学と夜間部に通い、司法試験に合格。狭山事件など差別問題に絡む裁判にも主任弁護人としてかかわってきた。

中山さんが大切に保管しているファックスがある。昨年12月小林さんから自宅に送られてきたものだ。

〈私は、先天的障害児として差別（苛め）の中を生きてまいりました。ですから、自然に求めて憲法学者になったのですが、（中略）体制側に近い所に長居いたしました〉〈しかし、権力者の傲慢をイヤという程見せられ、60歳の頃（5年前位）から、妥協せず信ずる事を語り切って生きて死にたいと思うようになりました〉

小林さんは生まれつき左手の5本の指がない。幼いころはいじめにあい、高校では不登校に。「思春期には自分が醜いアヒルの子のように思えて嫌になった」。ファックスの文面の背景には、そんな経験がある。

慶応大卒業時には成績優秀で金時計をもらい、ハーバード大にも留学したエリート。

１９８０年代から90年代、憲法学者の中では少数派の改憲派の論客として自民党とのつながりを深めたが、近年は解釈改憲を進める安倍政権に対して批判の論陣を張る。この夏、小林さんはひときわ存在感を発揮した。衆院憲法審査会で6月、安保法案を「違憲」と断じ、審議の空気を変えた学者3人の1人になった。国会前での学生の集会でもマイクを握り、学生と大学人の共闘に先鞭をつけた。

そんな小林さんと中山さんが初めて顔を合わせたのは、昨年12月。慰安婦の記事をめぐり元朝日新聞記者の植村隆さんが起こした名誉棄損訴訟の打ち合わせの席だった。弁護団長の中山さんが、小林さんに弁護団への参加を呼びかけた。小林さんは副団長就任を快諾し、中山さんにこんなファックスも送った。

〈初対面でありながら、なにか懐かしい感じがしました〉。

今年1月3日、中山さんが脳梗塞で倒れて入院した時、家族以外で真っ先に病院に駆けつけたのも小林さんだった。中山さんが取り組む空襲被害者救済をめざす実行委員会の副委員長にもなった。

小林さんは自身の変化について、こう話す。

「国家は国民を幸せにするためにあるという本質的な考えは変わっていない。視野が広がったということだろう」（編集委員・豊秀一）

11　部落差別と天皇制

部落差別は過去の問題との見解もあります。私は狭山事件や部落差別にかかわる多くの事件、天皇制集会の施設使用拒否事件（静岡県に賠償命令）にもかかわってきました。部落差別は厳然としてあり、格差社会が広がる中で、不満、抑圧、鬱積したエネルギーが源となり、陰湿な部落差別事件も激発しています。

これらの事実、差別の中で必死に生き抜き、誠実に人間解放を希求している人々の存在を伝えていくことも、大切なことだと考えています。個人史のなかの部落差別と天皇制という視点から述べてみたいと思います。

貴族あれば賤族あり

「貴族あれば賤族あり」。これは部落解放の父といわれた故松本治一郎の言葉です。天皇制は、人間はどのような血統に生まれようと生まれながらにして平等であるという憲法第14条と、根本的に矛盾する存在です。天皇の血統を特別の血統として他と区別し、「貴い血」と認めることは、「賤しい血」を認めることにもなるというのが、部落差別の視点からのとらえかたです。

天皇制、天皇賛美は社会的差別意識を再生産していると思います。天皇崇拝の民衆心理（私も民衆の一人として）を黙認・是認することは、部落差別をはじめとした障がい者差別、女性差別や一切の差別の心理を是認することに繋がると思います。そして差別意識、人権感覚の欠如は、再び「戦争ができる国」への道を許すことにも通じていると思います。

個人史の中の部落差別と天皇制

父は靴修理業をしながら部落解放運動、平和運動に生涯をかけ、天皇制に強く反対していました。父に収入がほとんどないので、母が廃品回収業をして私たち子どもを育ててくれました。父母は部落差別の中で必死に生き、死んでいきましたが、私も「お前の部落は人種が違う」「火の玉が出て恐いところ」だとか、父母の職業をとりあげて「クツ」「ボロ」などと罵られ、中学卒業時の就職試験では身元調査で不採用となりました。

昼間働いて夜間定時制高校を卒業し、上京、夜間大学で学び弁護士となりました。私が弁護士になってからも、母は死去するまで38年間、廃品回収の仕事を続けました。父も、富や地位を一切求めることなく清貧のうちに波瀾に富んだ73年の生涯を終えました。

「部落解放優しく強く説き給ふ君が瞳みの輝きており」。この歌は、亡き父の誕生祝いの際、森田宗一弁護士（東京弁護士会）が作られ、色紙に書いて父に贈られたものです。森田弁護士は「中山さんの部落解放の運動は、政治的イデオロギーによる運動や、とって付けたようなものではない。人間の悲しさ、苦しさの中から己を捨て、ただ人間的（ヒューマン）な視点からの、温かさと強烈さをもったものであると感じとったのである」と書かれています（父著『部落解放　自らを糺す』より）。

元裁判官で退官後、八海事件の弁護、狭山再審事件の弁護団長をなさった故佐々木哲蔵弁護士も、父の天皇制に反対する姿勢を高く評価されていた一人です。父死去の際、「私が平素尊敬している中山重夫さんが、突然お亡くなりになったことは、ほんとうに残念でなりません。中山さんは、文字通り、正義感の魂の人であり、そのほとばしる情熱は、私にとって、常に強い刺激となっていました。しかも、てらいのない謙虚なお人柄は、部落解放の闘いを人々に理解してもらううえにおいて、大きく役立っていたと思います。そして特に、一般の日本人にとって、タブーとされている天皇制への公然とした痛烈な批判はただただ頭が下がる思いでした」との追悼文を寄せられました。

肉弾三勇士と部落差別

私は、「橋のない川」の住井すゑさんにも生前お会いしたことがありますし、娘さんの増田れい子さんは、私が担当している狭山再審事件の支援運動を、「真空地帯」の作家野間宏さんの後を継いで鎌田慧さん、灰谷健次郎さんらと共に熱心になされていました。

『わが生涯——生きて愛して闘って』（住井すゑ・増田れい子著、岩波書店）の中で、「前戦は被差別部落の兵隊。上海事変のときの爆弾三勇士ね。そのなかに被差別部落出身の兵隊がいたと当時いわれた。どうせ死ぬのなら爆弾三勇士で命を捨ててかかれば、このいくさが終わったら被差別部落民でなくなるだろうという希望を、文章に残したという話しもある。命を国に捧げたら差別はなくなるだろうという希望を持って、あの前戦を踏み越えて行くわけだね。あれは地雷が仕掛けてあるのがわかっていて、そこを突破して行くんだから。爆弾三勇士はあの時代、軍神といわれたのだけど、被差別部落出身と聞いていた人たちは、爆弾三勇士の写真を『軍神づらするな』と庭にたたきつけたというからね。死んでまでそうやって差別された。しかし、よくそこまで天皇制の悪を徹底させたもんだ」と語られています。

部落差別と天皇制とは根本において矛盾しているにもかかわらず、被差別部落民衆を偽りで欺くことが、明治時代から支配層や融和運動を通し意図的になされています。

私は、母の出身である筑豊炭田の石炭の集積地であった直方市の郊外の被差別部落で生まれ、小学1年生まで居住していました。直方の部落では、毎月、明治天皇が死亡した日に部落の人達が集まって、明治天皇の供養をかねた茶飲み会を戦後も続けていました。

父の出身地である久留米市の被差別部落に転居しましたが、久留米の部落にも明治天皇の写真をかかげている家が何軒かありました。弁護士になって関東の被差別部落にも行きましたが、祖先の写真、戦死した親族の写真とともに明治天皇の写真がかざってあるところがやはりありました。

明治天皇が部落解放令（１８７１年太政官解放令）を出してくださり、差別がなくならなければ自分が全国の部落民を連れて朝鮮に移住するとおっしゃったという偽りが部落民衆に伝えられ広められているのです。賤民身分を廃して平民身分に解放してくれたのが明治天皇であるとの敬愛の意識を植えつけ、戦場で天皇のため、国のために命を捧げ、手柄をたてることによって差別をなくそうとする心情がつくりだされているのです。

私の父も招集され、中国戦線に送られる時、日露戦争で片足を失った祖父から、「俺は天皇のために戦って片足を失った。だから、町の一般の者が誰も差別しない。お前も戦場で手柄をたてて天皇のために戦ってこい。そうすれば、誰も部落を差別しない」と言われています。

父は天皇制反対行動の「皇居突入事件」の東京地裁公判で、弁護側証人として祖父のことや軍隊での経験を証言しています。１９３３年に招集され、久留米の陸軍戦車隊修理兵として当時の満州（東北省）の公主嶺に現役入隊し、「部落差別をなくすためには天皇の下に忠誠を誓って、自分の命を捨てた闘いをすることこそ、部落民への差別が少しでも軽くなると思って立派な軍人になるため」軍隊内で訓練に励んだと証言しています。

いったん退役した後に再度招集され、１９３7年7月7日、盧溝橋事件が起こり、盧溝橋で約1ケ月間、総攻撃の開始まで従軍し、「日本国家のため、天皇のためということで、戦争でも私は弾薬を運ぶとか、戦車の破壊されたのを修理するとか、そういうことをやったんですが、南京攻略後、南京城に入城して揚子江沿岸の驚く程の虐殺された中国人民の死骸を見ました。中国の正規の兵隊でないおじいさん、おばあさん、そういう人達をみさかいなく殺す。それを見た時に、天皇のためという戦争でこのような事がゆるされるのかどうか自問自答した訳です」と証言しています。

晩年の父は、静岡の高校教師森正孝氏が南京の虐殺記録フィルムを使って製作された「侵略」という映写フィルム、映写機を購入し、自費で全国300ケ所以上をまわって南京での自分の体験を訴えています。中国「光明日報」（1982年8月17日付記事）が父の活動を紹介していますが、その中で父は、「自分は当時普通の兵士と同様に、軍国主義教育の害毒を受け、中国侵略戦争が不正義だという認識はしていなかった。しかし、南京で目撃した血のしたたる事実は、心の中に極めて大きな疑問を抱かせた。軍国主義が長期にわたり押しつけてきたものは、段々と自分の心の中で揺れ動き崩れていった」と語っています。

父のたった一人の弟も硫黄島で戦死していますし、住井さんが語られている爆弾三勇士の話は私も具体的事実を聞いています。多くの部落出身兵士が、天皇のため、国のために勇敢に戦うことによって、認めてもらいたいという私の祖父、父と同じような心境にあったと思います。

しかし、天皇のために死をかけて戦っても、「真空地帯」に書かれているような上下差別の暴力支配機構の中で天皇の軍隊内で陰湿で過酷な部落差別が多発しています。住井さんの「天皇制の悪を徹底させたもんだ」との言葉に同感です。

安心のファシズム

私は多くの酷い部落差別事件を担当しましたが、1993年9月から98年3月にかけて合計25通の差別葉書が東京都食肉市場、千葉清掃工場、運動関連事務所、個人宅に郵送される事件がありました。

内容は、「俺はこの度、貴様が江戸時代における穢多非人即ち特殊部落民の子孫であるという秘密をつきとめた。この秘密を日本中に暴露宣伝されたくなければ即金で500万円持って来い。もし拒絶すれば貴様は徹底的な嫌がらせを受け、従来の如き平民並の生活を営むことができなくなるであろう」等というものでした。

この連続差別脅迫事件に、黒柳徹子さんもメッセージを下さいましたが、「私はユニセフ親善大使になってから、アジアやアフリカで、沢山の差別による苦しみを見てきました。人間は、みんな同じように幸せになるように生れてきているのに、いったいどうして、こういうことが起こるのでしょう。悲しいことです。私は小学校の時、体に障害を持っていたり、その他、いろいろ障害を持っている子どもたちと、一緒に過ごしました。校長先生は、そういう子どもたちを助けてあげなさいとか、手を貸しあげなさいとは、おっしゃいませんでした。いつもおっしゃっていたことは、『みんな一緒だよ。一緒にやるんだよ』これだけでした。この言葉が、今の私を作ってくれていると思っています。皆様の運動が広がることを、心から祈っています」というものでした。

この事件以外にも部落差別事件は全国で激発しています。２００３年5月から04年10月にかけて、東京を中心に全国の被差別部落出身者等に、同一人物が差別葉書・手紙等を連続して約４００通も発送するという悪質な差別事件については前に述べましたが、東京食肉市場に送りつけられた最初の封書の1部には、「東京食肉市場というときこえがいいけども、ようはと殺場、ブタ殺しの職えた（えたは人間でないので職人ではない）のバカどもへ。お前たちは自分たちえたよりも上とうな動物であるブタを殺している血も涙もない残酷な生き物だな。えた、非人はノミ、ウジ、ゴキブリ、ハエ、シラミ、ＳＡＲＳ菌なんかよりも下とうな単細胞生物である。もちろん人間でないのでお前らには人権なんて高貴なものはない」等と書かれています。

このような差別文を作成・送付する理由を「お前たちえただろう。えたのくせして差別がイヤなんてふざけたこと言うんじゃねえ。えたは差別されていればいいんだよ。差別されないえたなんて家をつくらない大工みたいな者。勤務怠慢である。えたが差別イヤということは絶対認められない。お前たちは日本、いやこの世にいる限り差別されるのが仕事である。えたという化け物はうんこより汚い化け物である。人間はこの厳しい毎日の日常生活の中で少しでもストレスを解消したり癒されたいと思う。その時にえたを差別することによって心を回復させることができる」と書いています。

ジャーナリストの斎藤貴男さんは、その著『安心のファシズム』（岩波新書）の中で、この手紙を取りあげ、「部落差別や朝鮮人差別だけではない。今回の人質バッシングもまた、こうした浅ましい心理のメカニズムが原動力である点で共通している。自分自身の不満を、それこそ自己責任で解決できない人々による、結局のところは鬱積晴らしでしかないのである」と分析しています。同著書のあとがきでは、「独裁者の強権政治だけでファシズムは成立しない。自由の放擲と隷従を積極的に求める民衆の心性ゆえに、それは命脈を保つのだ」と指摘されています。

矛盾の深まりの中で、天皇賛美、天皇の権威の強化、愛国心を強要し、天皇を中心として国民を統合していこうとする支配層の動きの中で、差別事件が激発していると思います。世界人権宣言は「人権の無視及び侮蔑が、人類の良心を踏みにじった野蛮行為をもたらした」と宣言しています。

天皇制の検証は時機にかなったものだと思います。

（第11節初出：『法と民主主義』２００６年10月号、№４１２）

第Ⅱ部　私の取り組んできた事件

第1章　東京大空襲訴訟

1　東京大空襲とは

１９４５年3月10日の東京大空襲では、わずか2時間半の空襲で10万人以上が亡くなり、40万人が負傷、26万８０００戸が焼失し、１００万人が被災しました。

子どもたちはみんな学童疎開していましたが、帰って来たらお父さんもお母さんも死んでいる。孤児が10万人以上も出ているのです。

ところがその事実は一切伏せて、戦後の第1回帝国議会で、政府は孤児の数を何千人としか報告していません。全部隠しているのです。

孤児たちは餓死したり、凍死したり、山の中に捨てられたり、孤児狩りで檻に入れられたり、上野の地下道にいたのを捕まえられて施設に送られたりしました。もう本当に栄養不良の状態に置かれて、生き残っても、ほとんどの人が自殺を考えたことがあったりするのです。

ところがこの人たちは戦後、何の補償もされず放置されて、勉強もできませんでした。狭山の石川さんや部落の子どもたちと同じような状況に、孤児たちも置かれていたのです。

そういう事実を知ったら、やはり、これを放置することは出来ません。

提訴へ

東京大空襲の被害者たちは裁判を起こそうと、いろいろ有名な弁護士のところに相談に行きます。ところが名古屋空襲訴訟で「戦争犠牲ないし戦争損害は、国の存亡にかかわる非常事態のもとでは、国民のひとしく受忍しなければならないところであって、これに対する補償は憲法の全く予想しないところ」という最高裁判決がありますから、弁護士は誰も引き受けないのです。

早乙女勝元さんと原告団長の星野さんが私のところに来て、弁護の依頼をされました。私は、「これは困難だけれども、早乙女さんが来てるから、やらなきゃいかん」ということで、弁護団長を引き受けることにしたのです。そして私の呼びかけに、およそ１００名の弁護士がすぐ結集してくれて、６年半にわたり裁判を闘いました。

最高裁では認められませんでしたが、１審判決は原告団20人の被害事実を認めて「これは立法で解決すべき問題」という判決を出しました。

私はすぐに、東京大空襲連絡会という組織を作り、早乙女さんやジャーナリストの斎藤貴男さんや前田哲男さんを代表として、いま、立法運動に取り組んでいます。

２　東京大空襲訴訟の概要と経過

東京大空襲の概要

東京大空襲は、１９４５年３月10日の未明、マリアナ基地群（サイパン・テニアン・グアムの３島）から発進したアメリカ軍の325機（うち爆弾搭載機279機）が焼夷弾1665トンを東京の下町地域に投下し、2時間余りの無差別絨毯爆撃により、10万人以上の命が奪われ、負傷者は約40万人、焼失家屋約26万8000戸、被害者は100万人にのぼっており（この3月10日の空襲をとくに「東京大空襲」という）、原爆投下に匹敵する瞬間的大虐殺として人類史上、世界に例をみないものです。

東京大空襲は3月10日のほか、4月13～15日、5月24日、25日が大規模なものです。東京へのアメリカ軍のB29重爆撃機による本格的な空襲は、1944年11月から始まり、1945年8月15日の終戦までの9ヵ月間に100回を上回る連続的な空襲が繰り返され、東京は壊滅的な廃墟となりました。

東京大空襲訴訟の経過

東京大空襲訴訟の第一次訴訟は東京大空襲から62年目の2007年3月9日（3月10日は土曜日）、東京空襲の被害者やその遺族112人（20都道府県居住・年齢57歳から88歳で平均年齢74歳）が原告となり、国に謝罪と賠償を求める集団訴訟を東京地方裁判所に提訴しました。

この訴訟は、空襲による民間人被害者が集団提訴をなし、札幌弁護士会から沖縄弁護士会まで全国から110人の多数の代理人が名を連ね、戦争被害について本格的に国の法的責任を問うものです。

原告らは62年の時を経過しても、なお癒えぬ傷と悲しみが続いています。国の戦争開始、遂行、終結遅延がなかったならば、東京空襲も広島、長崎の原爆投下もなかったのであり、国の責任を問う最後の機会として原告らは提訴の決意をしたのです。法的には多くの壁がありますが、「このままでは死ぬに死にきれない」との原告らの思いに応えることが法律家としての使命であると多くの弁護士が共感し、この提訴となったのでした。

第二次訴訟は、翌2008年3月10日に20人が原告となって同地裁に提訴しました。同訴訟で新たに6人の代理人が加わり、代理人弁護士は総数116人となりました。第一次、第二次訴訟は併合審理され、2008年11月13日の第7回口頭弁論期日に作家の早乙女勝元さんの証人尋問、5人の原告の本人尋問が実施されました。

続いて、2008年12月18日の第8回口頭弁論期日に、精神科医の野田正彰関西学院大学教授の証人尋問、原告4人の尋問が実施されました。

2009年1月29日の第9回口頭弁論期日には、歴史学者の池谷好治さんと憲法学者の内藤光博専修大学教授の証人尋問、原告本人3人の尋問が実施されたのち、証拠調べが終わり、最終弁論を得て結審、判決という流れになりました。

①東京大空襲訴訟の意義

1　訴訟の目的と意義

本件訴訟の目的と意義はまず第一に、東京大空襲の被災者の凄惨な体験を語り、東京空襲の被害の実情、戦争被害の残酷さ、前線と銃後、兵と民の差はなく日本の国土が戦場であったこと、その被害は、被害当日にとどまるものではなく、戦後長く、そして現在までその傷は癒されることなく継続していることを明らかにする。

被告国が、軍人・軍属に対しては、恩給等を支給し、年間1兆円近くを補償しているのに、民間人被害者を切り捨て放置し、何らの救済をせず、軍人・軍属との差別を肯定していることに対する不条理がさらに原告らの苦しみを拡大させている。いかなる差別も人間として耐えがたいものである。

この裁判は人間の尊厳を奪ってきた被告国の責任と司法に携わるものの人権感覚を問うものである。

この裁判は過去の出来事に対する訴えではなく、人間回復を求める裁判である。

東京大空襲訴訟原告団・弁護団

東京大空襲が国際法違反の無差別絨毯爆撃であったことを裁判所に認めさせ、戦争を開始した政府の責任を追及する。軍隊・軍事施設等の軍事目標ではなく、無防備都市を無差別爆撃し、国民の戦意をくじくことを目的としたいわゆる「戦略爆撃」は、これまで戦争犯罪を裁く国際法廷でもその違法性・責任を問われることはなく、その後の朝鮮戦争、ベトナム戦争、アフガニスタン、イラク、レバノン、そしてイスラエルのガザ空爆へとつながっている。

この裁判は、加害（重慶爆弾）と被害（東京空襲）を問う裁判でもある。

父母兄弟・身内を亡くした人、障害者となった人、孤児になった人、家・財産を失った人などの、戦中戦後の筆舌につくせない辛酸な生きざまを明らかにし、日本国憲法にもとづき、国に対し、民間人犠牲者への差別をあらためさせ、法の下での平等を実現するとともに、犠牲者への追悼、謝罪及び賠償を行わせる。

被告国は、東京空襲による死傷者や被災者、行方不明者の実態調査、被害者の氏名記録、遺体の確認、埋葬もせず、追悼施設も刻銘碑もつくっていない。死者を悼むという人間的心情も踏みにじり続けている。

東京空襲により、多数の戦災孤児が生まれ、悲惨な状況におかれたのに何らの保護、援助をなしていない。原告らの提訴は、自らの被害者の救済を求めるためだけではなく、阿鼻叫喚の地獄の恐怖の中で無念に殺された人々のためにも、次の世代に、戦争の悲惨さ、不条理を伝えなければならないとの高い志でこの裁判を起こしたものである。

この裁判は、「戦争ができる国」への動きをくいとめ、平和と人権の確立を求める裁判でもある。

2　原告らの主張の骨子――被告国の法的責任の根拠

（1）被告国の空襲被害者に対して何らの救済をしなかった不作為責任

「先行行為に基づく作為義務」

米軍による無差別絨毯爆撃は非人道的で国際法に違反することは明白であるが、米軍の爆撃を招いたのは、日本政府の先行行為として、宣戦を布告して無謀な侵略戦争を開始、遂行し、敗北が必至となっても戦争終結を決断せず、本土決戦を選択したからであり、戦争被害は、米国政府と被告国の共同不法行為によるものである。

無防備都市を爆撃し、民間人を殺傷し、戦争遂行の戦意をくじくことを目的とした残忍な無差別爆撃（戦略爆撃）の先例をつくったのは中国戦線での日本軍である。とりわけ、重慶爆撃は、都市爆撃と焼夷弾とを組み合わせた無差別爆撃の頂点をなすものである。

日本軍のまいた種が、先行行為（原因）となり、アメリカの対日政策に大きな影響を与え、より大規模な無差別絨毯爆撃となり、東京、日本各都市空襲、広島、長崎への原爆投下とつながったものである。

被告国のこれらの先行行為によって東京大空襲の被害が発生したものであり、被害者を救済する法的作為義務がある。

憲法の基本理念から導かれる「特別な作為義務」

憲法第13条（個人の尊重・幸福追求権・公共の福祉）は、すべて国民は個人として尊重される、生命、自由及び幸福追求に対する国民の権利については、公共の福祉に反しない限り、立法その他の国政のうえで、最大の尊重を必要とすると規定し、幸福追求の権利を保障している。

憲法は、その前文で、「政府の行為によって再び戦争の惨禍が起こることのないようにすることを決意し……この憲法を確定する」「われらは、全世界の国民が、ひとしく恐怖と欠乏から免れ、平和のうちに生存する権利を有することを確認する」と謳い、第９条は、戦争の放棄、戦力の不保持、交戦権の否認を規定している。

憲法前文、第９条の保障する平和のうちに生きる権利（平和的生存権）、第13条の個人の尊重・幸福追求権、第14条の法の下の平等、第17条の国及び公共団体の賠償責任、第25条の国民の生存権、国の生存権保証義務、第29条の財産権、第40条の刑事補償等を総合的に理解すれば、米軍の原爆投下を含む空襲による被害は、国内における「戦争の惨禍」の最たるものであるから、この被害を救済することは戦後における日本政府の憲法上の義務であり、その義務の内容は、被害者に対する平等な救済と保障である。

被告国には、民間人空襲被害者の救済義務を怠った行政上の作為義務、立法の作為義務違反の違法がある。

(2) アメリカによる東京大空襲の国際違反と日本政府の外交保護義務違反

東京大空襲は無防備都市に対する無差別爆弾であり、国際違反である。東京大空襲の被害者はハーグ陸戦条約第３条に基づき国際法違反の空襲を行ったアメリカ政府に対して損害請求権がある。ハーグ条約第３条は、軍隊構成員が戦争法規に違反する行為を行った場合には、その被害者個人が、加害国に直接に損害賠償を請求する権利を定めている。

日本政府は対日平和条約により空襲被害について、国際法上の外交保護権を放棄した。これにより、東京大空襲の被害者のアメリカ政府への損害請求権の行使を著しく困難または不可能にした。この外交上の保護権の放棄は、違法な「公権力の行使」にあたる。

（3）違法レベルの高度に不合理な差別

戦後の戦争被害補償制度では、一部の例外を除いて被告国は軍人・軍属（戦闘任務以外の軍務従事者）のみを対象とし、民間人被害者については対象にしてこなかった。これは不合理な差別であり、憲法第14条の平等原則に反する。国際的には内外平等主義・国民平等主義で全ての空襲被害者の被害を補償している。

3　原告らの概要

第一次、第二次の原告132人のうち、父母（両親）を含む親族を失った原告が49人で、45人は20歳未満であった。父または母の一方を含む親族を失った原告は55人であるが、既に他の一方が死亡していたため、両親とも失った原告は11人で、いずれも20歳未満であった。たった一人だけ残され孤児になった原告は21人にのぼり、いずれも20歳未満で、うち18人は15歳未満であった。

両親を失った原告の多くは、残酷な境遇におかれ、親戚を転々とさせられ、厄介もの扱いや奴隷労働を強いられ、教育の機会平等を奪われ、差別と偏見の中で、戦後を生き抜いたのである。

原告の金田マリ子さん（84歳）は、1935年に浅草で生まれ、3人姉妹の2女で、父は野球ボール用革専門卸売業であったが、金田さん本人が3歳のとき急死し、母が商売を継いで子どもたちを育てていった。

3月10日の空襲のときは、本人は家族と離れ、宮城県の鎌先温泉に学童疎開をしていた。同日の空襲で家族は被災し、母と姉の遺体は墨田川から引き上げられたと知らされたが、妹の行方は現在も不明のままである。

金田さんは9歳で戦災孤児となっている。金田さんは親戚に預けられたが、邪魔者扱いされ、殴られたこともあり、真っ暗な河原で、「早く母のところへいきたい」と泣いていたのを、通りかかった人に保護されたこともある。中学2年生のころ結核になっているが、医者にもかかっていない。学校を出て、上京し、飲み屋などで働き、差別と屈辱、親のいない惨めさを味わいながら戦後を生き抜いている。

23歳のころ右目が見えなくなり、眼科の医師から「成長期に栄養が不足して、眼底が悪くなっている。治すのは無理」と言われ、右目は失明している。

原告の豊村美恵子さん（92歳）は、３月10日の空襲時は18歳で、仕事は、上野駅の出札掛けをしていた。住まいは深川区（現・江東区）州崎弁天町で、豊村さんの父は家内被服工業を営み徒弟職人を雇用していた。3月10日の空襲で、州崎弁天町の家は焼失し、家族４人（父、母、次姉、末弟）が空襲戦災死している。当日、豊村さんは上野駅出札掛の徹夜勤務で不在だったため、助かっている。

豊村さんは、３月10日の後の8月3日、上野駅の徹夜勤務明けの帰り、赤羽駅の国電を狙ってＰ51機が来襲し、機銃掃射を浴び乗客ら7人が死傷し、自らも右手を切断する傷害を負っている。これまで6回の手術をしているが、今も腕の付け根の極端な痛み、痺れ、不眠、精神的不安定の苦しみが続いている。右手がないことで半身重心不均衡で歩行中、何度も転倒し、けがをし、短い手に脛骨、胸骨がどんどん湾曲に変形し、体形は首の神経を圧迫している。戦後の生活も日常的な不自由、社会の偏見・蔑視の差別の中で絶望的な生活を強いられてきた。

原告の戸田成正さん（88歳）は、１９４５年4月13日の夜中の東京空襲で母と避難中、油脂焼夷弾が至近距離に落下し、火のついた油脂が飛び散り、母の腰に巻いていた貴重品に火がつき、母は腹部から下半身を焼かれ重傷、戸田さん本人も顔、腿、足首に大火傷を負っている。母は、担架で東大病院へ運ばれ、本人も途中まで担架に付き添って歩いたが、失神して倒れる。本人が病院で気をとり戻したときには顔は大きく膨れあがっていた。看護師からは母は4月17日に死亡したと聞かされる。

戸田さん本人は、治療も十分にしてもらえず、火傷は治癒していなかったのに退院させられる。右耳は削られ、顔や腿にケロイドが残り、かつらで頭と耳を覆い、テープで口のゆがみを隠している。猛火の中を逃げまどい、母を亡くし、自らもひどい火傷を負い、今もケロイドが残り、心の傷は癒し難しく、サイレンの音に対する恐怖感、空襲のときの状況がフラッシュバックして不眠、抑うつ状態が現在も続いている。

訴状には第1次原告112人、第2次原告20人の被害概要を別紙として添付し、東京大空襲の被害の深刻さの実情を明らかにしている。

4　被告国の対応と裁判所の姿勢

被告国は、「戦争被害ないし戦争負担は、国民はひとしく受任をしなければならない」との1987年の最高裁判決（「戦争被害受忍論」）を引用し、原告らの主張についても事実認否を行わず事実関係に関する証拠調べも一切不要であり、書面審理のみでの早期の棄却を主張した。

とりわけ、早乙女勝元証人に東京大空襲の自らの体験について証言を求めることは「有害」であるとまで主張し、証人尋問に強く反対したが、弁護団の反論、世論の批判により、「有害」との主張を撤回せざるをえなくなり、裁判所も早乙女証人を含む4人の専門家証人の証人尋問を採用したのである。

早乙女証人の陳述書の作成・提出、証人尋問は私が担当したが、早乙女さんの東京大空襲に関する『東京大空襲――昭和20年3月10日の記録』（岩波新書）をはじめ、全著作をすべて何回も熟読し、先生とも10回近くの打ち合わせを連日行った。私にとっても弁護士生活40年近くの中で早乙女陳述書作成、尋問は、もっとも力を集中した弁護士活動の一つであった。

早乙女さんも「わが人生のひとつの節目たる証人尋問」として、妻の直枝さんを亡くされた悲しみを力にかえて法廷で東京大空襲の真相、先生自らの体験、救済の必要性についての説得力と感動的な証言をされた。

早乙女さんは尋問のまとめで、東京大空襲についての3月10日大本営発表が「都内各所に火災を生じたるも、宮内省主馬寮は2時35分、其の他は8時頃までに鎮火せり」としたことに触れられ、「１００万人余りの罹災者と10万人もの都民の命は〝其の他〟でしかありませんでした」「戦中の民間人は民草と呼ばれて、雑草なみでしかなかった、といえましょう。残念ながら〝其の他〟は戦後に引き継がれまして、今、高年齢となった被害者や遺族の皆さんは、旧軍人軍属と違って国から何ら救われることなく、今日のこの日を迎えているのです。国民主権の憲法下にあるまじき不条理で、法の下での平等の実現を願っております」と証言された。

５　東京地裁判決（２００９年12月14日付）について

原告１３１名が国を被告として、民間人空襲被害者に対しては、国が何らの救済をなさず放置してきたことへの謝罪と賠償を求める東京大空襲訴訟の判決が東京地方裁判所で言い渡された。原告らの請求を棄却するというものであった。原告らのうち１１３名が、この判決は司法の責任を放棄するもので承服できないとして、東京高裁に控訴した（18名は心身の状態等の事情で控訴を断念）。

地裁判決は、「戦争被害受忍論」に依拠することができなかったという点において、「戦争被害受忍論」を実質的に打破した。これは一つの到達点である。窓口での早期の棄却も懸念された中で、事実調べ、実体審理をさせることができたのは、訴訟活動、支援運動の成果であった。

被告国は、東京大空襲訴訟だけでなく、他の戦後補償裁判でも戦争被害受忍論を引用し、裁判所も最高裁判決に依拠して棄却をなしてきた。しかし、東京大空襲訴訟では、原告、弁護団の活動、マスコミ報道、世論の支持により、裁判所が被告国の主張をそのまま受け入れられない状況をつくり出した。

地裁判決は、「第二次世界大戦中の日本国民が、国家総動員法等の下で、戦争協力義務を課せられ、必然的に戦争に巻き込まれていったことなどの事情を考慮すると、一般戦争被害者（本件においては、東京大空襲の一般被災者）が受けた戦争被害といえども、国家の主導の下に行われた戦争による被害であるという点においては、軍人、軍属との間に本質的な違いはないという議論は、なり立ち得るものと考えることができる。」「原告らの受けた苦痛や労苦には計り知れないものがあったことは明らかである。そして、そうだとすれば、原告らのような一般戦争被害者に対しても、旧軍人軍属等と同様に、救済や援護を与えることが被告の義務であったとする原告らの主張も、心情的には理解できないわけではない。」と判示している。

この判示は、戦争被害は「国民の等しく受忍しなければならない」とする戦争被害受忍論の立場とは明らかに異なっている。専門家証人の証言、原告ら本人尋問、全ての原告の陳述書を含む提出書証等の証拠調べの結果によって、旧憲法的人権感覚の前記最高裁判決に依拠できなかったことを示すもので、事実調べを勝ち取ったことによる成果である。

原告らも法廷で、軍人軍属等と差別することなく戦争被害者として認めて欲しい、人の命に尊い命とそうでない命があってはならない、このままでは死ぬに死にきれないとこの裁判にかける思いを必死で訴えた。

しかし、判決は、結論においては、空襲被害者の救済は「国会が、様々な政治的配慮に基づき、立法を通じて解決すべき問題であるといわざるを得ない」等として、本来司法の果たすべき責任を放棄し、「立法解決」へと責任を転嫁し、原告らの請求を棄却したのである。判決も「原告らが受けた苦痛や苦労や計り知れないものがあったことは明らかである」と被害事実を認めているのである。

憲法は「政府の行為によって再び戦争の惨禍が起こることのないようにすることを決意」して制定されている。戦後政府の第一の任務は、内外の戦争犠牲者に対して、戦後処理責任、補償責任を果たすことであったが、いまだにその責任が果たされていない。

６　提訴後の動き

東京大空襲の惨状を命を賭けて写真撮影し、戦後のＧＨＱのネガ提出命令も拒否した警視庁元カメラマンの故石川光陽さんの活躍を、ＴＢＳがテレビドラマ化し「３月10日東京大空襲　語られなかった33枚の真実」を２度にわたって放映した。同ドラマには、筑紫哲也さんの遺言ともいうべき、東京大空襲で数千人もの人々が焼死、溺死した言問橋での語りも織りまぜられている。

私は、この33枚のうちの写真２枚（子どもを背負ったまま倒れた母の背が白い写真と炭化した死体の写真）を法廷で、故石川カメラマンに敬意と「あなたが命がけで写した遺志を受け継いでいますよ」との気持ちをこめて、早乙女証人に示して尋問した。

東京大空襲裁判は、平和と命の尊さ、人間の尊厳を求める裁判である。

②東京高裁判決とその後の展望

１　不条理な差別を是認、肯定した不当判決

東京高裁は原告ら（控訴人）の控訴を棄却した。

旧軍人・軍属にはこれまでに、60兆円を超える補償がなされているのに、原告ら民間人空襲被害者には、何らの補償もなく、切り捨て放置されてきた。法の下の平等を謳った憲法第14条違反との原告・弁護団の主張は、控訴審でも認められなかった。

私は、控訴審口頭弁論終結の最終意見陳述で、「東日本大震災、福島第１原発事故の救済、支援、復興については、公費が投入されています。国家の主導により、国家総動員法等の下で戦争協力義務を課された控訴人らの被害が救済されるべきであることは当然の法理です。控訴人らは高齢であり、司法による救済の最後の機会です。軍人・軍属等と差別することなく、同じ人間として認めて欲しい、このままでは死ぬに死に

きれないとの控訴人らの本件訴えは、人間の尊厳、人間回復を求める訴えです。裁判所は、人権擁護の最後の砦です。司法が不条理な差別を是認することは許されません。本件は、未来への平和にもつながる歴史的な裁判でもあります。当審裁判所が、原判決の誤りを正し、憲法が要請する司法の任務、責任を果たし、歴史の審判に耐え得る判決を下されることを求めます。」と陳述を結んだ。

東京高裁判決は、戦傷病者戦没者遺族等援護法、恩給法の「これらの法律が軍人軍属を対象として補償を定めたことは合理的な根拠があるということができ、その対象とされなかった者との区別が不合理であるということはできない。このことは、既に前掲最高裁昭和62年6月26日第二小法廷判決が判示しているところである。」として、不条理な差別を司法が是認、肯定したのである。

2　最高裁判決を引用したのみの不当判決

高裁判決は、原告・弁護団が控訴審において、立法不作為の違法、特別犠牲を強いられない権利（憲法第13条）、戦争に起因する被害の救済・援護において差別されない権利（憲法第14条）などについて、法理論を深めた主張に対し、その内容についての検討、判断をなさず、最高裁判決を引用したのみで原告・弁護団の主張を排斥した。

高裁判決が引用した前記昭和62年名古屋空襲訴訟最高裁第二小法廷判決（以下「87年最高裁判決」という。）は、付言的に「戦争犠牲ないし戦争損害は、国の存亡にかかわる非常事態のもとでは、国民のひとしく受忍しなければならないところであって、これに対する補償は憲法の全く予想しないところという在外資産補償に関する昭和43年11月27日最高裁大法廷判決（以下「68年最高裁判決」という。）を引用して、生命被害等についても、戦争被害を補償する立法をするか否かは、国会の裁量に委ねられるとしたことを受けて、国には立法義務はないと判示している。68年最高裁判決は、財産の損失に関するもであるが、87年最高裁判決は、戦争被害受忍を生命・身体被害にまで拡大したものである。

戦争被害受忍論は、国防義務（徴兵制）や天皇の統帥権（統帥権の独立）などの規定があった旧憲法的人権感覚に基づくものもので、現憲法上、何らの根拠を見出すことはできず、平和主義、基本的人権の尊重を基本原理としている現憲法の理念と相いれない。憲法前文の「平和のうちに生きる権利」の確認、同第13条の「生命、自由及び幸福追及に対する国民の権利」の尊重、第14条の「法の下の平等」などの各規定からは、戦争被害受忍論は到底是認されない。

87年最高裁判決後、補償の範囲も軍人・軍属から準軍属と拡張がなされ、不十分ではあるが、原爆被爆者、民間人を含む引揚者、満州開拓団、日赤従軍看護師、シベリア抑留者等の一般戦災者にも、補償が順次拡大されており、戦争被害を「等しく受忍せよ」との戦争被害受忍論は破綻しているのである。

87年最高裁判決の前提となる立法不作為の国家賠償に関する昭和60年11月21日の最高裁第一小法廷判決も、平成17年9月14日の最高裁判決によって大きく変化している。昭和60年判決では、「立法の内容が憲法の一義的な文言に違反しているにもかかわらず国会があえて当該立法を行うというがごとき、容易に想定し難いような例外的な場合でない限り、国家賠償法一条一項の適用上、違法の評価を受けるものではない」と判示し、立法不作為の国家賠償は、事実上あり得ないと解されていた。ところが平成17年（05年）9月14日最高裁判大法廷は、「不作為が国民に憲法上保障されている権利を違法に侵害するものであることが明白な場合や、国民に憲法上保障されている権利行使の機会を確保するために所要の立法措置を執ることが必要不可欠であり、それが明白であるにもかかわらず、国会が正当な理由なく長期にわたってこれを怠る場合などには、例外的に、国会議員の立法行為又は立法不作為は、国家賠償法1条1項の規定の適用上、違法の評価を受けるものというべきである。」と判示し、昭和60年判決を変更している。

高裁判決は、これらの点を検討することなく、最高裁判決を踏襲、引用するのみで原告・弁護団の主張を排斥した不当判決である。

3　最高裁での闘い

5月7日、東京大空襲訴訟原告79名が最高裁に上告した。原告の平均年齢は80歳、93歳、92歳の原告もおられた。上告貼用印紙代は526万円で、生活も苦しい中での負担は大変である。「年金暮らしになり足も悪く皆様のお役にたてません。でも死んでいった人の無念を思うとあきらめきれないのです。お金は分割で支払います。原告団の一人に入れてください」、「今迄やってきたことですから上告します。不当判決の報告は、父母祖母にできません。良い報告をしたいです」、「このままでは死に切れない、最後まで一緒に闘いたい」等々の原告の方々の想いになんとしても応えたい思いであった。本件訴訟は未来の平和にも関わっている。

③上告棄却決定の不当性

1　最高裁上告棄却決定は歴史の審判に耐えられない

2013年5月8日付上告棄却決定により、2007年3月9日の東京地裁への第一次提訴から6年2カ月余りの東京大空襲訴訟は敗訴が確定した。

私は東京高裁での口頭弁論終結にあたって、「当代理人は、原判決の誤りは、当審判決で正されるものと日本の司法を信頼します。1945年3月1日、大審院第四民事部吉田久裁判長は、『昭和十七年四月三十日施行セラレタル鹿児島県第二区ニ於ケル衆議院議員選挙ハ之ヲ無効トス』との判決を言い渡しています。軍部が暴走し、選挙権妨害の『翼賛選挙』を遂行した政府を批判し、特高警察の監視や政府の圧力に屈することなく、選挙無効の判決をなし、国民の権利と共に司法権の独立を守っています。3月10日の東京大空襲で大審院も被災全焼し、言渡直後の選挙無効判決も訴訟記録も行方不明となっていました。焼失したと見られていた判決原本が近年見つかっています。大空襲の夜も大審院の書記官、職員は、炎の中で、裁判記録を運び出されているのです。吉田裁判長の判決原本も、その中の一つとして大切に保管されていたのです。（『気骨の判決　東條英機と闘った裁判官』清水聡著、新潮新書）」との意見陳述をなした。

吉田裁判長ら担当の５名の判事は、危険も顧みずに鹿児島に出張され、２００名近い証人尋問、内務官僚の薄田美朝知事まで職権で取り調べられ、選挙無効の判決を下されている。同選挙については、『戦時司法の諸相――翼賛選挙無効判決と司法権の独立』（清永聡・矢澤久純共著、渓水社）に詳しく記載されている。同著の序文に、泉徳治元最高裁判所判事は、「何事もなかったように歳月は流れ、吉田久らの判決も人々の記憶から消え去ろうとしている。戦時下において司法部も戦争完遂へと走ったこと、その中で吉田久らが勇気をふるって正義の判決を残したこと、戦前の権力層が戦後も指導的地位を占めていること等は、歴史の頁に刻み込んでおく必要がある。」との一文を寄せられている。

同元判事も指摘されているように、戦前の司法は、戦争完遂へと走っている。「戦争被害受忍論」は戦前の司法の人権感覚を引き継ぐものである。「戦争被害受忍論」は最高裁で見直されるものと司法に携わるもののひとりとして期待していたがその期待は裏切られた。最高裁は「戦争受忍論」判決を見直すこともなく何故憲法違反にあたらないのかの理由も示さず上告を棄却し、人権擁護の最後の砦、憲法の番人としての役割を放棄した。

最高裁上告棄却決定は歴史の審判に耐えられないと確信する。

不正義、矛盾のあるところ闘いは必ず起き、闘いは継続する。

今後も最高裁の不当決定を世論に訴えるとともに東京大空襲、名古屋空襲、大阪空襲、沖縄空襲等の全国の空襲被害者の救済立法制定を勝ち取るまで原告団・弁護団は解散せず、全力を尽くすことを確認している。

2　空襲被害者援護法制定に向けて

（1）原告らの立法化に向けての闘いの決意

上告棄却後の司法記者クラブでの記者会見で、故星野弘原告団長（当時82歳）は、「心の底から怒りがこみあげる。孤児や傷を負った私たちは苦しい生活の中で必死に闘ってきた。原告の心からの訴えに対し、あまりにも冷酷な判断、しかしここで引き下がるわけにはいかない。くじけることなく、援護法制定に向けて頑張りたい」と闘いの決意を表明された。

故城森満原告団副団長（当時80歳）も「最高裁は人道的な考えで手を差しのべてくれると思っていたが裏切られた。日本の司法にあきれかえっている」と訴えられた。城森副団長の父は、3月10日の東京大空襲の当時、弁護士（当時47歳）でクリスチャン、キリスト教の伝道と弁護士活動をなさっていた。この父とともに母と弟を失くされ孤児になられ、親類の家に引き取られ、差別と虐待の中で少年時代をすごされている。働きながら夜学の定時制、夜間大学で学ばれ戦後を生きぬかれた。

豊村美恵子さん（当時86歳）は、「戦後68年経ち精神的肉体的にももう限界、私たちに死ねとの決定」、「戦争でどんな被害を受けようとも受忍論ですむことになる。また戦争が恐い。倒れるまで訴える」と涙声で心情を訴えられた。豊村さんは、当時18歳で国鉄上野駅出札係であった。3月10日の夜は宿直勤務で翌日、深川区（現江東区）の自宅に戻ると自宅は焼失し、両親と姉、弟の家族4人を失くされた。その後、電車に乗っていた際に、米軍機の機銃掃射に遇い右腕を切断された。

翌日の台東区民会館での抗議集会でも、父と姉を失われた故清岡美知子原告団副団長（当時89歳）は、「これだけ世論を喚起でき、裁判は無駄ではなかった。悲嘆にくれるだけでなく頭を切り替えて立法に働きかける」と発言された。原告団の中で一番若い千葉利江さんは、「この裁判に参加する中で自分を確立し、自分を変えることができた。東京地裁の第1回目の裁判の時に中山弁護団長がこの裁判は『人間回復の裁判』と意見陳述されたがそのとおりと実感している」と発言された。多くの方が発言されたが、悲観的な後ろ向きな発言は一つもなかった。闘いが人間を変え、人間を強くするとの思いを改めて強くした。原告団・弁論団・全国空襲被害者連絡協議会（全国空襲連）では、東京大空襲から70年目の2015年3月10日までには心を一つにして空襲被害者援護を何としても国会で制定させたいとの活動方針を確認した。

（2）全国空襲被害者連絡協議会（全国空襲連）の結成と活動

司法が救済を拒否するなかで早乙女勝元（作家）、中山武敏（弁護士）、荒井信一（歴史学者）、前田哲男（ジャーナリスト）、斎藤貴男（ジャーナリスト）を共同代表とする全国空襲被害者連絡協議会（全国空襲連）が結成（2010年8月14日）された。

全国空襲連は、旧軍人軍属だけでなく民間空襲被害者（被爆者も含む）を救済、補償する「空襲被害者等援護法」の制定、空襲死者の調査、氏名記録、空襲の実相の記録、継承など空襲被害者の人間回復とふたたび戦争の惨禍をくりかえさせないために、核兵器廃絶など各種の平和運動と連帯することを目的として設立された市民団体である。

現在、個人・団体加入会員670名（そのうち団体61）で関東、東海、関西、九州の各ブロックも結成されている。国家補償の被爆者援護法への改正運動を進めている日本被団協との連帯、共同行動も目指している。空襲被害者等援護法制定国会請願100万人署名運動（現在約28万名の署名集約）、各政党、国会議員への働きかけ、地方議会への援護法制定促進決議採択要請運動、地方議員への働きかけ、援護立法制定への世論形成等の活動を行っている。

（3）超党派の議員連盟の結成と援護法案素案の発表

全国空襲連のはたらきかけにより、民主党政権下の2011年6月15日、民間人空襲被害者の援護法制定を目指す民主、自民、公明、共産、みんな、社民党の議員が加盟する超党派の議員連盟が結成され、会長、事務局長は当時の与党の民主党から選出された。

その後、総会を重ね、２０１２年6月13日の第5回総会で、空襲による死者に弔慰金、空襲で父母が死亡するなど15歳未満で孤児になった人に特別給付金、空襲でけがや病気になった人に障害給付金の支給、医療費の支給等の補償金額を盛り込んだ「空襲等による被害者等に対する援護に関する法律案（仮称）要綱素案」が発表された。

同法案第1条の法案趣旨では、「国の責任において行う、空襲等による被害者等に対する援護及び空襲等による被害の実態調査等に関し必要事項を定めるものとすること。」と規定している。同年11月には、民主党を通して国会への法案提出折衝の詰めに入っていたが、12月の衆議院解散、総選挙により議員連盟会長、事務局長を含む多数の議員が落選された。翌年7月の参議院選でも議員連盟加入の4名の議員が落選された。その後、人道的立場からの法案成立に向けて政府与党の有力議員に会長を要請し、議員連盟の再構築への活動を強化した。

援護法制定の実現は、大きな世論の共感・支持をえられるかどうかにかかっている。上告棄却決定後の２０１３年5月10日付東京新聞（朝刊）は、社説で「東京大空襲訴訟　政治が人道的決着を」との見出しのもと、「原告の平均年齢は八十歳を超えた。このままでは死ぬに死にきれない思いだろう。昨年には超党派の議員連盟で補償案がつくられたが、今は〝凍結状態〟にある。立法機関が早く目覚めないと、救済の時間は残り少ない。」との記事を掲載している。民間人空襲被害者への援護を求める「戦時災害援護法案」は、73年から89年までに計14回、議員立法として国会に提出されたが、与党・政府の反対で成立しなかった。これが最後の機会である。

3　未来の平和を求めて

2013年8月10日、全国空襲連主催で東京・台東区民会館で援護法制定を求める集会を開催した。手づくりの市民集会であったが会場は200名をこえる方の参加で埋め尽くされた。同集会のリレートークで早乙女勝元さんは、「東京大空襲の6年間の裁判で最高裁の門前払いは断腸の思いだが、この間、原告団・弁護団が死にものぐるいで事件を訴えたことで、多くの人たちに空襲被害の問題性が伝わった。これは一人の作家がやきもきしているよりも一歩も二歩も事態を前進させた。東京大空襲の事実を原告・弁護団がこれまで命がけで伝えてきたことはこれからも日本の子や孫の平和と民主的な世の中に繋がる道だと思う。いつか来た道はごめんです。子どもたちには平和のうちに生きる権利を必ず手渡すためにもうひと頑張りしましょう。これは人間としての使命だと思います。今の内閣はみんな戦後生れ。きちんと歴史を学んでもらいたい。一人からでも始めましょう。道理と感動がともなえば二から三に十以上に無限大に広がっていく。」（要旨）と述べられた。

戦争ができる国への動きが強まっているなかで東京大空襲をはじめとした全国の空襲被害の惨状、空襲被害の傷は現在も癒されることなく続いており、決して過去の問題ではなく現在の問題であること、戦争の愚かさと平和の尊さを伝え、司法と政治の不条理を正し、空襲被害者の救済、援護を求める立法化運動は未来の平和のためにも意義あるものと確信している。当日の集会には、柿沢未途衆議院議員（当時無所属）、山本太郎参議院議員（当時無所属）、田村智子参議院議員（共産党）、福島みずほ参議院議員（社民党）が出席、挨拶された。故鳩山邦夫衆議院議員（自民党）と小池晃衆議院議員（共産党）からはメッセージが寄せられた。日弁連立法対策センター事務局長鈴木善和弁護士、村越進元日弁連人権擁護委員会委員長も出席、挨拶された。日弁連は1975年11月15日、名古屋の人権擁護大会で「民間戦災者に対する援護法制定に関する決議」し、空襲等民間戦災障害者に対する特別給付金の支給等に関する法律の早期制定を求める会長談話を、２０１８年１月22日に出している。

④舞台は国会へ

２０１５年８月６日に「空襲被害者等の補償問題について考える議員連盟」の設立総会があり、「舞台は国会へ」と移った。その２か月前、２０１５年６月18日に衆議院予算委員会において柿沢未途先生が、安倍総理に、民間人空襲被害者の補償問題について質問し、「裁判所からも、立法処置による解決というものを示唆されている」「戦後補償解決をどう考えているのか」と答弁を求めた。

安倍総理は、

「空襲によって命を落とされた方々に対しては、どのような対応をすべきかということについては、超党派の議員における、熱心な議論があることは私も承知しております」

「先の大戦における被害、あるいは国民の命が失われたことに対して、それぞれどのように対応していくかということは、まさにこれは国会においても十分なご議論をいただきたい。こう思う次第でございまして、これは立法府において、もちろん行政ということもあるかもしれませんが、まさにみんなで考えていく問題ではないか、このように思っています」

と答えた。

これは、戦争被害受忍論で、民間人空襲被害者に対しては軍人軍属と異なり雇用関係がないことを理由として救済を否定した従来の見解とは大きく異なるものだ。安倍総理のこの発言を受けて、政府与党は速やかに、民間人空襲被害者救済のための法案を作成、提出することが要望された。

作家の早乙女勝元さんは、東京大空襲訴訟の法廷にも立ち、「東京大空襲が一夜にして奪ったものは、人の命、財産、住居と町並みを含む生活基盤、未来への希望のすべてである」と証言している。

私は、東京地裁での第1回口頭弁論で、「この裁判は『人間回復を求める裁判』である。国は、これまで軍人軍属には54兆円を超える補償をしているのに、民間人空襲被害者にはなんらの補償もせず放置している。原告らは軍人軍属と同じ人間として認めてほしい。このままでは死ぬに死にきれない」との原告の思いに応えるため訴えを提起したのだ。その思いは、現在も変わっていない。

東京大空襲訴訟において大きな壁となったのは、いわゆる戦争被害受忍論である。戦争被害受忍論とは、戦争における被害は、国民が等しく受忍すべきであるとする、国家に命を捧げて当然とする旧憲法的人権感覚に基づくものだ。

戦争被害受忍論は、国防義務（徴兵制）や天皇の統帥権（統帥権の独立）などの規定があった旧憲法とは異なり、現憲法上、何らの根拠を見出すことはできず、平和主義、基本的人権の尊重を基本原理としている現憲法の理念及び現代市民法と相いれないものである。

1987年の最高裁における戦争被害受忍論判決後、補償の範囲も軍人・軍属から準軍属と拡張がなされ、不十分だが、原爆被爆者、民間人を含む引揚者、満州開拓団、日赤従軍看護師、シベリア抑留者、中国残留孤児等の一般戦災者にも、補償が順次拡大されており、戦争被害を「等しく受忍せよ」との戦争被害受忍論は破綻している。戦争被害受忍論は財政抑止論にすぎない。

憲法は、その前文で、「政府の行為によって再び戦争の惨禍が起ることのないようにすることを決意し……この憲法を確定する」「われらは、全世界の国民が、ひとしく恐怖と欠乏から免れ、平和のうちに生存する権利を有することを確認する」と謳い、第9条は、戦争の放棄、戦力の不保持、交戦権の否認を規定している。

そして、戦後の政府の第一の任務は、内外の戦争被害者に対し誠実に補償責任を果たすことであった。しかし、日本政府の戦後処理の基本方針は、外国人の被害者を排除し、日本国民について「受忍」（我慢）を原則として、軍部や国の業務の従事者、協力者については援護するということであった。東京大空襲訴訟の２０１３年5月6日の最高裁判所第一小法廷、２０１４年大阪大空襲訴訟において、原告敗訴が確定し、司法救済の道は閉ざされた。

しかし、現在では、受忍論が出てきたころとは状況が変わっており、安倍総理は、国会において受忍論を前提とする答弁をなしていない。

名古屋空襲の被災者である故杉山千佐子さんは、１９７０年代に、空襲被害者を援護する立法化運動に取り組まれ、先駆的な役割を果たされた。２００８年秋の人権問題の研修会で、私は、杉山さんの話をした。「この裁判が起こせたのは、全傷連の運動があったからです。杉山千佐子さんをはじめ、長く国の責任を追及し続けてきたその運動の力は大きいと思います。」２０１６年に１０１歳で亡くなられた杉山さんは、『家をなくして戦争被害者は地獄の道を歩いてきた』とおっしゃっていました。杉山さんの精神を運動の中に引き継ぎ、何としても一日も早い民間人空襲被害者のための立法を実現させたいと思っています。

鳩山邦夫衆議院議員は、２００５年に福岡6区に選挙区を移され、私の出身地であったことから懇意になり、私が鳩山先生に手紙を出して、民間人空襲被害者救済のための立法化運動への協力を要請した。それに対し、２０１５年3月6日の全国空襲連の集会にあたって、以下のメッセージを寄せてくださった。

「国が始めた戦争、いわば究極の人災によって、亡くなった方、被害を受けた一般の方に対する補償はゼロのままです。これは公平に反し、正義に反しています。私は中山弁護士と話し合い、柿沢代議士とともに議員連盟を再発足することに決意いたしました。いい知恵を出すことができるように頑張って参ります」

「恩給とか扶助料という問題については総務大臣として扱ったときがありましたが、一番肝心なところが抜けていたということを思いました」

杉山千佐子さんが立法化に向けて頑張ってこられたことを知って、

「ぜひやらなければならない大きな仕事だと、初めて理解しました。遅きに失したと思いますが、この頃になって初めて理解しました」

と民間人空襲被害者に対する救済の必要性を鳩山先生は語っておられた。

しかし、２０１６年6月22日、鳩山邦夫先生は急逝された。

鳩山先生は、空襲被害者の方々に対するヒアリングについても熱心に取り組んでおられた。先生は、本当にヒューマニストであられた方だったと思う。

鳩山先生からバトンを受けて空襲連議員連盟会長に就任して下さった元官房長官の河村健夫先生も、「戦争の処理の問題を考えるとこの問題に突き当たる。課題はあるが、正面から取り組みたい」と語っており、「今年の通常国会での救済法案の提出を目指す」と２０１８年12月に開かれた総会で発言している。

二度と自分のような空襲被害者を出してはならないという崇高な信念が、私たちの立法化運動の支えである。私たちは未来ある子どもたちに平和な世の中を残すため、絶対にあきらめないという思いを共有している。

空襲被害者救済法制定の実現は、大きな世論の共感・支持を得られるかにかかっている。２０１７年に85歳で亡くなられた原告団長の星野さんをはじめ空襲被害者のみなさんの遺志を継いで、何としても一日も早く空襲被害者救済法を実現させたいと思っている。

私は全国空襲連の共同代表を務めているが、戦争における被害に対する救済を求め、「人間の尊厳」を取り戻す闘いにおいて、それぞれの団体が、共に連帯するために集まっている。

戦争をできる国にさせないために、皆さんも共に頑張ってほしい。

第2章　重慶大爆撃訴訟

1　重慶大爆撃訴訟とは

1　はじめに

私は重慶大爆撃訴訟、東京大空襲訴訟の両弁護団の一員である。

東京大空襲訴訟では被告国の法的責任の根拠の一つとして、「先行行為に基づく作為義務」を主張していた。無防備都市を爆撃し、民間人を殺傷し、戦争遂行の戦意を挫くことを目的とした残忍な無差別爆撃（戦略爆撃）の先例をつくったのは、中国戦線での日本軍である。とりわけ重慶爆撃は、都市爆撃と焼夷弾とを組み合わせた無差別爆撃の頂点をなすものである。日本軍の撒いた種が、先行行為（原因）となり、アメリカの対日政策に大きな影響を与え、より大規模な無差別絨毯爆撃となり、東京、日本各都市空襲へと繋がったのである。被告国のこれらの先行行為によって東京大空襲の被害が発生したものであり、被害者を救済する法的作為義務がある。

この両裁判は、国際法違反の戦略爆撃を問うものでもあり、この点でも重要な意義があり、加害（重慶爆撃）と被害（東京空襲）を問う裁判でもある。

しかし、この両裁判の意義は、まだ広く認知、理解されていない。戦後、70数年を経って今更という受け止め方や、戦争だからしかたない、みんなが被害を被っているとの見解も根づよい。政府、最高裁判決の「戦争被害受忍論」も打ち破られていない。

東京大空襲訴訟については、裁判を提起したことにより、マスコミでも報道されるようになり、党派、所属を超えた弁護団の結成、支援運動、全国空襲被害者連絡協議会、議員連盟の結成へと運動は広がりはじめている。

重慶大爆撃訴訟は、一部の人にしか知られていないし、支援運動も限られている。

日本軍が重慶で何をなしたか。それがどのような結果をもたらしたか。決して過去の課題ではなく現在の課題であり、未来の平和のためにもその解決が求められているという広範な世論をどれだけおこせるか。平和や人権の確立を求めている多くの人々とどれだけ連帯の絆を結べるか。展望はそこにかかっていると思う。そのためにはまず、事実を知ってもらうことが大切である。

２　重慶大爆撃訴訟の経過、現状

日本軍による重慶爆撃は１９３８年から１９４４年の5年半にわたり、重慶とその周辺地域、四川省全体におよびその回数も２００回を超えている。爆撃被害は、中国側の最近の調査・研究によると、直轄市重慶で死傷者数５万５０００人（うち死者2万４０００人）と推計されている。

重慶大爆撃訴訟はこれまで２００６年3月から２００９年10月まで4次にわたって、東京地方裁判所に提訴され、重慶・四川省全域にわたる原告は合計１８８人となっている。訴訟の実質適的な単位は、６つの爆撃被害地の直轄市重慶と四川省5か所（成都市・楽山市・自貢市・合江県・松藩県）である。

第一次提訴は、２００６年3月30日（原告40名。追加提訴を含め１８８名）、第1回裁判は、同年10月25

日、重慶の原告4名が法定で被害事実についての意見陳述を行った。裁判所で第18回裁判までに原告21名の意見陳述が行われた。

私は、重慶大爆撃訴訟原告弁護団事務局長一瀬敬一郎弁護士の要請で同弁護団に加入したものであるが、第2回裁判（2007年1月24日）、第10回裁判（2009年6月15日）、第17回裁判（2011年3月9日）で、東京大空襲訴訟との関連で意見陳述をした。9月21日の19回目の裁判でも原告の意見陳述がなされた。

国は、東京大空襲訴訟をはじめとした戦後補償裁判においては、事実の認否（原告の主張している事実があったことを認めるのか、それとも否定するのかの答弁）をなさず、「戦争犠牲ないし戦争損害は、国の非常事態のもとでは、国民の等しく受忍しなければならないところであって、これにたいする補償は憲法の全く予想しないというべき」とする87年の最高裁第二小法廷判決（「戦争被害受忍論」）を引用し、法律論のみの審理で十分であり、事実調べの必要はなく、速やかな棄却を主張した。

重慶大爆撃訴訟でも、国は、事実の認否をなさず、西松建設強制連行強制労働事件最高裁平成19年4月27日第二小法廷判決の日中共同声明5項に関する判示を引用し、「戦争賠償の請求」は、中国国民の日本国及びその国民に対する請求権も含むものであるとし、中華人民共和国政府がその「放棄」を「宣言」したものであるとし、日中間においての個人の請求権の問題は既に解決済みであると主張している。

中国人原告の強制連行強制労働訴訟、海南島戦時性的暴力名誉回復訴訟等も上記最高裁判決を踏襲し、敗訴が続いている。これらの最高裁判決は、東京大空襲訴訟で引用している「戦争被害受忍論」と同じく旧憲法的人権感覚に基づく判断であり、到底歴史の審判に耐えうるものでなく、判例変更の大きな連帯の活動が求められている。重慶大爆撃訴訟、東京大空襲訴訟には、その意味でも大きな役割が期待されている。

3　重慶大爆撃、東京大空襲は国際法に違反する

重慶大爆撃訴訟も東京大空襲訴訟も国際法違反の無差別爆撃を問うものであり、原告らの被害実相、被害の甚大さ、深刻さは共通しており、被害も被害当日にとどまるものではなく、戦後現在までその傷は癒されることなく継続している。

東京大空襲訴訟の控訴審（東京高等裁判所）で弁護団は、世界の著名な国際法学者によって構成される万国国際法学会の正会員に選出されるなど日本を代表する国際法学者である藤田久一関西大学名誉教授の「東京大空襲訴訟についての意見書『東京大空襲に適用される国際法』」を提出している。

同意見書は、「国際法に照らして見れば、米爆撃機の焼夷弾による無差別爆撃であった東京大空襲は、明らかに違法であり、かつ、東京裁判で認められた戦争犯罪に該当する行為であったとさえいえる。」「東京大空襲は、当時の実定国際法上、戦争法の基本原則たる戦闘員と非戦闘員の区別原則および不必要の苦痛を与える害敵手段禁止原則に違反する違法な戦闘行為であったと言わねばならない。国家の国際責任法上も、違法行為は違法行為国の国際責任を生ぜしめるから、違法な加害行為国である米国は、被害国である日本に対して被害の回復（責任解除）の方法（たとえば損害賠償）をとる義務を負うことは明らかである。」と結論づけている。

軍事史研究家・評論家、元東京国際大学国際関係学部前田哲男教授も、その著『戦略爆撃の思想』（凱風社）の中で、重慶爆撃とアメリカの日本都市爆撃は同根とし、「日本軍が重慶爆撃に当たって採用した戦術は、第二次大戦中および、それ以後の地域戦争において米軍が採用する原則とまったく変わりない。同時にそれは20世紀後半の核抑止戦略の中に生き続けている思想とも同根のものである。」と指摘されている。

上記藤田意見書の結論は、重慶大爆撃でもそのまま妥当するものである。東京大空襲も重慶大爆撃も国際法に違反する東京裁判で認められた犯罪行為に該当するものである。

日中共同声明第5項に関する上記最裁第二小法廷判決についても、藤田教授は、「日中共同声明五項から中国国民個人の（実体的権利はあるが）訴権のみ放棄されたと解釈することにより、逆に、中国国民個人の（国際法上の）請求権が存在したことを認めていることにもなろう。最高裁判所の日中共同声明の解釈については重大な問題が残されているが、日本の司法部が日中戦争中の戦争法ないし人道法違反行為による被害者個人の損害賠償請求権の存在そのものを否定しなかったことは注意しなければならず、この点は、今後の日本の戦後補償の訴訟においても拠り所とされることになるだろう。これからも戦後補償訴訟を見守っていく必要がある。」と指摘されており（「国際人道法と個人請求権」『法律時報』80巻4号）、被告国の主張のように解決済みの問題ではないのである。

東京地裁は2015年2月25日、非軍事施設への爆撃という国際法違反は認定しながら、個人の請求は認めないとする請求棄却判決をなした。

これに対し、東京高裁に243名が控訴した。東京高裁は、「原告には当時の国際法に基づく損害賠償請求権がなく、民法の規定でも国は損害賠償の責任を負わない」として、2017年12月14日に東京地裁判決を支持する請求棄却判決をなした。現在最高裁に上告中である。

重慶大爆撃訴訟は、一連の内外の戦後補償訴訟の流れを変えるために、その最前線で奮闘している。

4　重慶大爆撃、東京大空襲の民衆の被害、苦しみ、思いは同じである

（1）重慶訪問

私は、2006年10月7日、東京大空襲の被害者の方々を含む20名で、日本軍が大爆撃を行った重慶市を訪問した。

東京大空襲訪問団は重慶到着後、まず、1941年6月5日の日本軍の爆撃で「重慶隧道大惨案」なる大

東京大空襲訪問団として重慶市を訪問

惨事が起きた大防空洞に花輪をささげた。日本軍による不意の爆撃から避難して防空洞に殺到した人々が圧死、窒息死の大惨事となった場所である。

この場所で重慶大爆撃訴訟の原告の一人の巌文華さんはこの惨事に巻き込まれ、母親が死亡（圧死）され、ご自身も重傷（左足）を負っている。

巌文華さんは１歳の時に惨事に巻き込まれ、左足が不自由となり、小学校に行けず、文字の読み書きも出来ない。定職にも就けず、荷物のかつぎ屋等の重労働をされ、結婚もできず、66歳になられ、独り暮らしで今は無職ということだった。

巌文華さんは、訪問団の重慶到着から別れぎわまで付き添われた。日本軍の爆撃により、母を失い、みずからも過酷な人生を送られているにもかかわらず、日本から同じ空爆の被害者が交流を求めて訪問したということを喜ばれ、現地案内に同行され、坂の多い重慶の町を足をひきずられながら、共に歩かれた。

私は、この巌文華さんのためにも、日本政府に重慶大爆撃の謝罪と賠償をさせるために、法律家としての役割を果たさなければと強く思った。

大防空洞に花輪をささげた後、東京大空襲訪問団は重慶市内にある原告団事務所で原告と交流した。私は、訪問団を代表して、1945年3月10日の東京大空襲での路上に散らばる焼死体や路上の炭化した死体の山の写真を示し、東京大空襲では2時間半の空爆で10万人以上の人命が奪われていることを説明し、「日本政府に戦争を起こした責任を認めさせ、戦後補償をさせることが、次の戦争を防ぐことになり、日本と中国の友好を発展させていくことにもなる」との見解を表明した。

重慶側を代表して鄭友預重慶大爆撃訴訟秘書長は、本件訴訟の目的を「真相、正義、賠償、平和」と概括され、「心から訪問を歓迎します。日本の弁護士や市民団体の応援でやっと提訴ができた。日本政府は歴史を直視し、中国とアジアに被害を与えた戦争を反省しなければならない」と述べられた。

東京大空襲訪問団の訪問は、重慶市のテレビ、新聞も取材し、「重慶晩報」「重慶商報」両紙とも訪問団が大防空洞で花輪を捧げている姿をカラー写真で載せ、東京大空襲被害訪問団が重慶大爆撃訴訟団と友好交流との記事を掲載した。

訪問団には5人の若者が参加していたが、交流の席で「祖父は中国で兵隊として人を殺したと言っていた。戦争を2度と繰り返さないために孫の私が頑張りたい」「日本の若者は今日この場で話を聞いた重慶大爆撃の事実を知らない。日本に帰ったら今日学んだことを日本の若者に伝えたい」等の若者の発言も紹介している。

大空洞での献花の際、多数のマスコミ関係者とともに多くの重慶市民が訪問団の周りに集まった。訪問団参加の夫婦の方が、持参された多数の折り鶴を市民の一人ひとりに日本軍による重慶大爆撃の謝罪の気持ちを込めて手渡された。この様子を「言葉は通じないが現地の人々はご夫婦の気持ちを十分に理解でき、敬意を表した」とも報道している。

重慶は2004年のサッカー・アジア杯の際には、日本代表が激しいやじを浴びた場所であるが、心から平和と友好を求める庶民の心はお互いに通じ合えることを実感した。自分が歴史の現場に立ち、被害者の訴えを直接聞き、その訴えに謙虚に耳を傾けることが、何をなすことが正義であるかを考えることにつながるのではないかとの思いで重慶を訪問し、重慶大爆撃の被害者と交流、対話した。

帰国後、重慶大爆撃訴訟弁護団に参加し、重慶と東京大空襲の連携、連帯に力を入れている。

（2）被害の実情

重慶でお会いした厳文華さんは、前記のように足に傷害を負われ、定職につけなかったが、東京大空襲の原告の平田健二（92歳）さんも、避難中に焼夷弾が右肩に当たり、右手首の骨が複雑骨折し、5指が折れ曲がって固まり、無残な形に変形している。文字を書くことができないために、戦後、雇ってくれるところもなく、夏はアイスキャンディー売り、冬はラーメン屋の屋台を引く等、様々の仕事をしてこれまで生き抜かれている。

重慶大爆撃で両親を殺された華均さん、父を殺された危昭平さん、右顔に重傷を負った趙茂蓉さん、8歳の時に日本軍の爆撃で左足を切断する重傷を負われた万泰全さんをはじめとした中国での被害態様、被害の甚大さ、深刻さは、東京大空襲の被害と共通している。

父の体がばらばらになり遺体すら残らなかった危昭平さんは、「父のことを思い出すと、今でも涙が出てきます」「日本政府が無差別爆撃を謝罪しないために、癒されない父の魂は今もさまよい続けています」と法廷で陳述された。

字数の関係でごく一部の被害者の方のことしか紹介できないが、民衆の被害、苦しみ、思いは、重慶大爆撃も東京大空襲の被害も同じである。

加害と被害を超えての両原告団の連帯も深まっている。両裁判に対するさらに大きな共感、支援の環をつくり出し、展望を切り開きたい。

2　弁護士　土屋公献先生を偲ぶ

２００９年９月25日、重慶大爆撃訴訟の弁護団長である土屋公献先生が86歳の生涯を終えられた。敬愛の念をこめて敢えて先生と称したい。私は東京大空襲訴訟弁護団とともに重慶大爆撃訴訟弁護団の一員でもあるが、先生は東京大空襲訴訟にも私の副代理人として出廷されていた。

私が先生と最後にお会いしたのは、２００８年11月、先生の半生と弁護士活動を語った『弁護士魂』（現代人文社）の出版を祝う会が先生の自宅近くの練馬区の会場で開かれた際であった。がんが進行し、体力も限界近くまで衰えられていたが、奥様にささえられ会場に来られ、同著の出版を大変よろこんでおられた。祝う会で先生は「今まで裁判というものに関わってきましたけども、ほとんど私自身は、名前だけ、顔だけで、あまりお役にはたっていなかった。これからもまだまだ重慶裁判だとか東京大空襲だとかの法廷に出て、それだけでも、少しでもプラスになると思いましたが、だんだん動けなくなって本当に申し訳なく思いまず」と語られた。この時が、先生が公の場に姿を見せられた最後であった。

先生の平和を求めた生き方の原点

先生の著書『弁護士魂』は、第１部では先生の学徒出陣での戦争体験と学生時代、第２部では弁護士とは何か、司法の使命とは何か、第３部では戦後補償問題への先生の係わりと思いをまとめられている。

同著のはしがきで、先生は「自分の戦争体験を振り返ると、いま政府によって戦争準備が着々と進められている状態に黙ってはいられない。戦争の惨めさを知るものが、平和のために、未だ間に合ううちに戦争反対の声をあげるのは、私たちの世代が負う責務ではないか。今、沈黙してしまうのは大罪だと強く思う」

「戦争の真実を忘却したとき、次ぎの戦争の第一歩は始まっている。戦争は絶対に二度と繰り返してはならない。私は自ら戦場に赴いた日本人の一人の弁護士として、『戦争の後始末』に死期が迫るまでこれらの生涯を捧げていきたい」と書かれている。

あとがきには、「いま病魔に冒され、年も八十五歳を数えるにいたりました。最近は専ら妻の世話で一日一日を送っています」と書かれており、あとがきを書かれた日を、「二〇〇八年七月七日　蘆溝橋事件の日であり、重慶大爆撃訴訟第七回裁判の日に記す」と記載されている。

まさに、土屋先生はがんが脳にまで転移して病魔に冒されながらも、重慶大爆撃訴訟、東京大空襲訴訟の法廷に出廷され、はしがきに書かれた「死期が迫るまでこれからの生涯を捧げていきたい」との決意を実践されたのである。

先生が戦後、弁護士の道を選ばれ、戦後補償裁判をはじめとした平和と人権にかかわる裁判を担当された原点は、先生ご自身の戦争体験であり、とりわけ、学徒出陣での配属地、小笠原諸島父島の魚雷艇隊で米軍捕虜の斬首を命じられたことにある。その時のことが『弁護士魂』に書かれている。

少尉候補生であった先生は、落下傘で落下したアメリカ空軍兵捕虜を「土屋、剣道二段だからその捕虜を日本刀で斬れ」と上官から命令されている。しかし、処刑前日、Ｃ大学出身で剣道四段のＫ少尉が「土屋がやるくらいなら俺がやる」と自分から申し出、上官も「土屋が二段で、Ｋが四段なら、Ｋ、お前のほうがやれ！」と命令変更になり、Ｋ少尉が斬首を実行している。同著には、「父島では何人かの米軍兵士が捕まったが捕虜全員が首を切られたり、残酷な方法で処刑された」と書かれている。

父島での米軍捕虜の虐殺や遺体解剖した事件（父島事件）の司令官や将校、下士官、軍医などは、米海軍のグアム軍事法廷（ＢＣ級戦犯裁判）で絞首刑や懲役刑に処されている。Ｋ少尉は、兵隊から戻りＣ大学に復学していたが、ＭＰ（アメリカ軍憲兵）に逮捕される前に、郷里の庭先で、自分で頸動脈を切って自殺している。先生は、「彼は私の身代わりになった。もし私がやっていたらどうなっていたか。Kの父親が生きているうちは、墓参りに何度も行った」と書かれている。当初の命令どおり先生が斬首を実行していれば戦犯になっていた。先生は「身を似て臨みし戦忘れねば　その愚かさと酷さ伝えん」「余生をばどう生きようと勝手なり　されば平和へ命捧げん」との歌も詠まれている。先生の戦後の弁護士としての半生は、この父島での戦争の残酷さ、愚かさ、悲劇を原点とされるものである。

先生の半生の生き方は私の父とも共通している。

父は天皇制反対行動の「皇居突入事件」の東京地裁公判で自らの戦争体験を証言している。１９３３年に招集され、郷里の福岡・久留米の陸軍戦車隊修理兵として当時の満州（中国東北省）の公主嶺に配属されている。37年7月7日に蘆溝橋事件が起こり、蘆溝橋で約1か月、それから12月の南京総攻撃に加わり、中国民衆の惨状を目撃している。「日本国家のため、天皇のためということで、戦争で私は弾薬を運ぶとか戦車の破壊されたのを修理するとか、そういうことをやったのですが、南京攻略後、南京城に入城して陽子江沿岸に驚く程の虐殺された中国人民の死骸を見ました。中国の正規の兵隊でないおじいさん、おばあさん、そういう人達をみさかいなく殺す。それを見た時に、天皇のためという戦争でこのような事がゆるされるのかどうか自問自答した訳です」と証言している。

晩年の父は、静岡の高校教師であった森正孝さんが南京の虐殺記録フィルムを使って製作した「侵略」の映写フィルムと映写機を購入し、同映画を上映しながら、南京で目撃した事実を多くの人に伝えるために、全国３００か所で戦争の愚かさ、残酷さ、平和の尊さを訴えている。

父は死に際し、「人只有一生一死　要生得意義　死得有価値」（人はこの世に生れたからには、一度は死ななければならない。大切なことは意義のある生き方をして、価値のある死を得ることである）の詩を書き写し残していた。土屋先生と私の父は同じ心境で平和のための活動に半生を捧げている。私が東京大空襲や重慶大爆撃訴訟に加わったのも、父の遺志をつぐ思いもある。私は父や土屋先生の生き方を敬愛している。

重慶大爆撃訴訟と東京大空襲訴訟

先生は『弁護士魂』で「中国の無辜の民を『戦略爆撃』などと言って、二〇〇回以上も爆撃し続けた重慶大爆撃は、アメリカが日本を攻撃するとき、東京、大阪などの大都市だけでなく、全国の地方都市への無差別爆撃となって日本民衆に災厄がかかり、果ては爆撃が投下された。現在、東京空襲に対する損害賠償の裁判が始まっている。重慶の被害に対する裁判と東京空襲の被害の裁判が軌を一にして、同時並行で裁判を進めることは有意義であり、現代的な意味を持っていると言うことができる」と書かれている。

この両裁判は、国際法違反の戦略爆撃を問うものであり、加害（重慶爆撃）と被害（東京空襲）を問う裁判でもある。東京大空襲訴訟の第一審東京地裁判決は原告の請求を棄却したが、同判決は、被告国が引用し、これまでの戦後補償裁判で裁判所が依拠してきた１９８７年の戦争犠牲ないし戦争損害は国民の等しく受忍（我慢）しなければならないところとする最高裁の「戦争被害受忍論」の判決には与していない。これは、原告らの訴え、弁護団の法廷での活動により、旧憲法的人権感覚の最高裁判決の立場に立てなかったことを示すものである。同判決は「原告らの受けた苦痛や労苦には計り知れないものがあったことは明らかである」と認めたうえで、原告らの救済は「立法を通じて解決する問題」としている。

先生は、『弁護士魂』の中で、２００７年４月27日の中国人強制連行・西松建設裁判と中国「慰安婦」裁判で、「裁判上訴求する権能が失われ」ているから、中国人戦争被害者が裁判に訴えることができないとした最高裁判決を批判され、「私は、四・二七最高裁判決を覆していくことは、それ程難しいとは思っていない。我々は、あくまで今後も諦めることなく、頑張っていこうという決意である」「このような言語道断、まったく理に適わない判決は長続きしないと、私は、確信している」と書かれている。先生の揺るぎない信念と遺志を次に続く者が引き継がなければならない。

第３章　植村訴訟弁護団団長を引き受ける

１　植村さんと出会う

朝日新聞元記者である植村隆さんが、従軍慰安婦報道について捏造の記事を書いたとの誹謗中傷を流布されたとして、『週刊文春』発行元の文藝春秋らに対する名誉棄損に基づく損害賠償訴訟を提起し、私は本訴訟の弁護団長を務めています。

私は、２０１４年10月5日に、秋葉原の喫茶店で初めて植村さんと会いました。その時の植村さんの印象は、まじめで誠実な人だというものでした。『週刊文春』の記事を受けて、植村さんが勤務している北海道の北星学園大学に対し、文春の記事を信じた人々から、解雇を求めるメールや手紙が多数来るようになりました。「あの元朝日新聞記者＝捏造朝日記者の植村隆を講師として雇いつづけているそうだな。売国奴、国賊の植村の居場所を突き止めて、なぶり殺しにしてやる。すぐに辞めさせせろ。やらないのであれば、天誅として学生を痛めつけてやる」とする脅迫状も送りつけられる等の「魔女狩り」とも言うべき激しいバッシングと迫害を受け、植村さんは雇用を脅かされて生存の危険に晒されていました。

また、植村さんの最愛の娘の写真はインターネットで公開され、「こいつの父親のせいでどれだけの日本人が苦労したことか。親父が反日活動で稼いだ金で贅沢三昧で育ったのだろう。自殺するまで追い込むしかない」「なんだ、まるで朝鮮人だな。ハーフだから当たり前か。さすがに売国奴の娘にふさわしい朝鮮顔だ」等と書き込まれいわれなき迫害を受けていました。

植村さんは「捏造などしていません」と、切々と私に訴えられました。植村さんを私に紹介してくれたのは朝日新聞記者の本田雅和さんでした。植村さんの「私は捏造記者ではない」との尊厳と真実をかけての闘いは、大きな支援の輪に支えられています。

『真実――私は「捏造記者」ではない』（岩波書店）で私と植村さんとのかかわりを植村さんが書いてくれています。

「君を応援したいという弁護士がいる」。

２０１４年10月3日、上京中の私に友人のジャーナリストから電話があり、こう告げられた。ちょっと、びっくりした。これまで、弁護士には自分から相談に行くものだと思っていたからだ。どんな弁護士だろう。

2日後の5日、日曜日午前9時、ＪＲ秋葉原駅内の喫茶店で、その弁護士と会った。約束の時間通りに到着したが、初老の弁護士はすでに喫茶店の隅で私を待っていた。「コーヒーはいかがですか」と勧めると、「いらない」と言う。もう1時間も前に喫茶店に来てコーヒーを飲み、朝食をとったのだという。

優しい目をした弁護士は、ゆったりとした雰囲気を漂わせていた。私はテーブルに１９９1年8月に書いた慰安婦問題の記事や関連資料を広げて、「私は捏造などしていません」と詳しい説明をした。初老の弁護士は私の話をじっくり聞いた後で、笑顔でうなずいてくれた。そして、こう言った。

「あなたは日本の民主主義の宝です」。

意外な言葉に驚き、恥ずかしくなった。私が「慰安婦」問題で他紙に先駆けて記事を書いたことを評価したうえで、励ましてくれたのだろう。闇夜の中で、一筋の光を見たような気がした。「この人と一緒なら闘える」と直感的に思った。

手を握らせてもらった。温かな手をしていた。朝の喫茶店には、ほかにもお客さんがいたが、涙が止まらなかった。それが中山武敏弁護士（第2東京弁護士会所属）との初めての出会いである。

中山弁護士は自分の生い立ちや、現在取り組んでいる裁判などについて話をしてくれた。

70歳。九州の被差別部落で生まれ、福岡県明善高校の定時制を出た後、中央大学法学部夜間部で学んだ。苦学しながら、弁護士を目指したのだ。

司法修習生のころ、最高裁が一部の修習生を裁判官に採用しない「任官拒否」問題があり、その反対運動に没頭した。「虐げられている側」でというのが原点だという。東京大空襲訴訟の原告弁護団長を務めたこともあり、再審を求める狭山事件の主任弁護人でもある。

のちに中山弁護士が私に1冊の絵本を送ってくれた。『ばぁちゃんのリヤカー』（福岡県人権研究所、2015年8月発行）という題名で、中山弁護士の母・中山コイトさんが部落差別と闘いながら、廃品回収業を続け、二男の中山弁護士ら3人の息子を育てた記録だ。父親の重夫さんは、部落解放運動に生涯をかけた。その解説文で、中山弁護士は父親のことを書いている。

「父は中国戦線の経験から、部落解放運動や平和運動に関わり、中でも子どもたちが部落差別に負けないようにするためと、日本国憲法の『国民の権利』の条文を壁に貼って、毎日私たちに暗唱させました。特に『第14条　法の下の平等』の規定は私の心を強くとらえました。（中略）狭山事件に関わることは、父親の日本国憲法に対する思いを引き継いだ私の弁護士としての使命であると考えています」

狭山事件とは、1963年に埼玉県狭山市で女子高生が行方不明となり、死体で発見された誘拐殺人事件だ。容疑者として被差別部落出身の当時24歳だった石川一雄さんが別件で逮捕され、1審で死刑判決を受けた。2審では一転して無罪を主張したが、無期懲役判決を受け、77年に最高裁で確定した。しかし、石川さんは無実を訴え続け、いま第3次の再審請求が行われている。

私自身、4大死刑冤罪事件といわれる「免田」「財田川」「松山」「島田」のうちの松山事件の再審裁判を仙台支局時代に司法担当記者として取材したことがある。4つの事件とも再審が認められ、無罪判決が出された。その取材体験から、再審の壁がいかに厚いかということや、再審を求める元被告たちを支える弁護士たちの労苦の大変さも、よくわかる。

それにしても、狭山事件の再審を求め、多忙なはずの著名な弁護士が、なぜ私のことを気にかけてくれたのだろうか。「ピアニストの崔善愛さんからのメールで知ったのです」と中山弁護士は言った。在日韓国人3世で、福岡県出身の崔善愛さんは指紋押捺拒否運動でも知られる方で、中山弁護士とは旧知の関係だったのである。不思議な縁を感じた。

「崔善愛さんですが、まだお会いしたことはありませんが、よく知っていますよ」と話した。私のお気に入りのCDの一つが、崔善愛さんの演奏を収録したCD『ZAL』なのだ。ショパンのノクターン、カタロニア民謡の「鳥のうた」や韓国童謡の「故郷の春」などが入っている。一部メディアの激しいバッシングを受け続けていた私はこのCDをよく聴き、心を癒していた。会ったことはなくても、毎日のように彼女の演奏を聞いて、励まされていた。特にショパンの初期の代表作であるバラード第1番は大好きな曲だ。

私は地方支局時代や大阪社会部時代に、指紋押捺拒否運動を取材したことがある。在日外国人に対する差別で人権侵害だとして、当時、激しい反対運動が続いていた。指紋押捺制度は、外国人登録法を制定し、在日外国人に外国人登録等の際に指紋押捺の義務を課したものだ。１９５２年に始まった。80年に東京新宿区で在日韓国人１世が指紋押捺を拒否したことがきっかけで、反対運動が全国に広がった。

日本政府は拒否者に対し、刑事罰や再入国許可を与えないなどの対応をとったが、反対運動は根強く93年1月には永住者・協定永住者に限って廃止され、その7年後には全廃された。ただ、２００１年の米国での同時多発テロ（９・11事件）の影響で、出入国管理及び難民認定法が改定され、日本に入国する外国人に指紋提供が義務付けられた。

崔さんは21歳だった１９８１年に指紋押捺を拒否し、福岡地裁小倉支部で85年に罰金１万円の有罪判決を受けた。その後、再入国許可がされないまま、米国に留学した。特別永住資格も剥奪された。崔さんは、指紋押捺拒否裁判と再入国不許可取り消し訴訟の２つの裁判を闘い続け、２０００年に特別永住者となり、永住権を取り戻した。

崔さんは音楽活動だけでなく、平和と人権についても語り続けている。14年9月8日に私の知り合いの札幌の女性が出した北星学園大学への応援依頼メールが、人を介して、そんな崔さんに伝わっていたのだ。

崔さんは、男が散弾銃で私の同期の小尻知博記者を殺害するなどした、１９８７年5月3日の朝日新聞阪神支局襲撃事件に言及し、北星・植村事件について加筆し、「北星学園大応援メールのお願い‥植村さん（元朝日新聞記者）への応援として」という表題をつけて、9月12日に中山弁護士にも送っていた。ちょうど、朝日新聞社の木村伊量社長が記者会見をした翌日のことだった。木村社長は、福島第１原発事故時に同原発の所長だった吉田昌郎氏に政府が聞き取りした「吉田調書」をめぐる『朝日』の報道に事実誤認があるとして、謝罪していた。

崔さんのメールは、こんな内容だった。

「みなさま、どうしても、胸騒ぎのようなものがおさえられず……長文ですが、お許しください。昨日、そして今朝の朝日新聞の謝罪会見、嫌な予感というか、なにか恐怖すら感じてなりません。「慰安婦問題」と「吉田調書」を書いた、すぐれて果敢な記者らに向けての、執拗で異常な朝日たたきが、連日続いていますが、「密約事件」のときもそうですが、国家の責任を追及する記者を個人的に、（娘さんにまで）脅しをかける彼らが問われ裁かれることがないまま、この謝罪会見。かつて朝日新聞の若い記者が、右翼に殺され、その犯人は不明のまま時効になりましたが、この記者さんは、「指紋押捺拒否運動」を親身に報道していたそうです。そのことで右翼に「国賊」と思われていたのです。

なんとおそろしい社会。わたしは、このことを絶対に許せないし、忘れません。異常な脅迫をつづける右翼（これをあやつる政治家）と週刊誌の人権侵害、まさに殺人行為だと思います。

朝日新聞社が、このような優れた記者らをどのように守ることができるのか、わかりませんが、とにかく、いま、わたしに出来ることは、記者さんの生活がこれ以上脅かされることのないよう、手紙やメールで、応援している人がいることを知らせる、ことしかできません。

指紋押捺拒否運動があれだけ広がりを見せたのは、ともに闘った記者が多くいたことを改めて思っています……。以下、メディア関係者からの応援要請の転送です。

ぜひ、北星学園へ……、一緒に応援できれば、うれしいです。……崔善愛」

中山弁護士は崔善愛さんからメールを受け取った後、さらに札幌の知人2人からも別々に応援依頼メールを受け取った。「3通も受け取り、やらなければならない」と考え、マケルナ会の賛同人となったのだった。

2014年1月末に『週刊文春』に「捏造記者」と報じられて以来、私は訴訟を検討してきたが、弁護団づくりは難航していた。しかし、この時の中山弁護士との出会いから、一気に進み始めた。

中山弁護士を中心に植村問題をめぐる弁護団会議が東京で開かれるようになった。４回目となる12月9日の弁護団会議を前に、中山弁護士は呼びかけ文で、訴訟の意義について、こう書いた。

「この訴訟は植村さんの名誉回復、不当な人権侵害を擁護すると共に日本の民主主義、平和と人権にかかわる重要な歴史的意義を有する訴訟になると思います。右翼勢力、右翼ジャーナリズムからの攻撃も覚悟しなければならず、党派、所属を超えて広範な全国的な運動をつくりだしていくことが求められると思います」


この4回の会議で、中山弁護士が植村弁護団の団長になることが決まった。


私を支援する弁護士たちもまたネットなどでバッシングされる可能性は大きい。「大丈夫ですか」と尋ねる私に、中山弁護士は「私はもう9月に墓石をつくりました」と意外な言葉を発し、私の取材ノートにこう書いてくれた。

「人ハ只一生ニ一死有リ　生ヲ得意義ヲ要シ　死ヲ得価値有リ」

「中国の新民主革命の時の活動家の詩で、父が死去の際に書き遺していたものです。父と私の座右の銘です」と中山弁護士は言った。一度だけの人生、意義ある生き方をしたいという意味だろう。

「広範で大規模な弁護団をつくる」と中山弁護士は精力的に動いてくれた。弁護士資格を持つ小林節慶應義塾大学名誉教授にも12月10日に会い、弁護団に入ってもらうことになった。小林さんは改憲論者で、かつて自民党のブレーン的な存在だった。『産経新聞』の「正論」メンバーでもあった。若いころは研究員としてハーバード大学でも学んだ。しかし、いまは安倍政権の解釈改憲などのやり方に激しく反対していた。


小林さんは、マケルナ会の呼びかけ人になったことや植村弁護団に入ったいきさつなどを、のちに公開の場で語っている。２０１５年3月10日、札幌市教育文化会館で行われたマケルナ会主催の小林さんの講演会「なぜ私は自由に生きるのか」の席上だ。

「慰安婦問題の記事で攻撃を受けている植村の支援に加わってもらえないか」という知人からの電話を受け、瞬間的に「嫌だ」と思った。「慰安婦問題の右と左の両極端の論争にうんざりしていたからだ。」

しかし、資料を見て支援を決めたという。小林さんは講演会で、こう振り返った。

「関連した資料を全部あらためて3度も4度も見たかぎりでは、一度も「捏造」ということは証明されていない。西岡さんという教授は植村さんの記事だけ取り上げて、捏造したと立証もせず断定し、櫻井よしこさんも一緒になって、植村記者を悪人呼ばわりしている。私憤ではありません。公の怒りです。こんなことがあっていいのか、という怒りです。義において助太刀いたす、という関係になってしまったわけです。」

ところが植村弁護団に入ったことで、右派の人々の間では大騒ぎになったという。その様子を小林さんはユーモラスにしゃべった。

「じゃんすか電話がかかってきて、『おい、小林。おまえ、国賊の植村の弁護団におまえの名前がある、間違いじゃないか』『間違いじゃありませんよ』『あいつ、国賊だぞ』国賊、すごいですね。非国民の世界ですよ。こんな言葉じかに聞くとは思わなかった。面と向かって『あのさ、ちょっと聞いたんだけどさ、あれって本当？　信じられないんだけど。新聞とかテレビとか週刊誌で、あんたの顔を植村の横でみたけど、本当？』ってな話なんですね。向こうが聞いてくれる場合は、私は説明しました。箇条書きで、Ａ4、1枚の紙に書いたものを用意して、激高している人には、『ちょっとこれ、まず、だまって10分読んでくれない』と言って読んでもらってから話をする。それで多くの人は『納得した。あなたが理由があってやっていることなんだ』ですね。あと何人かはですね、実はわかっていないんだけども、僕のオープンな姿勢に負けてしまって、『うん、わかったよ』」

その後、小林さんは「理不尽なことを許せない」と言って、左手に指がないという自身の障害の話をし始めた。

「いつになったら私の指が生えてくるのかと聞いて母を泣かせてしまった記憶がある」。

この障害で、幼いころに受けた差別のことも言及した。涙をこぼしながら、話し続ける小林さんの姿に会場は静まり、私もまた涙がこぼれた。講演を聞きながら、小林さんの反骨の生き方の背景がわかった。「理不尽なことを許さない」という熱い気持ちが根っこにあるのだと。

小林さんは、中山弁護士と最初にあったときのことも、札幌の講演会で触れた。

「ずっと部落差別のなかを生き抜いてきた70代の立派な弁護士がいるんですね。人権派弁護士と文献上で知って尊敬していたんですが、その方に指名されて呼び出されて、おそるおそる、実は初めて見られるので、楽しく会いに行ったんですが。会ったとたんにそのおじいさんが好きになりまして、その弁護団に入ったんです」

小林さんは、中山弁護士に会う前にこんなメッセージを送っている。中山弁護士が弁護団会議の資料として関係者に見せてくれたものだ。

「私は先天的障害児として差別（苛め）の中を生きてまいりました。ですから、自然に求めて憲法学者になったのですが、慶応とハーバードの校風・人脈から、体制側に近いところに長居いたしました。しかし、権力者の傲慢をイヤという程見せられ、60歳の頃（5年前位）から、妥協せず信ずることを語り切って生きて死にたいと思うようになりました。（中略）先生の正義の闘いに参加させていただけることを光栄に存じます」

この小林さんの言葉は、中山弁護士の座右の銘「人ハ只一生ニ一死有リ　生ヲ得意義ヲ要シ　死ヲ得価値有リ」にも通じるようだ。

経歴は全く異なるものの、差別と闘ってきた中山、小林の両弁護士が、私の問題で出会い、心を通じ合って、共に私を支えてくれることになった。一筋の光が、幾筋の光に広がっていく。こんなに心強いことはなかった。

小林節さんらは、２０１４年11月13日に全国の著名人がネット攻撃等にさらされている北星学園大学を応援するために、来年度の無償のボランティア講義を申し入れていました。札幌への旅費を含め自腹で、憲法などの専門分野を講義するという内容です。そして、私は３８０名の弁護士とともに、北星学園に対する攻撃をする者を２０１４年11月７日に威力業務妨害罪で刑事告発しました。

この時一緒に動いてくれたのは司法修習生時代の同期、司法修習23期の弁護士で、阪口徳雄（大阪弁護士会）、澤藤統一郎（東京弁護士会）、梓澤和幸（東京弁護士会）、郷路征記（札幌弁護士会）でした。この事をきっかけに流れが変わり始め、12月17日、北星学園の学長が記者会見を行い、植村さんの次年度の契約更新を発表するに至りました。

2　告発状

第一　告発の趣旨

住所氏名不詳の各被告発人の下記各行為は、刑法２３４条（威力業務妨害罪）に該当することが明らかと考えられるので、早急に被告発人らに対する捜査を遂げ厳正な処罰をされたく、告発する。

第二　告発事実

第１　被告発人（１）は、元朝日新聞記者である植村隆氏（以下「植村氏」という）を失職させる目的のもと、２０１４年（平成26年）５月某日、同人が非常勤講師として勤務する北星学園大学（札幌市厚別区大谷地西２丁目３番１号所在、運営主体は学校法人北星学園・理事長大山綱夫）の田村信一学長あてに、「植村をなぶり殺しにしてやる」「（植村氏を）辞めさせろ。辞めさせなければ、学生を傷めつけてやる」「くぎ入りガスボンベ爆弾を仕掛ける」などの趣旨を記載した文書を郵送し、同月29日、同学長に上記文書を閲読させ、同学長及び同学長から当該文書の内容の伝達を受けた学校法人北星学園大山綱夫理事長らをして、同法人従業員らに警察署等と連携し各種情報収集や情報交換のほか、日常的な巡回と緊急時の対応支援を要請するなどの態勢を構築させ、また、不測の事態に備えて、危機管理コンサルティング会社や弁護士などの外部専門家と連携した危機管理態勢を構築させ、さらに、植村氏の講義実施にあたり警備態勢等を取らせる等の対応を余儀なくさせ、これらに従事した同法人従業員らにおいて通常行うべき同社の業務の遂行を妨げ、もって威力を用いて同法人の業務を妨害した。

第２　（以下、第１とほぼ同じ内容のため省略）

第三　告発の事情と告発目的

植村氏は、１９９１年（平成３年）８月11日付の朝日新聞大阪本社版朝刊で韓国の元慰安婦の証言を他紙に先んじて報じ、同年12月には、この女性からの詳細な聞き書きを報じた。これに対し、植村氏の妻の母親が韓国の「太平洋戦争犠牲者遺族会」の幹部であることを指摘し、身内を利するため、捏造した事実を含む記事を書いたとする批判が繰り返されてきた。

植村氏への中傷が激しくなる中、朝日新聞は本年８月５日付朝刊の特集においてこの問題に言及し、植村氏の記事の中に「慰安婦」と「女子挺身隊」との誤用があったことを認めた上で、記事に「意図的な事実のねじ曲げなどはありません」「縁戚関係を利用して特別な情報を得たことはありませんでした」と結論づけた。朝日新聞による上記特集紙面の結論の妥当性については、第三者委員会で検証されることが決まっている。朝日新聞の姿勢や、植村氏の報じた記事の内容に疑義があるとする者においては、言論をもって批判し反論すべきが民主主義社会における当然のルールでありマナーでもある。

しかし、インターネットが登場し、容易に誰でも匿名で情報を発信できることになって以来、匿名性に隠れて「言論」の領域から逸脱し、故ない誹謗、中傷が繰り広げられ、刑法上の名誉棄損罪、強要罪、脅迫罪、強要罪などの違法行為となる言説がネット上で飛び交うことさえ見受けられる。時に、ネット空間の一部が、いわば自分たちの気に入らない、または自己の主義主張に反する者に対する公然たる私的制裁行為＝リンチの場に化している実態がある。今回の植村氏の件では、インターネット上で、植村氏の実名を挙げ、憎悪をあおる言葉で個人攻撃が繰り返され、同人の高校生の長女の氏名、写真までさらされる事態となっている。「反日」「売国奴」などを罵倒し、まさしく同人及び家族に対する私的制裁行為＝リンチ行為の場と化している。その中では名誉棄損罪、強要罪、脅迫罪などに該当する違法行為も公然と行われている。このような風潮の中で、集団による私的制裁行為の一端として植村氏が非常勤講師を務める北星学園大学へ上述のような脅迫文が届いたのである。

加えて、２０１４年（平成26年）９月12日夕方ころには、被告発人らとは別人と考えられる人物が、植村氏を失職させる目的のもと、所在不明の電話器から、北星学園大学の代表電話番号に電話をかけ、電話を取った男性警備員に対して、「(植村氏を) まだ雇っているのか。ふざけるな。爆弾を仕掛けるぞ」などと脅し、最近、威力業務妨害罪で逮捕に至った事件も発生している。上記脅迫電話の件については、北海道警察の捜査に敬意を表するものである。

これらの脅迫文や電話での脅迫行為に関しては、大きく報道されて国民的関心事となっている。国民が強い関心を寄せたのは、本件の手段があまりに卑劣であるだけでなく、そのことによって奪われようとしている価値があまりに大きなものだからである。自らは闇に身を隠し刑事責任も民事責任も免れることを確信しながら、植村氏を社会的に抹殺するという不当な目的を、同氏の言論とは何の関係もない、勤務先であるに過ぎない大学に対して、大学に学ぶ学生を傷つけるという害悪の告知を行うことによって、達成しようとしているのである。卑劣このうえない手段というべきである。万が一にも、被告発人らの思惑どおり、脅迫や威力妨害の効果として、植村氏の失職が現実のものとなるようなことがあれば、犯罪者の脅迫行為が目論み達成のために有効なものとなる「実績」が作られることになる。このことは、言論の自由や学問の自由という民主主義社会にとって至高の価値が「暴力」に屈して危機に瀕する事態となることを意味している。

意に沿わない記事を書いた元新聞記者の失職を目論み、勤務先に匿名の脅迫文を送付するという被告発人らの違法行為は、言論封じのテロというべき卑劣な行為であり、捜査機関は、特段の努力を傾注して、速やかに被告発人らを特定し、処罰しなければならない。捜査機関がこのような違法状態を放置するようなことがあれば、言論の自由や学問の自由が危険にさらされ、「私的リンチ行為」が公然と横行し、法治国家としての理念も秩序も崩壊しかねない。それは多くの国民、市民が安心して生活できない「私的制裁＝リンチ社会」に道を開く危険な事態といわねばならない。告発人らは、「基本的人権を擁護し、社会正義を実現すること」を使命とする弁護士として事態を傍観し得ず、以上の立場から本件告発を行うものである。

第四　捜査の要請

雑誌やインターネット上において、植村氏並びに家族に対する名誉棄損、侮辱（いずれも親告罪）などの違法行為が堂々とまかり通っている。このような違法行為の放置は、法治国家において断じてあってはならない。

告発人らは、植村氏及び家族らからの告訴の委任を受けている者ではなく、名誉毀損、侮辱について告訴をなす権限はない。しかし、植村氏らの告訴があった場合には、捜査機関においては直ちに捜査に着手し、各犯罪行為者を厳罰に処するよう強く要請する。

また、親告罪ではない強要・脅迫（本件脅迫状によるものを含む）などについては告訴を待つことなく、厳正に捜査をされるよう要請する。

3　植村裁判の現状

札幌地裁と東京地裁に分かれて訴訟が進行した植村裁判ですが、２０１８年11月９日、櫻井よしこ氏と出版社３社を被告とした札幌地裁の判決が出されました。この判決は、原告の請求棄却というもので、植村さんの支援者、弁護団一同だけでなく、この裁判に注目してきた世論も驚かせるものでした。

判決の内容は、櫻井氏の記事には植村さんの社会的評価を損なう表現があることを認めつつ、櫻井氏には植村さんが「捏造」を行ったと信じてもやむを得ない理由、「真実相当性」があるとし、免責しています。

裁判の過程で、この国の〝保守派論客〟と言われる人たちが、いかに杜撰な取材で個人の名誉を損なう記事を書いているかが明らかにされてきました。札幌地裁の判決を受け、弁護団や植村さんの支援者は、これからも闘いは続いていくとの認識を新たにしているところです。

私は植村裁判とは、言論の自由や日本の民主主義そのものに関わってくる問題をたたかうものと認識しています。くじけることなく、これからも取り組んでいく覚悟です。

第４章　狭山事件

１９６３年５月１日、埼玉県狭山市で女子高校生が誘拐され遺体で発見された。警察は身代金受け取り場所で犯人を取り逃した。

この狭山事件の犯人とされた被差別部落の青年である石川一雄さんは、同年５月23日に別件で逮捕され、当初石川さんは否認したが、途中で自白に転じた。

１９６４年３月11日、浦和地裁は死刑判決を言い渡した。控訴審で再び石川さんは否認した。

１９７４年９月29日に弁護団が最終弁論を行い、同日、完全無罪判決要求中央総決起集会に11万人が結集した。東京高裁は１９７４年10月31日に新たな証人、証拠調べの大部分を却下して無期懲役を言い渡した。

１９７６年１月28日、弁護団は最高裁に上告趣意書を提出し、約１万人の被差別部落の小中学生が「狭山同盟休校」に入る。同年、作家の野間宏『狭山裁判』（上下巻）が岩波新書から刊行された。結びに「１９７６年７月２日、東京拘置所、中山武敏弁護士とともに石川一雄被告を訪れ、面会することができた。」と書かれている。

１９７７年８月９日、最高裁第二小法廷は口頭弁論も行わずに上告を棄却した。

1　石川さんからの手紙

私は弁護団に入るとき、石川さんから手紙をもらった。

「自分は部落差別の中で教育を受けられなかった。そのことは恨まない。しかし教育を受けられなかった者に対する国家の仕打ちの冷酷さ。それが許せない思いで残っている」

これが私の原点となった。

狭山事件の捜査で、警察は部落に目をつけ、4名の青年が逮捕されて、アリバイがはっきりしなかった石川さんを犯人とした。石川さんは1ヶ月間は否認するが、「(石川さんが) 犯人じゃなければ兄さんが犯人だから逮捕する。自白すれば10年で出す」と言われ、最後はそれに乗ってしまう。

私は最終弁論で、「裁判所が捜査の実態を読んでもらいたい。なぜ石川さんが自白に追い詰められていったか。それから石川さんが部落民じゃなくて、どこかの大きな会社や色んなとこに就職していたら、出勤簿とかそういうことでアリバイも証明できた。ところが石川さんは仕事に行ったり行かなかったりの状況で、その日のアリバイを資料として証明できるのは、なかなか難しさがあった」と訴えた。

寺尾裁判長は法廷で「自分は少年の時に島崎藤村の『破戒』を読んで、こういうことがあるのかと思った」と言い、当時の雑誌『部落』を職権で採用して、証明しなければいけない命題に対して「それはあってる」と言ったのだ。だから当然、雑誌『部落』や部落差別についても判決で言及してくれると思った。

しかし、判決を法廷で言う時、無期懲役の判決を言い渡し、部落問題については一言も触れなかった。

死体鑑定についても、弁護団が出した京都大学法医学部の上田鑑定に対し、法廷で「良心的な鑑定」と言った。ところが「それは再鑑定だから限界がある」と言って採用しなかった。

大阪の山上益朗弁護士が「裁判長、ペテンか」と言った。その時、寺尾裁判長は全く動揺しなかった。ところが私が弁護人席から「部落問題はどうした」と言ったら、本当にびっくりして動揺し、私の顔をじろっと見た。

法廷ではあれだけのことを言いながら、後で判決文を見てみたら「予断と偏見による差別捜査はなかった。合理的な捜査の中で石川さんに辿り着いた」などと書いている。死体を埋める時に使われたスコップは、石川さんが勤めていた養豚場のものとされている。この養豚場は部落出身者の経営で、部落の人たちが働いている。そこからスコップを盗めるのは、自由に触ることができるそこの関係者に限られる。そこで石川さんに辿り着いたと言っている。

第3次再審では、200点近い証拠が開示されている。

事件発生後、5月4日に農道から後ろ手に手拭いで縛られた被害者の死体が発見された。その手拭いは、近所の米屋が事件が起こった年の正月に、年賀用として165本配った中の1本である。それを手に入れた人間が犯人であることは間違いない。

警察が155本を回収し、10本は未回収である。その中の3本は切って枕カバーに使われたり、手ふきにされたりしているのを確認しているので、実質的な未回収は7本である。その7本を持つ中の一人が犯人ということになった。

この手拭いは、石川さんの家にも1本配られている。これはもう証拠がはっきりしていて、石川さんの家からは、5月11日に提出されている。石川さんが犯人で、5月1日にそれを使っていたら、石川さんの家に手拭いがあるはずはない。

2審段階で捜査した検察官が、「5月6日にTBSがテレビで五十子米屋の手拭いの報道をした。それを聞いた犯人が工作している」と証言し、寺尾判決もそれを引用した。要するに、石川さんの姉婿石川仙吉さんの家には2本配られているにもかかわらず、「1本しかもらっていない」と言い、もう1本を貰ってくるという工作をしたのだと判決は言っていたのだ。

手拭いの捜査に関しても、「5月6日の日に2名の警察官が石川さんの家に行って、12時20分に石川さんの家に1本あるのを確認して、石川仙吉さんの家にも1本あるのを確認して、そして今日報道されているように大変なことが起こっている」とわざわざ書いている。

TBSが報道したのが何日かが問題となって、同局に電話照会したところ、「5月6日の零時2分過ぎから50秒間報道した」という回答が来た。石川さん宅で手拭いが確認された17分前である。その間に工作することなど不可能だ。この矛盾を解消するために、最終報告書では石川仙吉さん宅に配られたのは1本となっていたところが、2本に改められているのだ。

裁判所に行っても我々はコピーしかもらえないので、これは賭けだったが、「裁判長、現物を確認したい。写真を撮っていいですか」と言ったら、裁判長が「いい」と言うから写真を撮った。写真を確認すると、どうも「1」が「2」に直されていることが明らかになってきて、証拠として提出した。

取調べにおいて、石川さんは約1ヶ月にわたって否認していくのだが、とうとう嘘の自白に追い詰められる。今度は警察が自白の録音テープを出してきた。

その中の1本に自白する前のテープが入っていた。自白後も結構そうなのだが、ほとんどは警察が色々言って、石川さんはそれに消極的に乗っているだけの話だ。調書でも物語のようになっているものが書いてあるが、実際は全くそのようにはなっていない。

特に6月20日から3人共犯の自白をした、最終段階の13分のテープがあるのだが、ここもほとんど一言二言しか話していない。3人の警察官がまず脅迫状について、「もう書いたことを認めてるから」と言っており、この調子で延々と続く。

「石川君。書いたこと、これはもう間違いねぇんだ。石川君に供述義務というものがある。これはもう議論の余地はない。書いた書かねぇ言ってることじゃねぇ。石川君にも責任を持ってもらう」

「自白をすれば執行停止にしてもらうとか、保釈してもらうとか、様々な手続きをとってもらう。そうすべきじゃないか、石川君。その代わり、石川君の言うことをわしが全然聞かないっちゅうわけではない。こうしてもらいたいという場合にはまた考える」

13分の間、40何回か「石川君、石川君」と言って迫っているのだ。

第2審の寺尾判決は、「石川さんの供述は信用性も任意性もある」と言っている。「被害者を一時芋穴に逆さづりにした。これは石川さんが自ら言い出した。こういうことは誘導のしようがない」とまで言い切っているのだ。

1審では、「石川というのは極悪非道で悪魔のような人間なんだ」ということを検事が論告して、死刑判決が出た。2審でも「石川は嘘つきだ。助かりたいからああいう嘘を言ってる」と言っている。石川さんではなく、警察官が誘導してこういう供述を出しているということが明らかになってきている。

石川さんの供述に、秘密の暴露みたいなものはない。死体がどうなっていたかということもわからず、警察官が色々教えたり、石川さんに対し「それじゃあ困る」などと言っているのである。

そういった部分も我々は明らかにしていって、まだ隠されている証拠があるので開示を求めていった。第3次で明らかになってきた心証を中心とした証人尋問や鑑定も、門野裁判長が第3次で勧告してくれて、流れが変わった。47年ぶりに、石川さんが逮捕された当時の上申書が開示されたのだ。

石川さんは逮捕された当日から無実を訴えているが、上申書の中に書かされている部分がある。脅迫状では「金」は漢字、「弐拾」が漢数字である。それから漢字で身代金の金額を「万円」と書いている。石川さんは平仮名で「きん」、それから平仮名の「に」、算用数字で「10」、そして「まんい」。そういうことしか書けていない。だから47年も隠していたのだ。

そういうものが出て来て、裁判長が石川さんを犯人とする証拠の主軸とされる脅迫状も、崩れてきているのである。

「学ぶことの勝利」

石川さんは1994年12月に仮出獄した。

私たちは、法務省、千葉刑務所長とも度々面会し、石川さんの仮出獄を要請した。仮出獄の要件である「改悛の情あるとき、再び犯罪を犯す恐れがない場合」に該当するものであり、そもそも石川さんは無実であり、彼を釈放することは何らの障害もないと訴えた。

白鳥事件でも村上国治さんは再審闘争中に運動の力で仮釈放を勝ち取っているし、日本の巌窟王といわれた吉田石松さんも、弘前大教授夫人殺し事件の那須さんも、仮釈放後に再審闘争を展開し、無罪判決を勝ち取っている。仮出獄の闘いと再審の闘いは一体であり、石川さんが出てきて裁判の流れを大きく変えていくものである。こうして、石川さんの仮出獄が実現したのだ。

ルポライターの鎌田慧さんは、著書『狭山事件——石川一雄、四十一年目の真実』（草思社）のあとがきで次のように書かれている。

> 石川一雄の文字から置き去りにされていた境遇と、その境遇から強制された無知が、冤罪に成立を容易にさせた。というよりも、石川一雄自身、警察に迎合することによって、嘘の自供を維持し、冤罪の作成に協力していた。死刑判決を受けたあと、ようやく、ひとの助言をえて、独房にあって文字を学ぶ端緒をつかみ、学ぶことによって冤罪を主張しはじめることができるようになった。

のちに最高裁判決は、

「原判決が、他の補助手段を借りて下書きや練習をすれば、作成することが困難な文章ではないとしたのは、是認することができる」

と判断した。文字を習得し、文章を書けるようになると、こんどは、「このていどの脅迫状は書けるじゃないか」といわれて、有罪の証明にされる。

文字の世界から疎外されていたひとたちの苦しみと恐怖を感得すれば、そんな軽薄なことをいえるはずはない。文字を使いこなせる人間が、文字を使えない人間に寄り添うことができない傲慢さは、恥ずかしいことなのだ。せめて、裁判官は、人権教育の実践としての識字運動から、なにかを学ぶべきだったのだ。

貧困と無知、そして非識字が、冤罪を押しつけさせた。その恨みを、石川一雄は、奪われた文字を獲得し、刑事や検事や判事の論理を批判することによって果たした。それをわたしは、学ぶことの勝利と考えている。それがこの本でいちばんいいたかったことである。

大江健三郎さんのこと

福岡の田川で早乙女さんの前に、大江健三郎さんが講演されている。あれは実は河西君から電話がかかってきて、「早乙女さんを紹介してくれ」と言われたが、早乙女さんは札幌で講演が入っており無理だということで、今度は河西君が鎌田さんに連絡して、大江さんが来ることになった。その講演を、私は聴いたのだ。

講演に先駆け、私は大江さんと話した。もちろん講演を非難するわけではないが、全然狭山とか部落民だとか書かれていない。私は全九州の講演の前の日から行って大江さんを待ち構え、大江さんが着いたと同時に、開示された脅迫状を見せて、「こんなに違っているんですよ。今、講演に来てるんですか?」と話した。

そのためか、講演でも裁判のことを取り上げてくださった。

福岡県連の松本君が大江さんを迎えに行ったのであるが、迎えの車の中では、狭山の話は全然しなかったそうだが、帰りは空港まで狭山の話ばかりだったそうだ。

その後、大江さんもずっと気にされているようで、２０１１年9月21日付朝日新聞「定義集」の中で、国語学者の大野晋氏の論文を引用し、この脅迫状は作為がある旨述べられている。本当に作為で出来上がっているということが明らかになってきてから、大江さんも非常に喜ばれた。

狭山の最終弁論を前にして父は「部落民であるということを宣言しろ。水平社の宣言を引用しろ」と言った。だから私も父の助言に従って、「吾々がエタである事を、誇り得る時が来たのだ。吾々は、かならず卑屈なる言葉と怯懦《きょうだ》なる行為によって、祖先を辱め、人間を冒涜してはならぬ。そうして人の世の冷たさが何んなに冷たいか、人間を勦《いたわ》る事が何であるかをよく知っている吾々は、心から人生の熱と光を願求礼賛するものである。水平社はかくして生まれた。人の世に熱あれ、人間に光あれ」と言って、最終弁論を締めくくった。傍聴には当時、解放同盟と解放同盟以外の反対している人たちも来ていたが、みんなから自然に拍手が起こり、裁判長も拍手を制止できなかった。

私は一貫して狭山事件では、部落差別の問題を中心に闘ってきた。東京高裁で判決が出た後の１９７４年10月31日、石川さんがまだ裁判所の構内に留められている時、弁護士2名と解放同盟推薦の私が加わって3名が石川さんと面会した。

石川さんは泣きながら第一声で、証拠開示に力を入れてくれと言い、「自分が捕まった時、警察から電灯写真でカチ、カチッと見せられた。そして足跡は別々の方向に行っている。だから複数犯じゃないかと追及された。その写真があるはずだ」と訴えた。

警察は、複数犯だということをずっと追及し、最後は単独犯になっていくのだが、だから隠された証拠があるということで、証拠開示に訴えているのだ。

袴田事件もそうである。多くの人たちが、袴田さんが犯人だと思っていた。ところが、第２次再審で隠していた６００点の証拠が開示され、警察が捏造までしていることが明らかになってきて、最終段階ではマスコミが大きく取り上げるようになった。だから裁判所も、再審開始決定を言わざる得なかったのだ。

狭山もこれから大切なところで、もっと大きく世論に訴えていきたいと頑張っている。

石川さんからの手紙

私は前述したように、弁護団に入るとき石川さんから手紙をもらった。1972年10月5日に届いた手紙だ。

拝復、昨夕速達便を拝受せし、私の事件解決の為にお力添えを賜れるとのお言葉に接し、涙を禁じませんでした。私は願ってもない、喜んで弁護活動にご尽力を頂きたいと思って居りますが、私の弁護人に付きまして、部落解放同盟に一任してありますので、誠に御手数を煩わせて恐縮に存じますが、中央本部の方へご一報頂きました上で、御選任届けをさせて頂きたいと思って居ります。

と申しますのは、今後弁護人になる方が居た場合は、解同の方へ連絡をされるように話して欲しいと言われているからであります。でも先生は部落出身であるとの事でありますから私には誠に心強い限りで、その意味からも是非とも私の弁護人になって頂き、私の事件を通して根本的に差別問題にメスを入れていただきたいと思っています。私も「狭山事件」はただ単なる冤罪事件としてではなく、故意に間違いられ、間違いを語り出す事について警察の保身、面子を保とうとした背景をどうか糾弾して欲しいのです。裁判にのみその事実が明らかになるのではなく、国民全体にその実情を広めて頂きたいのです。

私の狭山事件の全貌を今更申し上げずとも、すでに先生にはご存知の事と思われますので筆に致しませんが、最近一段と部落解放同盟の活動が狭山事件に向かって盛んになり、百万人署名運動や裁判所に公正裁判要請するハガキ等の手段など全国各支部を挙げてたたかって下さっているので、私もどれ程心強く励まされるかわかりません。

そして、現在毎日届く全国からの支援激励の返信やら各地で大会などの訴え、更に面会のお礼と、早朝から就寝の9時頃までは書き物を続けて居りますが、私の能力では限界があり、なかなか支援者全ての方達に礼状が差し上げられない事で悩んで居るのです。

中山先生は働きながら学校へ行かれたそうですが、私の家は貧乏であった為にそんな事は出来ず、故にひどい無知から益々自分の首を絞めてしまうような結果に陥り、かつ部落民であった為に国家権力の保身の為の道具として使われてしまった立場を今振り返って何とも口惜しく思えてなりません。

貧乏だった故に最低限の教育すらも受ける事の出来なかった事を恨むわけでは決してありませんが、教育の受けられなかった者に対する国家の仕打ちが余りにも憎く、その事は許せない思いで私の胸の中に強く残っているのであります。

でも、もう以前の私ではありませんし、私は此の裁判を通し私自身の無罪を勝ち取る事は勿論の事でありますが、何よりも訴えていきたい事は、私の無知に付け込んで陥れた予断と偏見に満ち、差別の思想のもとに無実の人間を罠に追いやってまでも国家権力の威信を示してゆこうとして来た現在に続く警察と検察の体制とそれを裁く司法のデタラメを国民に訴えていかなければならないと思っております。

私が無罪になれば当然の事としてその過程で多少の裏面のベールが剥がされる事でしょうが、大部分の国民が知らず、それでいて警察内部では日常茶飯事的な迫害の有様を、特に訴えていかなければならないと強く思っています。

そして無知であった私が陥れられたこの罠から守り、助け出して下さろうとする全国のたくさんの支援者の御好意に報いる為にも、私は自分の此の体験を通して知った世の中の不合理の有りのままを訴え続けていかなくてはならないのだと思っている次第で、どうか先生も、私の弁護人になられた折には、1日も早く無罪判決を勝ち取れますよう法廷に於いて、ご奮闘くださいますよう心よりお願い申し上げます。

先生の選任届けに付き、早速解同の方へ連絡を致しましたから先生も宜しく。

それでは先生も何とぞご多忙の事と存じますが、くれぐれもお体を大切に益々のご活躍をお祈り申し上げます。

では、本日はこの辺で失礼します。乱筆、乱文にて失礼いたしました。さようなら。

１９７２年10月５日　雨

石川　一雄

中山先生へ

このような手紙を、無実を訴えている石川一雄さんから頂いたのだ。

特に、「先生は部落出身であるとのことでありますから私にはまことに心強い限りで、その意味からも私の弁護人になっていただき私の事件を通して根本的に部落問題にメスを入れていただきたい」「教育を受けられなかった者に対する国家の仕打ちがあまりに憎く、そのことは許せない思いで私の胸に強く残っている」と述べているところに胸を強く揺さぶられ、まさに私の弁護士としての原点と重なった。

2　部落に対する集中見込捜査

私は、第二審の最終弁論（1974年9月5日第77回公判）で、「部落に対する集中見込捜査について」陳述した。

1　はじめに

本件について石川君の無実は当審の審理で証明されており、裁判所は直ちに無罪判決を下し、1日も早く自由の身にすべきである。

石川君が本件で逮捕された時、彼は24歳の頑健な青年でありましたが、この11年もの間、不当にも被告人という地位に置かれたため彼の健康はむしばまれ、彼の年令は既に35歳に達しております。何故に無実の青年が11年以上もの自由を奪われるという驚くべき人権侵害が起こりえたのでありましょうか。当弁護人はそれは単に捜査当局及び原審の事実誤認によって偶然起こったものではないと考えるものであります。

歴史をさかのぼってみましても昭和8年6月3日、高松地方裁判所は部落の青年が部落民であることを相手の女性につげないで結婚したことをもって誘拐罪として懲役刑に処したのであります。

このいわゆる「高松差別裁判」は明治四年、太政官布告第六一号として出された解放令によって解放したはずの法制上の身分差別を裁判官が自ら否定し、改めて差別を法的に確認した許しがたい権力犯罪でありました。そして本件もまたこの高松差別事件と同じく部落差別を巧妙に利用した権力犯罪というべきものであります。

当弁護人は被告人である石川君と同じく、いわゆる被差別部落の出身者でありますが、本弁論において、本件捜査が捜査当局による意図的な部落差別の利用と石川君及び石川君の家族をはじめ多くの部落民の人権侵害をもたらした違法不当な捜査であったこと、さらにその違法不当な捜査が原審の審理と判決にまで引き継がれていったことを明らかにしようとするものであります。

2　集中見込捜査の背景

本件は、時あたかも昭和38年３月末、吉展ちゃん事件に引き続いて、捜査の不手際によって起こされたものであり、世論はあげて警察の責任を追及したのであります。

窮地に立たされた捜査当局は、国家公安委員会をはじめ警察の権威の失墜を回復するために、何としてでも犯人を逮捕しなければならない状況に追い込まれたのであります。そういう中で埼玉県警は５月３日、中勲を本部長とする特別捜査本部を設置し本件捜査を開始したのであります。

しかし、このような状況のもとで開始された捜査は、その当然の帰結として無理な捜査と捜査方針の混乱を招き、これから詳述するように、部落民を中心とする数多くの人々の基本的人権をも踏みにじっていったのであります。

3　捜査権力による部落差別の利用

（一）捜査官憲は被差別部落の存在を知っていた当審第39回公判において、本件捜査の最高責任者である中勲本部長は「石川君が特殊部落の出身であるということは、捜査の過程その他で、Ｈ地区付近、捜査をしている付近が、昔むしろ旗を立てて押しかけて来られたんだという話が大分出て参りまして、それで知ったんでございます。捜査員の説明を聞いておりますと、そういうことでＨ地区の住民がなかなか口がかたい。昔むしろ旗を立てて押しかけた事実もあるし、うっかりしたことは話せないんだという報告があった」と証言しており、また副本部長であった狭山警察署長竹内武雄も「石川一雄君が特殊部落の出身であることは聞いていた。I_1、T_1も部落出身だということは知っています」と証言しております。

そしてこれらの捜査責任者だけでなく、本部所属の捜査員の間でも、被差別部落の存在について広く話されていたことは、小島警部の証言や（当審55回公判）中勲本部長の捜査員の報告を受けた旨の証言から明らかであります。

この事は、単に少数の捜査官が偶然に被差別部落の存在を知っていたということではなく、本件捜査本部がいわば組織的に、被差別部落の存在と石川君等が部落民であるということを、知っていたことを物語るものであります。

そして、当審第75回公判において提出された昭和38年6月5日付O_1の原検察官に対する供述調書によれば、自分が山の中で見た2人の男を石川とT_1であると言わなかったのは「私は最初からそのことはわかっていたが、警察にその事を話せばS四丁目の人達が押しかけてくるかもしれないと思い、隠すようにしておりましたが、警察の人が名前を出さないようにするし、心配はいらないというので、本当の事を言う気になり申し上げた次第です」と露骨な差別供述があることから、警察当局もまた、被差別部落の存在と石川君等が部落民であるということを知っていたことは明らかであります。

（二）部落差別を利用した捜査の展開

（1）集中見込捜査の端緒

部落に対する集中見込捜査が行われる契機となったのは、5月6日佐野屋で、野口警察官がⅠ豚屋のスコップが紛失しているとの聞き込みを得たことであります（当審第65回公判）。この聞き込みを得た捜査本部は、その日のうちにI_1の被害上申書を取り、Ⅰ豚屋関係者、即ち部落民に捜査の的をしぼるべく、特捜班を編成したのであります。

そして5月11日に本件スコップが発見されるや、犯人は部落の中にいるとの見込のもとに、公然としかも大規模に差別捜査が展開されるに至ったのであります（以上当審第39回及び43回中勲証言）。

始めから部落民に疑い

ところで一方では、犯人は近隣の「素行不良者」であるという想定のもとに、当初から部落民に対して捜査の手がのばされていた事実のあることは、福島証人、山下証人、飯野証人等多くの捜査官が「近辺の素行関係の悪い者が犯人だと想定して捜査した」と一致して証言し（当審第49回・41回・50回各証言等）、当時の篠田国家公安委員長の「犯人は土地カンのある者で、20万円を大金と考える程度の生活で教育程度が低い者である」旨の発言（5月4日記者会見）があり、石川君逮捕に際して中勲本部長が、石川君を犯人とするキメ手は「脅迫状の中にある文字の間違いは、小学校を出ただけで字を知らないものの誤りで、作為的なものではない」旨述べている（5月23日付朝日新聞）事実があることから、窺い知ることが出来るのであります。

このことは、捜査当局はスコップ盗難の届出とスコップ発見によって部落に対する集中見込捜査を展開したかのごとく主張しておりますが、その実、5月6日の聞き込み以前から、犯人は部落の中にいるとの予断と偏見をもって捜査していたのであり、スコップは、部落に対する差別捜査を公然と、しかも大規模に行うための口実として使われたことを示すものであります。

（２）スコップを根拠とする集中見込捜査の非合理性

犬に吠えられず盗めるもの

捜査当局はスコップを根拠としたことについて、Ｉ豚屋から盗まれたスコップが死体を埋めるのに使われたものである事、それを犬に吠えられずに盗み得る者は、Ｉ豚屋の関係者にしぼられることをあげているのであります（当審第39回中勲証言）。

スコップに関する種々の疑問については、他の弁護人から指摘があるので詳述はさけますが、集中見込捜査の根拠となりえないという点にしぼって述べたいと思います。

まず捜査当局が、どうして本件スコップがI豚屋のものであると確認したと言っているかをみますと、ひとつは所有者のI_1に確認させたこと、さらにはスコップの付着物（油等）の鑑定をしたことをあげています。ところが、I_1に対して確認を求めたのは、スコップ発見の10日後である5月21日であり、スコップ付着物の鑑定を求めたのは5月12日で、その結果が出たのは6月26日なのであります（当審第43回中勲証言、星野正彦ほか一名作成の鑑定書）。

これは、中勲本部長自らが認めているように、被害者の確認を得ることなく鑑定にまわすという捜査の常道を無視した筋違いの捜査であり、ましてや、5月6日から部落への集中見込捜査を展開する根拠とはなりえないはずのものであります。そのうえこの時点では、スコップが本件犯行に使われたものかどうかは、全くわからなかったはずであり、この点について捜査側なりの裏付けができたのは、スコップ発見後、70日を経過した7月20日（星野正彦作鑑定書）なのですから尚更であります。

次に根拠となっている「犬に吠えられることなく盗み得るもの」という点については、犬は原審の検証のときは吠えておりませんし、野口利蔵もスコップ紛失の確認に行ったとき、吠えられた記憶はないと証言しているのであります（当審第65回公判）。

さらに犬は吠えても、I_1には聞こえないこともあるだけでなく、東側から豚舎に入った場合はわからないため、犬は吠えないだろうという趣旨の、I_1の証言もあるのです（原審第5回公判）。従って犬が吠えるかどうかということは不確定なことでありますし、本件スコップ紛失に際して犬が吠えたか吠えなかったかさえも明らかでないのですから、捜査側の「犬に吠えられることなく」という前提はそもそも根拠を欠くものであります。

ましてスコップの保管場所は一定していなかった可能性が強く誰にでも容易に盗みうる状態にあったのですから（当審第３回被告人供述。同第16回I_2証言）、この点からも捜査側の根拠は理由のないものであることが明らかである。

以上のように捜査当局がスコップを盗み得る者をＩ豚屋関係者即ち部落民に限定した合理的根拠は全くないばかりか、これはかえって捜査当局の犯人は部落の中にいるとの予断と偏見をもとに集中見込捜査を展開する口実としてスコップを利用したことを裏付けるものであります。

（3）任意捜査

当時、特捜本部所属の総勢１６５名の捜査員が部落に対して集中的に捜査を展開していったのであります。従いまして当審第62回公判で野本武一証人が証言しておりますように「石川君の自宅の周辺は逮捕前から刑事がはちあわせになるような状態」が起こされたのであります。

このような中で部落青年は無差別に何の理由もないのにアリバイの上申告を書かされたり、血液型を検査するためにタバコを吸わされてその吸いがらを回収され、あるいはつばきを提出させられたりしたのであります。

その対象とされた部落青年の人数は必ずしも明確ではありませんが、前述の野本証人によれば同証人が中勲本部長に抗議した際、１２０名にものぼる筆跡のメモを見せられたと証言しておりますし、竹内副本部長もこの事実を否定しておらず広範に筆跡捜査を行った旨の証言をしており（当審第41回公判）、これに沿う新聞報道もあります（５月23日付朝日新聞）。

部落に対象をしぼる

そしてこのような大規模な見込み捜査当局はＩ豚屋関係者の部落青年に対象をしぼっていき、当審において捜査の総括責任者であった将田政二証人によればその人数は、筆跡については20数名、アリバイについては27～8名、血液型は十数名を対象として捜査したというのであります（当審第12回公判）。

しかもI豚屋関係の部落民を捜査した時期については同証人によれば聞き込みの直後からということであり、そのうち血液型については5月8日頃から5月末頃までということでありますから、きわめて早い時期から部落に対する集中見込み捜査が行われたことが明らかでありますし、その捜査の実態の一端は当審で証言に立ったI_1・I_3証人（当審第15回公判）K_1証人（当審第15回公判）I_2証人（当審第16回公判）やT_1証人（当審第18回公判）が控えめに訴えているところであります。

（4）強制捜査

このような任意捜査の後、本件の被疑者として逮捕されるに至った部落青年は石川君をはじめT_1・I_1・I_3の4名であります。そしてそれがいかに根拠を欠いた違法不当な差別に基づく逮捕であったかについて明らかにしていきたいと思います。

4名を別件違法逮捕

これら4名の部落青年の逮捕に共通しているものは、ささいな別件に名をかりた違法な逮捕であり、捜査当局は逮捕によって自由を奪ったうえで本件の取調べを執拗に行ったのであります。このことを石川君について具体的に見てみますと、捜査側が5月23日に石川君を逮捕したことを正当化するためにあげている根拠は、筆跡が一致したということであります（当審第12回公判将田証言等）。

筆跡鑑定批判については他の弁護人により詳細な弁論がなされますが、私は筆跡を理由とする逮捕が理由のない見込逮捕である点について指摘したいと思います。捜査側が筆跡鑑定の資料としたものは石川君のT製菓での早退届及び上申書と本件脅迫状であります（関根政一ほか一名及び長野勝弘作成各鑑定書）。

鑑定着手の日に逮捕状発布

ところが右の早退届及び上申書はいずれも5月21日に提出と領置がされており、右の同じ資料をもとに鑑定を依頼した先は、奇妙にも埼玉県警の鑑定課と東京の科学警察研究所の２ヶ所に分かれており、いずれも鑑定に着手したのが翌22日でありまして、その日石川君の逮捕状が発布されたのであります。

そして、鑑定の結果が判明したのは右鑑定書によると各々、６月１日と６月10日となっております。そのことは何を物語っているのでしょうか。

捜査側は筆跡が一致した旨の中間回答を5月22日にえたうえで石川君を逮捕したと言っておりますが（当審第11回公判将田政二証言）、鑑定に着手したその日になされた中間回答なるものがいかなる科学性をもちえるものでありましょうか。

これは要するに捜査当局が石川君を犯人であるとの予断と偏見のもとに見込捜査したことを自ら暴露しているものであります。しかも逮捕理由となった他の暴行と窃盗の２件ははたして犯罪を構成するものかどうかさえ疑わしい軽微な事案であり、明らかに別件逮捕を正当化するために付け足された便宜的なものであります。

再逮捕・勾留のむしかえし

そして石川君はこのいわゆる第１次逮捕に引き続いて６月17日に至り本件で再逮捕されるのでありますが、これはまさしく違法な逮捕・勾留のむしかえしであり、かつ科学的根拠を欠き、頑強に否認していた石川君の自白を得ることを唯一の目的にしたものであります。

このことは捜査側が石川君を本件で第２次逮捕した理由にあげている血液型、手拭とタオル、アリバイ等の各々についてこれまでの弁論で指摘されてきたようにいずれも石川君を特定する根拠とはなり得ないものであったことからも明らかでありますし、いみじくも当審第40回公判で河本仁之証人が「自供がなければ起訴はなかなかむずかしかったかもしれません」と証言していることがそのことを如実に示しているのであります。これらのことはひとり石川君のみならずT_1の逮捕についても同様であります。

当審第48回公判で石原安儀警察官は「私どもはことによればT_1君が犯人ではないかと思うくらい自信をもっていた」と証言したので、弁護人から「何か資料があったのですか」と聞かれて「さて、その点はどうもはっきりしません」と答え、さらに資料なしで逮捕したのですかと追及されるや「いや、それはですね、だから石川君とT_1君が確かI豚屋かどこかで一緒に働いていたような気がするんですよ、そのようなことで一応まあというような関連性をもったんです」とあいまいな証言をしているのであります。

この証言からも明らかなように、T_1は具体的な嫌疑もないままに逮捕され、さらに57日間も勾留され、その内10日以上も本件について取調べを受けているのであります（当審第18回公判T_1証言）。

以上みてきたように予断と偏見に基づく集中見込捜査によって部落青年の基本的人権はいちじるしく踏みにじられたのであります。

（5）警察による部落差別を利用したマスコミ・世論操作

これまで公判廷にあらわれた捜査官の証言等を中心として部落に対する集中見込捜査がどのように展開され石川君が逮捕されるに至ったかを述べてまいりましたが、警察による部落差別を利用したマスコミ・世論操作がなされる過程で、どのようにして石川君が犯人とされていったかということを見ていきたいと思います。

本件が最初に新聞報道されたのは5月4日でありますが、同日付朝日新聞は「犯人、中年の土地ものか」という見出しをかかげ被害者の姉のT_2さんがやりとりした声から犯人は中年男と推定されており言葉は同地方のナマリであったという記事をのせているのであります。

また死体解剖の結果、特殊な外傷も抵抗のあとも全くなかったことから捜査本部は犯人は被害者と「顔見知りの者」であるという見方を強めているとも報道されております（5月5日付朝日新聞）。この犯人は

「土地の顔見知りの者」であるという捜査側の見方が「近辺の素行不良者」とかわったのは前述した通りですが、さらにそれが「I豚屋関係者」であると特定され、世論もそう信じ込まされ犯人は部落に中にいるとの雰囲気がつくりあげられていったのであります。

そしてその口実として利用されたのが前述のスコップ紛失なのでありますが、本件スコップ発見に際して、5月13日付朝日新聞は「スコップ持主分かる—重要参考人として調査」と見出しをかかげ、捜査本部は事件のカギを握る重要参考人とみてこれらの関係者の集中的な身辺捜査を行うことになったという記事をのせているのであります。

このような報道により、犯人は部落の中にいるとの偏見がつくりあげられていったのであります。

しかもこのスコップ発見に関する捜査当局発表による新聞報道は、当公判で明らかになった事実とはくい違いをみせているのであります。即ち報道によればスコップ付着の赤土の鑑定結果から犯人使用のスコップと推定されたということになっていますが（5月13日付朝日新聞）、事実は本件スコップに付着している土壌を鑑定に依頼したのは5月16日であり、その結果が判明したのは7月10日でありますし、既に捜査当局は本件スコップ発見以前の5月6日のスコップ紛失の聞き込みの段階で、そのスコップは死体を埋めるのに使われたものであると推定していたのであります（当審第39回・43回中勲証言）。

また報道によれば、5月11日に本件スコップが発見された後の持主を捜査したところ、12日夕になってI_1所有のものと確認されたことになっていますが（5月13日付朝日新聞）、事実は確認したのは5月21日に至ってからであります。私はこの捜査当局発表による新聞報道と法廷で明らかにされた事実とのくい違いの中にこそ、捜査当局がマスコミと世論をいかに巧妙に操作し部落の中に犯人がいるとの雰囲気をつくり出していったかを窺い知ることができると考えるのであります。

前述したように本件スコップを部落に対する集中見込み捜査の口実とする合理的根拠はなく、紛失と同時にそれを直ちに犯行に使われたものだと結びつける捜査側の見方はあまりにも非科学的であるだけでなく、私はスコップに関し何らかの捜査側の作為があったのではないかという疑問を払拭できないのであります。

それ故にこそ捜査当局は本件スコップをめぐる捜査を自然に見せる必要と部落に対する集中見込捜査が根拠のあるものであることを示す必要に迫られ、事実と異なる新聞発表をしたのではないかと考えるものであります。

また当審第62回公判において野本証人は中勲本部長に抗議にいった大勢の新聞記者からとり囲まれてあと二人部落から逮捕者が出るということを言われ、警察がそのようなことを発表しているのではないかと証言しています。

違法捜査・逮捕を正当化する差別報道

事実、新聞記者から言われたように、その後I_1とT_1の２人の部落青年が逮捕されたのであります。

さらに同証人は「５月24日の埼玉新聞では石川君の地区をさして特殊地区という見出しで犯罪の特殊地区というような差別キャンペーンをはり他のマスコミも差別記事を報道した」と証言しております。このようにスコップに関する報道をはじめとして石川君逮捕その他本件に関してなされた膨大な報道は一貫して当公判廷で明らかになった事実と微妙なくい違いをみせており、捜査当局の予断と偏見に基づく発表に捜査されて差別感をあおる役割を果したのであります。

石川君にさいしてもマスコミは、「Yさん殺し有力容疑者石川―脅迫状の筆跡一致―けさ狭山の自宅での逮捕」（５月23日付朝日新聞夕方）、「残忍性ある石川―確信深める捜査本部」（５月25日付毎日新聞）等と捜査当局発表を一方的に報道したのであります。

前述したように事件当初の犯人顔見知り説が警察の部落に対する集中見込捜査、スコップ発見に関する報道等によって「部落の中に犯人がいる」というふうにかわり、そしてそれが「犯人は石川一雄だ」というように特定されてくるのであります。

このことは当審におけるI_1の「犯人は石川一雄だという噂を耳にしました」という証言（第15回公判）から裏付けられております。そしてそれが５月23日の石川君の見込逮捕により「犯人は石川に間違いない」ということになり石川君の人間像についても現実の石川君とは全く異質な極悪非道の人間というイメージが作りだされたのであります。

そしてこのような過程の中で、部落民ならば、このような残虐な犯罪もやりかねないだろうという差別意識が助長され、最後にはU証言やO_1供述に代表されるような「あの日、石川を見た」というところまで虚構が肥大していったのであります。

これらの事を象徴的に証明しているのが、当審第75回公判に至り提出されたO_1供述書であります。

O_1供述の変遷

６月30日付検察官小川陽一に対する同人の供述書によりますと、５月４日頃の捜査官の聞き込みの際は５月１日に本件出会い地点付近で同人は２人の男をみかけたがその２人の男は誰だかわからなったという情報提供にとどまっていたのですが、５月９日頃に至り捜査官から「その２人の男は石川とT_1ではなかったか」と言われたので「そういわれてみるとあるいは石川だったかもわからないが顔をみたわけではないからはっきりしない」と答えているのであります。

ところがこのO_1供述は５月17日頃にはついに捜査官によって「その時見たのは石川とT_1です」という内容に変えられてしまったのであります。

そして６月５日付原検察官に対する同人の供述調書では、「私はその男をみたとたん石川一雄とT_1であることがわかりました」という内容にまで行きついてしまったのであります。

このように最初は誰だかわからなかった２人の男が、後になってどうして石川君とT_1にされてしまったのでしょうか。虚構の供述には当然のこととして不自然さを伴い、それを合理化しなければならないのであります。そしてその合理化の手段として利用されたのが部落差別の存在であり、前述の6月5日付原検察官調書に記載されているように、当初誰だか解らなかったと言ったのは「S四丁目」の部落民が押しかけてくるのが恐くて言えなかったからですというような差別的な供述が、公益の代表者であるべき検察官の調書にあからさまに記載されるにいたったのであります。

そしてこの部落民が押しかけてくるという部落を特殊化した差別的認識は、単にO_1個人の認識というよりも、当時の捜査官のなかにあった一般的認識であり（当審第39回中勲証言・55回小島証言）、部落差別を利用して捜査の虚構性を合理化する手段としたものであります。

しかしながらこのO_1供述がついに破綻せざるを得なかったように、虚構に虚構を重ねた本件も、いかに部落差別を利用して正当化しようとしても既に真実の前にその破綻は明らかであります。

4　集中捜査の違法・不当

（一）序論

私はこれまでに部落に対する集中見込捜査がどのように矛盾にみちて不合理なものであったかを明らかにしてまいりました。本件捜査にまつわる数々の違法性については他の弁護人からも詳細な弁論がありましたし、これからも行われるはずでありますから、私はこれまで述べてきたような部落に対する集中見込捜査のもつ法的問題点にしぼって、ここで原判決を検討してみたいと思います。

ところで原判決は石川君の逮捕に至る迄に述べてきましたような実態については全く目を向けようとはしないばかりか、ひたすら表面に表れた形式的な事実をもって捜査を合法化することに努めているのであります。即ち原判決によれば石川君の別件逮捕に基づく二重逮捕・勾留の問題について、「最初の逮捕は主として第一次逮捕・勾留の事実の取調べに利用しているから」とか「恐喝未遂が被疑事実の一つとされていたから」といった形式的な理由だけで本件の石川君逮捕とそれに引続く勾留及びそのむしかえしを「合法化」し「正当化」しているのであります。

中田弁護人は原審の最終弁論においてアメリカのプランダイスの意見を引用して裁判所が果すべき役割について指摘されたのでありますが、原判決は何ら答えるところはありませんでした。裁判所は法の実現者であってこそはじめて国民の尊敬を集められるはずであろうのに、原判決は捜査機関の違法行為を擁護しそれに加担してしまったのであります。この事は体現者であり世界の人権擁護闘争がもたらした憲法に基づく司法的抑制の実施者であるべき裁判所にとって、自殺行為にもひとしいことであります。

私はこのような過ちが繰り返されないために、当審の判決がいかにあるべきかを部落に対する集中見込捜査批判を通して意見を述べていきたいと思います。

(二)　人によって証拠を得ようとするやり方

科学的捜査の軽視及び部落差別を利用した捜査の違法性は既に戦前警察のある幹部が「今日における捜査の課題」と題して大正15年に「証拠によって人を得ようというのではなく人によって証拠を得ようとするやり方」を厳しく批判し、警察はこのようなことを改めなければならないという反省の一文字をのせております(「警察学論集」20巻21号)。

ところが本件の捜査こそは、人によって証拠を得ようとする旧態依然たる捜査の典型というべきでありましょう。本件では石川君が逮捕されるまでに、被害者宅に届けられた脅迫状をはじめ、死体の発見等にからむ数多くの物証や情報が出されているのであります。

その各々の捜査の問題については他の弁護士から批判的意見が述べられるはずでありますが、私は本件の捜査は各証拠を科学的に究明する中で犯人を浮かびあがらせるという捜査の常道を軽視し、「犯人は部落の中にいる」との予断と偏見をもとに部落に集中見込捜査を展開した本件捜査の違法を厳しく批判したいと考えております。

スコップにまつわる捜査の非科学性については既に指摘した通りでありますが、これを端緒とする部落に対する差別捜査は、法の下の平等をうたった憲法第14条の精神を踏みにじるものであります。その上何らの根拠にも基づかず石川君を逮捕したことは憲法第31条の適正手続き保障・同33条の逮捕に対する保障の条項に違反し、刑事訴訟法第199条同規則の144条の3に違反するものであります。

即ち右逮捕はこれまでに明らかにされたように、石川君の自由を奪い「自白」を得ることを唯一の目的としたものであり、石川君がこのような捜査官憲の横暴から自らを守ることを不可能にするものだからであります。しかるに警察は違法な逮捕・勾留を繰り返し、本件を起訴するまでに47日間も石川君の身柄を拘束し、その間、誘導・偽計・強制・拷問を繰り返し、さらに弁護人の接見を妨害したうえで「自白」を得るために全力を集中したのであります。

原判決はこのような捜査の中で行われた石川君の別件逮捕を合法化し、違法逮捕に基づく虚偽の自白調書の証拠能力を肯定したのであります。これは部落に対する集中見込捜査に引き続きおこされた違法逮捕に目をつぶり、ひたすら違法に違法を重ねた捜査を正当化する態度に終始しております。

供述に証拠能力はない

裁判所は本件の捜査を全体的に把握しその実態を直視するならばこれまで詳述したように石川君の別件逮捕を違法として違法な逮捕・勾留中になされた供述調書は任意性がないとして、直ちにその証拠能力を否定すべきであります（刑事訴訟法第三一九条）。そのことこそが捜査官憲の本件のごとき明白な違法行為を抑止するという裁判所に課せられた責任を果たす唯一の道であります。

（三）違法な集中見込捜査がもたらしたもの

さてこのような違法な集中見込捜査の結果が、原審の審理及び検察官の論告・原判決にどのように引き継がれていったかを明らかにしたいと思います。

（１）原審の審理及び判決批判

原審がいかに予断と偏見をもって本件を審理し判決を下したかを明らかに物語っているのが本件の審理過程そのものであります。原審の審理は昭和39年９月４日、第１回公判が開かれ翌年の１月23日の第10回公判で事実調べを終わり、それに費やした期間はわずか４ヶ月余りという異常な早さであり、同年３月11日の第12回公判では死刑判決が下されるに至ったのであります。

一方的な証人証拠の採用・却下

そして原審は検察官の証拠請求に対しては証拠能力を有しない供述調書・証拠物をはじめとして延べ45名の証人を採用して取り調べたのでありますが、弁護人の証拠請求に関してはそれをことごとく却下し、立証事項を情状に限ってわずか４名の証人を取り調べたのみであります。このような不当な審理の当然の結果として、弁護人が提起した自白と客観的事実との矛盾については何ら明らかになることなく原審は終結したのであります。これは原審が捜査当局の予断と偏見にひきずられたまま真実を明らかにすべき裁判所としての職責を放棄したものであって、憲法第37条の公平な裁判所の理念に違反するものであります。

そしてこのような審理の結果、原判決は後述するごとく検察官論告のあたかも部落が犯罪の温床であるかのような意見をそのまま受け入れ、部落の中での「貧困な生活環境」が石川君を「悪虐残忍な人格」にしたかの如き独断をしているのであります。

原審は石川君の差別された中での生い立ち・生活環境についてどれほどの事実調べを行い、かような認定をしたというのでありましょうか。当審第75回公判の石川君の供述から明らかになったように、「つくられた差別」が石川君を含めたS四丁目部落民から教育や就職の機会を奪い、石川君をはじめとして「貧困な生活環境」を強いられたのであります。しかも石川君の差別された生い立ちの中には、屈辱と貧困の生活にあってもなお誇りうる温かい人間性を示す数多くの事実を見い出すことができるのであります。

原判決はかような現実に目をふさぎ、検事論告とともに予断と偏見に基づく独断によって客観的に部落差別を肯定し助長する役割を果たしたものです。

（2）検事論告批判

さて差別に基づく違法な見込捜査が原審の検察官の論告にどのように引きつがれ、それがどのように象徴的に示されているかについて、若干の検討をしてみたいと思うのであります。

許しがたい予断と偏見

検察官は論告要旨第2情状（1）被告の生活環境の部分で、石川君が本件のような極悪非道な犯行をあえてするに至った根本は「被告の生いたち環境が影響していることは否めない」と述べ、石川君の生いたちを述べたあと「このような環境は被告人に対して社会の秩序に対する遵法精神を稀薄ならしめる素地を与えそれが被告人の人格の形成に影響を及ぼしたであろうことは想像に難しくない」という意見を述べているのであります。

しかしながら前述したように、O_1供述調書に差別供述を記載した検察官は石川君が部落民でありS四丁目が部落であることを熟知していたのでありますから、検察官のいう「石川君の生いたち環境」とは石川君の部落民としての生いたちであり、部落としての環境を意味しているものであることは明らかであります。

かかる検察官の意見こそ、部落に対する集中見込捜査を受け継いで予断と偏見にもとづいて石川君を起訴したものであることを象徴的に表しているのであります。それ故にこそ、本件は部落差別を利用した悪質な権力犯罪として厳しく弾劾されなければならないのであります。

最後に

以上、私は本件捜査が部落差別にもとづいてなされた違法・不当な見込捜査であったこと、そして捜査当局が部落差別を利用して石川君を犯人にしたてあげてきたことを明らかにしてまいりましたが、当公判廷にあらわれている部落差別の利用を示す事実は氷山の一角にすぎません。

当審更新弁論において青木弁護人は、裁判所が差別される側にたって本件を見るときはじめて真実は明らかになるであろうという弁論をされたのであります。

当弁護人もまた差別をうけてきた部落民として裁判所が差別を憎み、いかなる差別も許さないという確固たる立場にたったとき、本件が部落差別を利用した悪質な権力犯罪であることを知ることが出来ると考えるものであります。

本件裁判は全国に散在する３００万といわれる部落民をはじめとして多数の国民の注目するところでありのます。当裁判所は何人も納得せしめる無罪判決を下すことによって原判決が犯した誤りを正すべきでありま す。当弁護人は本弁論の結びにかえて日本における人権宣言ともいうべき大正11年の水平社宣言の終章を引用することによって本弁論を終わりたいと思います。

吾々はエタであることを誇り得る時が来たのだ。
吾々はかなず卑屈なる言葉と怯懦《きょうだ》なる行為によって先祖を辱しめ、人間を冒とくしてはならぬ。
そして人の世の冷たさが何んなにつめたいか、人間を勦《いたわ》る事が何であるかをよく知っている。
吾々は心から人生の熱と光を願求礼讃するものである。
水平社はかくして生れた。人の世に熱あれ、人間に光あれ。

3　石川君の5月1日、2日の行動について

1　はじめに

本件犯行が行われたとされている昭和38年5月1日及び2日に石川君の行動は、後に詳述するように1人の普通の青年として、何ら責められるべきやましい行動はなかったのでありますが、捜査官憲は強引に石川君を犯人に仕立てあげるべく彼の真実の行動を抹殺し、虚構の行動をつくりあげ原審も予断と偏見に基づいて石川君の真実の行動と生活に最後まで目を向けようとしなかったのであります。

石川君は自らを防御する手段を一切奪われた状況の中で、1ヶ月間にわたり頑強に無実を主張しアリバイを訴えたのでありますが、捜査はただ彼の「自白」を得るのみ行われ、アリバイを裏付けることや科学的捜査に基づく犯人の追及は一切なされなかったのであります。

当審において明らかになったように、石川君は長谷部警察官をはじめとする捜査官憲による脅迫と偽計等手段を選ばぬ違法捜査のためについに虚偽の自白をせざるえない状況に追い込まれ、石川君が真実のアリバイを訴える事が出来たのは、逮捕されてから2年以上経過した当審第3回公判に至ってからであります。

それまでは真の意味での捜査及び裁判はなされなかったというべきであり、このような困難な中にあって石川君は必死に2年以上前の5月1日及び2日の自らの行動を思い起し、捜査官憲によって仕組まれた意図と原審の虚構性を見ぬいて真実を訴えているのであります。

アリバイ証拠の採用と却下

原審はアリバイに関して弁護人の証拠請求があったにもかかわらず、それを却下しその審理をひたすらつ

くられた自白を正当化するためにのみ費やし、事件当日における石川君の真実の行動は明らかにされることなく終結されたものであります。裁判所は一切の予断と偏見を排して、事件当日の石川君の行動に目を向けるべきであります。

私はこの弁論において、差別された生活の中での石川君の5月1日及び2日の行動を明らかにすることによって、本件が部落差別を利用した権力犯罪であることを論証しようとするものであります。

2　石川君の5月1日の行動とその裏づけ

（一）5月1日の行動について

5月1日の石川君の実際の行動は、原判決が認定したようなYを強姦し殺害するというような凶悪なものではなくて、一人の青年としてよくある、仕事を休んでパチンコをして遊び、家に帰る時刻まで時間つぶしを行うといったものであり、しかも後に詳述するようにそれを裏付ける具体的な事実が豊富に存在するのであります。そしてそれらが事件後2年以上も経過してから始められた、アリバイ証明という制約からくる困難さを克服してからのものであるということを考えあわせると、彼の無実をよりいっそう証明しているというべきでありますが、まず当審において彼が5月1日の行動をどのように述べているかをみてみたいと思います。

当審公判における石川君の供述要旨は次の通りであります。5月1日は午前7時半頃、家族には仕事に行くといって弁当を持ち長靴をはいて家を出て、西武線入間川駅から西武新宿行の電車に乗って村山で降り西武園に行きそこで9時半頃まで過し、それから所沢の東莫会館というパチンコ屋で午後2時頃までパチンコをして遊び、その間、東莫会館前の銀行脇で弁当を食べたのです。

荷小屋で雨やどり

そしてそのパチンコ屋を午後2時頃出て入間川駅にもどったのですが、仕事に行くと言って家を出ているため家には帰れず、駅前通りを八百屋の前を通ってタバコ屋まで来て、そこでタバコ（新生）1個とマッチ2個を買い代金46円を支払うため50円を出してつり銭4円は貰わないで入間川小学校の方へ歩いて行ったのですが、その小学校の付近で雨が降って来たので雨をよけるために入間川駅近くの荷小屋（東武鉄道入間川駅貨物上家）に行ったのです。その荷小屋に着いた時間は午後3時30分か4時頃で、そこで雨やどりと時間をつぶして7時頃帰宅したのです。

以上が石川君の5月1日の行動についての供述要旨でありますが、次にその裏付けについて検討を加えていきたいと考えます。

（二）5月1日の行動の裏付けについて

荒神様へは行っていない

当審及び原審を通して石川君の5月1日の行動について、時間的経過のうえで若干のニュアンスの違いはありますが、午後7時30分頃家を出て入間川駅から西武園へ行った後、所沢の東莫会館でパチンコをして時間をつぶしてから、入間川駅に帰って来たという行動は、5月24日付山下了一に対する供述調書を除いてすべての供述調書、公判廷での供述を通して一貫しているのでありまして、その内容も実際に行動した者のみが持ちうる説得力があり、その行動に疑問を感じさせる余地は全くないものであります。

問題は、当審になってからはじめて提起されたところの、再び入間川駅に帰着してから後の行動がどうであったかという点であります。原判決は石川君が入間川駅に戻ってきた後の行動を「駅前の店で買った牛乳2本を飲みながら、あてもなく同日祭礼のあった右入間川駅付近の荒神様の方へ向かって歩き」、加佐志街道のエックス型十字路でYと出会って本件犯行を行ったという認識をしたのでありますが、石川君は事件当日荒神様の方向へは行っていないのであります。

そもそも石川君は当日、家を出るときは「仕事に行く」と言って弁当を持って出たこともあって、父や兄に対し仕事をしないでパチンコなどしてブラブラしていたことがわかることを恐れていたのですから、当日祭礼で賑わっていた荒神様の方へ行ったと考えることは当日の彼の行動からみて矛盾しているだけではなく、荒神様は石川君の家の近くでそこへ行ったとすれば、狭い土地のことですから必ず誰かに出会ったはずであります。それがないというのも不自然で、この点から言っても彼が荒神様の方に行ったという原判決の認定は不合理なものでありますが、石川君の時間つぶしの行動をどのように根拠づけることができるかに彼のアリバイ証明に関する決定的な重要性があると言うべきであります。

そこでこの点に関して、特に荷小屋での時間つぶしを中心に石川君の行動を客観的に裏付けてみたいと思います。

たばこ屋

石川君は本件発生後3年を経過した昭和41年5月2日に行われた当審第4回検証で立会い、実際に歩くことによって入間川駅から荷小屋までの5月1日当時の道順を思い出し、これまでの記憶をよりいっそう鮮明なものとする指示説明を行っております。

その内容は例えば前述したように、新井みつタバコ店で新生1つとマッチ2つを買い50円渡して釣銭をもらわなかったというように体験者のみが指摘しうる具体的な内容であり、その供述自体が真実性を担保していると考えるものでありますが（当審第3回公判被告人供述）、ここでは石川君の供述以外の事実をもとに5月1日における彼の実際の行動を、彼の供述からいくつかとり出してその真実を浮きぼりにしたいと考えます。

八百屋

郵便局前狭山茶屋並びにある八百屋で顔見知りのK_2（ただし石川君は当時から名前の記憶はない）に挨拶したという石川君の供述（当審第27回公判）に関連し、当審第27回公判で証言したK_2証人は次のように石川君の供述を裏づける証言をしているのであります。

すなわち、石川君とはオリオンパチンコ店で何回か顔を合わせていること、以前の石川君の家の方に野菜を売りに出かけていたので石川君の家は知っていること、そのようなこともあって石川君がK_2のいる八百屋の前を通ったとすれば「パチンコかい」と声をかけるような仲であったこと、本件の38年5月1日当時はK_2が中心になって店のきりもりをしており休業したということはないこと等々であります。

石川君が供述した「パチンコかい」と聞かれて手まねして応えたという供述そのものとズバリ一致していないと言っても、それは死刑を宣告されて必死に思い出した石川君に比べ、5年以上も経ったある日のことを突然聞かれたK_2証人としてみればむしろ当然なことで、そのことよりは前述したK_2証言の内容から石川君の供述はその信用を担保されて余りあるものであると言えるのであります。

入間川付近で降雨

石川君が当日入間川駅に帰着した時間については正確にはわからないのでありますが、当審第3回公判で石川君が述べておりますように午後2時ちょっと過ぎであったというのはそれまでの時間的経過から言ってほぼ間違いないと思うのであります。

ところで右の石川君の供述によりますと、入間川駅に下りて入間川小学校のところまで歩いて来たとき、雨が降ってきたと述べております。この雨の点について検討してみますと、航空自衛隊入間基地司令中村雅郎作成の「入間基地周辺気象状況」（当審第26回公判）によれば、昭和38年5月1日の入間基地周辺における気象状況は高曇りから本曇りとなり、午後2時11分から4時20分にかけて弱い雨が降ったり止んだりといった状況から午後4時30分からは雨が本降りとなったということであります。

そしてこのことを右に述べました石川君の供述と比べますと、午後2時11分から弱い雨が降ったり止んだりしたという点は、入間川小学校のところまで来たとき雨が降ってきたという供述とほぼ一致し、石川君の供述の信用性を裏づけるものとなっているのであります。特に右の気象状況に対する回答は、証拠として採用されたのは右の石川君の供述があった当審第3回公判のはるか3年後であることも指摘しておきたいと思うのであります。

さて石川君は前述したように入間川小学校付近で雨にあったために雨やどりをして時間をつぶすべく入間川駅近くにある荷小屋に入り、そこに積んであった俵に腰を下ろしていたのでありますが（当審第3回公判）、この荷小屋における石川君の行動を裏づけるものとして、そのいくつかをとりあげてみることにします。

濡れていない石川君

前述の気象状況から考えますと、仮に石川君が原判決認定のように午後4時頃から約6時間にわたり原判決記載の行動をとったとすれば衣服は下着に至るまでびしょ濡れになり、また泥だらけになったはずであります。ところが当審第56回公判で妹の市村美智子証人は石川君の濡れ具合について「そんなに濡れていなかった。体全体ではなくズボンの裾が少しはね上がったような汚れ方でびしょびしょに濡れていなかった。少し濡れていた程度です」と証言しているのであります。

なお奇妙にも三人共犯を「自白」したとされている昭和38年6月22日付青木一夫に対する石川君の供述調書中にも、「雨はずっと降っていました。……（家に帰ってから）私は濡れたジャンパーとGパンはぬいで御勝手におきました。中に着ていた下着はいくらか濡れた程度であったから風呂へ行ってからもそれを着ました……」（第八項）という記載があるのであります。

石川君がもし真犯人であるとするならば下着までズブ濡れになっているはずでありまして、これは「自白」させたつもりがはからずも真実が露見しているのであって、石川君のアリバイを裏づける結果となっているものであります。

このように石川君が当日、帰宅時にそれほど濡れていなかったということは、荷小屋で雨やどりをして時間をつぶしていたことを証明しているものであります。

中学生の一団を目撃

次に石川君は荷小屋で雨やどりと時間つぶしをしていた午後4時頃、10人以上の大勢の中学生と先生が自転車に乗って、女学生は半袖の白シャツと黒いパンツ、男子学生は学生服の姿で自転車の荷台にはむしろをつけて、荷小屋前を馬車新道の方から石川君の家の方へ向かって通って行くのを見たと供述（当審第3回公判）しているのでありますが、この供述の信用性が担保されれば石川君が荷小屋にいたということは裏づけられたことになるのであります。

この供述に関して当審第74回公判において採用された狭山市立東中学校の回答書（昭和46年6月21日付）、同西中学校の報告書（同6月22日付）、同堀兼中学校の報告書（同年6月23日付）、同入間中学校の報告書（同年6月21日付）並びに狭山市教育委員会よりの照会事項に対する回答書（昭和49年2月4日付）によれば、5月1日には狭山市内の東中学校と西中学校で学徒総合体育大会狭山市予選会が実施され、東中学校では野球大会が行われ、これに参加したのは東中、同分校、入間中、堀兼中であります。

従って石川君の、荷小屋にいるとき中学生の一団をみたという供述内容は、この5月1日に東中学校で野球大会が開かれていたという事実とピタリと符合し石川君の供述の信用性を担保しているものであります。

即ち石川君が見たという中学生の一団はその服装及び自転車の荷台にむしろをつけていたというのでありますから体育祭をやった帰りであることは確実でありますし、荷小屋の近くに東中学校はあるのですし、中学生がやってきた方向も東中学校の方からであるというのですから、石川君のこの供述は疑問の余地がないほどに裏付けられているのであります。

　そしてこの東中学校での野球大会の開始時刻が何時であり終了時刻が何時であったかについては、前述の報告書並びに回答書にはいずれも記載されていないので正確には解らないのでありますが、前述の「狭山市教育委員会からの回答書」によりますと、４月27日の土曜日の体育大会の開始時刻は午後12時30分であり、5月４日の土曜日には午後１時から行われているのでありますから、これらの日の午前中には授業がなされたことは明らかであり、この体育大会は授業をとりやめて行われたものではなく、放課後に実施されたものであることは間違いないと思われるのであります。従いまして５月１日（水）の東中での野球大会の開始時刻は６時間目の授業終了後の午後３時半頃であったろうと考えるのが最も合理的であります。

　ところで５月１日は午後２時11分から４時20分にかけて弱い雨が降ったり止んだりという状況から、午後４時30分からは雨が本降りになったのでありますから、この日の東中での野球大会は途中で中止になった可能性がきわめて高いのであります。

　この野球大会の開始時刻と雨との関連を考慮にいれて前述の中学生の一団をみたという石川君の供述を検討してみますと、石川君が中学生の一団を見たのは午後４時頃であったというのでありますから、石川君のこの供述はまさに、東中学校の野球大会に参加した生徒が荷小屋の前を自転車で帰って行ったであろう時間の点まで一致し、その時間に荷小屋にいて現実に中学生の一団を見たものでなければなしえない供述であることは明らかであります。

　以上述べましたように石川君が帰宅時にあまり濡れていなかったという事実、さらに中学生の一団を見たという石川君の供述の信用性が極めて高いことは、石川君の荷小屋での時間つぶしを裏付けており、石川君の５月１日の実際の行動は原判決認定のようなものではなかったことが明らかでもあります。

（二）5月1日の午後5時3分頃、入間川駅前でI豚屋の車をみたこと

これまで石川君の5月1日の行動に関する供述が真実と合致していることを明らかにしてきましたが、石川君の5月1日午後5時3分頃、荷小屋から出て入間川駅の時計を見に行った際、入間基地から残飯を積んで帰ってくるI豚屋の車を見たと供述していますので、この点について検討してみることにしたいと思います。

石川君のこのI豚屋の車を見たという供述は、当審第15回公判におけるI_3証人の入間基地に残飯を取りに行くときの経路に関する証言及び同証人が提出した経路の略図面並びに当審第4回検証の結果とも符号しておりきわめて真実性の高いものでありますが、問題は何時頃、入間駅前をI豚屋の車が通ったのかという点であります。

I_3証人は、入間基地への残飯取りは1日3回であり、夕方のときは普通の日は5時頃出かけるが土曜、祭日、その他アメリカ軍の休日などは普通の日よりも早く4時か4時30分頃出かけていき、帰ってくるまでの所要時間は約1時間である旨の証言をしているのであります（当審第15回公判）。従いまして普通の日には午後6時頃に入間駅前を通ることになるのですが、5月1日には午後5時頃入間駅前で見かけたので石川君は変に思ったと供述しております（当審第3回公判）。

5月1日はメーデーですから日曜・祭日あつかいとして残飯取りに早く出かけ午後5時頃入間駅前を通ったのではないかと考えられたのですが、I_3証人は「そういうことはありません」と否定しているのであります（当審第15回公判I_3証人）。

しかしながらI豚屋に勤めていたことのあるI_2証人は当審第16回公判において、土曜・日曜というのは自衛隊の方の食事が早く終えるのでそれにあわせて残飯取りも早く行くのであり、祭日は自分達の方の都合で早目に取りに行って暇をつくり出すためであり「メーデーの日と言われると記憶ないんですけど、ただそう

いった祭日ですね、国民のそういった場合は早くあげるときは往々にしてあります」と証言し、5月1日に祭日と同様に午後4時頃出かけて午後5時頃に入間駅前を通って帰って来た可能性を認めているのであります。

そして入間基地の事務長であった須藤晃も自衛隊の方の都合や業者の都合で残飯を取りに来るのが早くなることがあった旨の証言をしておりますので、5月1日がメーデーであったことや荒神様の祭りであったことから、I豚屋の方の都合で早目に残飯を取りに行った可能性は大きいのでありまして、石川君のI豚屋の車を見たという供述は信用性の高いものであり、また彼はその時間を5時2分であったと証拠をもって記憶していること、そしてさらに単にI豚屋の車を見ただけでなくその時間が普通より早目であったことから変に思ったということまで供述していることを考えてあわせると、前述の石川君の供述は裏づけのある真実にもとづくものであることが明らかであります。

以上これまで述べてきましたように、石川君の当審における5月1日の行動に関する供述はその供述内容の具体性とあいまって豊富な裏づけのあるものであり、当日の彼の実際の行動は原判決が認定した行動とは全く異なるものであり、彼らのアリバイは証明されているであります。

3　石川君の5月2日の行動とその裏づけ

次に石川君の5月2日の行動について弁論を進めていきたいと思います。

石川君は5月2日午前中は家で犬小屋をつくり午後からはK_1、I_4等と狭山劇場に「未練ごころ」という映画を観に行き6時頃帰宅しているのであります。そしてこれは当審第15回公判のK_1証言や全供述調書も一貫していることから完全に裏付けられたものでありますが、問題は帰宅した後の行動についてであります。

石川君は5月2日は映画を観て帰宅した後はどこにも外出しないで午後10時頃には寝ていたのであります

が（当審第3回被告人供述）、原判決は佐野屋前に「翌3日午後零時過ぎ頃、同所に金品を受け取るべく出向いた被告人において前記指示に基いてそこに来たYの姉T_2と問答中、同女以外にも付近に人のいる気配を感じ逃走した」と認定しているのでありますが、石川君が何時頃家を出て何時頃帰って来たのかについては何もふれていないのであります。

「自白」前供述は一貫している

昭和38年5月24日付山下了一作成にかかる供述調書では「夕食を7時頃に食べて何処にも出ずに午後10時頃寝てしまいました」となっており、同日付清水利一作成調書でも「その晩は何処へも出ずテレビを見て午後10時30頃やはりお勝手横の自分の部屋へ行って寝て仕舞いました」となっております。

そして6月1日付原検察官に対する供述調書でも「午後6時頃帰ってその晩はどこにも外出せずに寝てました」となっており、石川君が逮捕された後、1ヶ月にわたって本件犯行を否認していた段階に作成された前述の3通の供述調書の供述は、当審の供述とも完全に一致して一貫しているものであります。

「自白」後供述の変遷

ところが「自白」後の6月24日付青木一夫に対する供述調書では、「私は5月2日の午後9時頃家を出ました。この時、時計を持っていないし家の時計を見たわけではないから正しい時間はわかりませんが大体9時頃と思います」となり、さらに7月3日付原検察官に対する供述調書では、「私は家を出る時は時計は見ませんが10時頃で家の者は玄関の4畳半でテレビを見ている者も居りました」というふうに変遷しているのであります。

家を出た時間の供述が警察官に対する調書と検察官に対する調書では1時間もの違いがあること自体がこの供述の虚構性を示しているのでありますが、この警察官調書の「9時頃」というのを検察官が「10時頃」の訂正したのは、もし家を出たのが9時頃であるとすれば佐野屋前に犯人があらわれたのは翌3日の午前零時10分ごろでありますので、石川君の自宅から佐野屋まで1時間かかったとしても2時間以上の空白時間ができることになり、検察官はその空白時間を1時間縮小するために「10時頃」と石川君をして言わせたのであります。

ところがこの9時頃家を出たという青木調書には「私が家を出る時、私の家にはお父ちゃんとまあ子ときいち、みち子らがテレビを見ていて母ちゃんは風呂に入っていました」と記載されており、このような家族の状況と一体となって9時頃という供述があるのであって、まさに一家全員がテレビをみていて母親は風呂にはいっているという状況は石川君の過程では9時頃の状況であろうと考えられるのでありますが、それを単に「9時頃」ということだけを切り離して「10時頃」に変更することはできないものであります。

それ故にこそ原検察官は家族の状況が具体的に供述されている青木調書を、目だたない形で「家の者は玄関の四畳半でテレビをみている者もありました」というように変更したのでありますが、もし石川君が5月2日の夜に身代金を取りに行くべく家を出たのであるとすれば、家を出る時の家族の状況は彼の重大関心事であったはずであり、見誤ったり記憶違いをしたりすることはありえないことであります。

また前述の青木調書には、「この時、時計をもってないし」と記載されていますが石川君がもし真犯人であるならば被害者の時計を持っているのであって、はからずも石川君が真犯人でないことがこの調書の中に露見しているというべきでありましょう。

供述の虚構性

またこの2通の調書は「家を出る時、時計は見ません」ということを強調しているのでありますが、20万円の身代金を午前0時に1分でも遅れないで持って来いと指定した犯人がそれを取りに行くのに時計も見なくて何時頃かもわからなくて家を出るというようなことがありうるはずがなく、この点からも虚構の供述であることは明らかであります。

従って石川君の5月2日の行動に関する「自白」後の2通の供述調書は虚偽架空の内容の供述であり、前述の否認段階の三通の供述調書こそ真実が述べられているのであります。ところがこのような矛盾をなんとしても解決したい検察官は「5月2日にも映画に誘われた時、映画をみる気はしませんでしたが、家に居て考えているより映画を見た方が気がまぎれると思って一緒に行ってみました」（昭和38年7月5日付原検察官作成の供述調書）と石川君をして供述させているのでありますが、否認していたころの前述の5月2日付清水利一調書では、石川君は自分が見た映画はこまどり姉妹の「未練ごころ」という映画であり「私は涙を流して泣いて仕舞いました」と述べているのでありますし、一緒に映画を見に行ったK_1証人も石川君は普段と変わりない態度であったと証言しているのでありますし（当審第15回公判）、このことは家族の証言及び石川君の友人であるM_1証人も当審第一五回公判において証言しているところであります。

また当審第15回公判において明らかになったように当時、石川君のお父さんの富造さんは一日中家にいて寝たり起きたりの生活で、夕飯を食べると自分の一人床にはいり午前12時過ぎると目がさめるという状態であり、しかも石川君の家の出入口の戸は開閉の度に近所にも聞こえるような大きな音がするのに、家族の誰もが当時、夜中に家の戸が開いて誰かが帰って来た記憶はないというのでありますから（同公判富造及び六造証言）、この点からも石川君が5月2日の夜に家を出ていって翌3日の深夜に帰って来たということはありえないのであります。

以上の事実から明らかなように、5月2日の夜は石川君が当審で述べているように彼はどこにも外出しておらず、午後10時頃には既に床についていたのであります。

4　検察官の反論について

ここで検察官が以上に述べた石川君のアリバイに対し、これまでに反駁している点をみるとともに、その不当性を明らかにする必要があると思います。

検察官の反論はまとめますと次の三点になろうかと思います。

すなわち第一に当審第３回公判で石川君が述べた前述の入間川駅から荷小屋に至る経路が当審第４回検証の際、石川君が指示説明したコースと若干違っていること、またＫ八百屋の件は当審第27回公判に至って突然出してきたこと、第二に荷小屋での雨やどりと時間つぶしは当審になって主張しているが、石川君が当初本件を否認している時何ら主張するに障害はなかったはずで不自然であること、第三に５月１日に石川君が荷小屋で中学生の一団を見たと述べていることに関し、狭山市教育委員会の回答をもとにその日が５月１日とは特定できないこと、以上がこれまでの検察官の反論の主なものであります。

石川君のアリバイ主張に含まれる卒直で豊富な内容と対照的に反論となりえているかすら疑わしいものでありますが、以下に検察官の反駁の不当性を見ていくことにしたいと思います。

検察官の反論の不当性

まず、５月１日石川君が入間川駅に帰省してから歩いた経路の食い違いの点でありますが、検察官は誇大にこの点を主張しており、具体的に石川君が当審第３回公判で述べた経路と当審第４回検証のとき指示説明した経路で違っているのは駅前通りを狭山茶屋の方に歩いたか、その一つ手前の馬車新道を歩いて狭山茶屋の方へ行ったかという点だけであります。

狭山茶屋から八幡神社の前を通り新井みつたばこ店でタバコとマッチを買い、慈眼寺の前から入間川小学校を経て荷小屋に行ったというその後の主な経路は、何ら食い違いはなく一貫しているのであります。しかもこのわずかな食い違いは、公判廷での供述によってではなく、検証のとき、実地に歩くことによって正されたという点も指摘しておく必要があります。自由を奪われた中では記憶をたどることには限界があり、石川君が実際に現場へ行ってより正確な記憶を思い出したことは自然なことであります。

検察官に聞きたいのですが、検察官はいったい二年前のある日についてどれだけ明確な記憶を持っておられるのでしょうか。まして石川君は当時差別された生活環境の中で不規則な生活を余儀なくされ、日記やメモをつける生活とは無縁の毎日を送っていたのであります。

これは石川君ひとりの問題ではなく本件で不当な嫌疑をかけられアリバイ証明に苦しんだT_1ら部落青年あるいは三億円事件のK_3氏の例でもわかるとおり多くの労働者にとっても同様な問題であり、アリバイ証明という捜査権力からかけられた不当な攻撃を防ぐ手段は、もともと「何もやってないこと」すなわち「無」を証明することを強いるものであるだけに、不当な嫌疑を受けた国民を困難な状況に陥れることになるのが通例であります。

しかし石川君にはアリバイの証明があることは既に述べたとおりであります。それは石川君が、一時長谷川警察官らの卑怯な偽計によって自らを防御する手段を奪われていた状況から、原審の不当判決を契機に捜査及び司法権力の意図を見抜き、極刑を科せられたにもかかわらず、当審の第1回公判から敢然と本件の真相を究明すべく立ちあがったからであり、困難な状況の中でも懸命に当日のことを思い起す努力を続けた結果なのであります。

その上、本件がマスコミも集中してとりあげた大きな事件であったこと、当日は荒神様の祭礼であったことは石川君の記憶を思い出すには有利な状況であったろうと考えられます。そして石川君が死刑を前にして必死に当日の自らの行動を思い出す中でK八百屋でのことに思い至ったのであり、これは検察官がよく言うような不自然さはなく、むしろ、自然な結果であると言うべきであります。

次に、荷小屋のことを石川君が当初事件を否認していたときに主張しなかったという検察官の不当な言いがかりについては、石川君自らが当審第四回公判で吉川検事の同様な質問に対して明確に「荷小屋のことはそのとき調べでは何時頃どこにいたかということはきかれなかったから言わなかったのです」と答えております。

ここに検察官の反駁に対する回答のすべてが言い尽くされていると言うべきでありましょう。石川君に対する取調べは、部落に対する予断と偏見をもとに見込捜査に終始し、石川君を別件で違法逮捕してからは捜査官憲は、ただひたすら石川君の「自白」を得ることにのみ熱中し捜査権力の攻撃に対して懸命に無実を主張した石川君の主張は当時全く省みられることはなかったのであります。

そしてこれは原審でも引きつがれ、アリバイ証明を弁護人の請求にもかかわらず認めませんでした。石川君を自らの防御が困難な状況に追いこんでおきながら、その責任には目をつぶって、検察官が石川君のアリバイ証明の時期が遅いという反論をすることほど許し難い責任転嫁はないと言うべきであります。

石川君のアリバイの確実性

石川君が荷小屋で中学生の一団を見たのは5月1日ではない可能性があるという検察官の反論については、当審第7回公判で検察官が証拠として提出した「狭山市教育委員会の回答」をもとにその理由がなく、石川君が中学生の一団を見たのは5月1日以外ありえないことを明らかにしたいと思います。

確かに学徒総合体育大会は4月26日、同27日、5月1日、同2日、同3日、同4日、同8日の7日間にわたって開催されているのでありますが、

（1）このうち5月2日は石川君は午前中は犬小屋をつくって午後は映画に行き六時過ぎに帰宅したことが明らかでありますから中学生の集団を見る可能性はないのでありますし、5月4日も午前中はM_1等と魚つりをして死体発見現場へ行き午後も死体発見現場から帰ってきて外出していないのでありますから、その可能性はありません（昭和38年5月26日付清水利一作成の供述証書、石川君の当審第4回公判での供述、当審第15回公判M_1証言）。

（2）そして5月3日と同8日はサッカーとテニスの試合が行われているのでありますが会場はいずれも西

中であり、中学生の一団が荷小屋の前を通って帰る可能性はないのでありますし、他の場所で見たこと荷小屋の前で見たということにすることは不可能であります。

（3）4月7日には東中で入間中と西中が参加した野球大会の予選会が行われているのでありますが、この日は土曜日であり、試合開始時間は午後12時30分であり、試合は一試合しか行われていませんので終了時間は遅くとも午後2時30分頃であり、午後4時頃みたという石川君の供述とは時間的に符号しませんし、石川君が中学の一団をみたのは状況が符号する5月1日しかありえないのであります。

（4）また4月26日にも東中で野球大会の予選が行われているのでありますが、石川君はこの日は家にいて柱の土台に使うコンクリート台を作っていたのでありますから中学生の一団をみた可能性はありません（昭和38年7月1日付原検察官に対する供述調書）。またこの日は平日であり試合開始時間は放課後の午後3時30分頃であったろうと考えられますので、午後4時頃見たという石川君の供述とは時間的に符号しません。

以上明らかなように、石川君が中学生の一団をみたというのは5月1日しかありえないのでありますが、検察官は7日間も体育祭が開かれているのであるから、そのうちどれかを見たのだろうと主張しているのでありますが、むしろ7日間のうちで石川君の供述と状況が符号するのが、「5月1日の午後4時頃中学生の一団を見た」という石川君の供述が真実であることを物語っているというべきでありましょう。

5　アリバイと部落問題

これまでの弁論で明らかになりましたように捜査当局は、本件犯人は部落の中にいるとの見込のもとに違法捜査を展開したのでありますが、その際に部落民にとって不利にはたらいたのが「アリバイを証明することの困難性」でありましたし、捜査当局はこの事を奇貨として4名の部落青年を逮捕し、石川君を犯人にまで仕立てあげていったのであります。

当審第47回公判において清水利一警察官は「大勢ブラックリストに上がったものを、片っぱしからアリバイを解明して犯人でないと消していく。捜査が始まってその翌日あたりからそういう仕事を始め、石川君を逮捕するまで夜の捜査会議でそれを担当した」と証言しているのでありますが、捜査官憲のかような捜査方法こそ誤った先入観によってまず犯人でありそうな一定の人間に網をはり、それからアリバイを証明できるかどうかによって網をしぼっていくという非科学的捜査方法であり、かような捜査によって本件をはじめとしておこった、京都五番町事件に代表されるような何もしていない部落民を殺人の犯人に仕立てあげ、アリバイ証明の困難さを利用して強引に虚偽の自白を強要していくという驚くべき人権侵害がひき起されるにいたっているのであります。

当審第62回公判において野本武一証人は「部落民は就職と教育の機会均等が保障されておらず近代産業からしめ出され、土方・日雇等の不安定な雑業を転々とすることを余儀なくされている。石川君が事件当日、仕事をさぼってパチンコをして駅前の荷小屋の中で時間をつぶさなければならなかった現実の中にも、部落差別を見ることが出来る」という趣旨の証言をしているのでありますが、石川君が憲法でいう教育の権利と勤労の権利が保障され、彼が組織労働者として5月1日を過ごしていたならば、彼のアリバイは容易に証明できたはずであります。

5月1日はメーデーであり、彼はそれに参加していたであろうし、そうでなかったとしても会社の出勤簿等の記録や同僚等の証言によってアリバイを証明することは容易であったはずです。

アリバイ証明と部落差別

石川君を含めた部落民から勤労の権利を奪い、その結果石川君は不規則な生活を余儀なくさせられ、そこからアリバイの証明とアリバイを思い出すことの困難さが生じ、さらに職業選択の自由が制限されている結果、土方・日雇等の不安定な職業につかざるをえなくなり、組織的な集団生活よりも個人生活の方が多くなり、アリバイを証明してくれる人も限られてくるのであります。

石川君にとって、アリバイがはっきりしなかったため捜査官憲によって犯人に仕立てあげられたのは本件がはじめてではなく、彼らの少年時代（昭和29年頃）にも、入間川署から狭山署と警察署の名称が変更された日に、電車転覆事件の容疑者として逮捕され警察の脅迫によって虚偽の自白をしいられているのでありまず。

しかし、その時は、たまたまT_3という人が雇用者名簿を示して石川君のアリバイを証明してくれたのであります（当審第75回公判被告人供述）。このようなことは、石川君だけに特有なことではなく、本件に関して逮捕されたT_1にも共通することでありますし（当審第18回公判T_1証言）、当公判廷に証人として出頭した石川君の友人であるK_1も「当時、失業していて、5月1日・2日の行動を調査された」（第15回公判）と証言しておりますし、その他M_1証人・I_2証人等も石川君と同じような生活歴であることを窺い知ることが出来るのであります（第15回公判M_1証言・第16回公判I_2証言）。

本件はアリバイ証明の一般的困難性に加えて、捜査官憲が部落民としての石川君の生活状況からくる、アリバイ証明の困難性を利用して石川君を犯人に仕立てあげていったものでありますが、しかしながらそのようなかにあっても、これまで述べてきたように石川君の必死の努力と虚構の事実に内包する矛盾の暴露によって、事件当日の石川君のアリバイは証明されているのであります。

6　最後に

石川君は、部落差別と貧困の中で、小学校教育さえ満足に受けておりません。彼は小学校もほとんど行っておりません。これは狭山市教育委員会が提出した学籍簿とかで明らかになっております。狭山市教育委員会が提出した学籍簿では、石川君は小学校六年まで在籍した、そして長欠児童であったけれども卒業した、ということになっております。

ところが本人は第2審の法廷で、「自分は小学校6年は全然行ってない、5年で辞めて農家に子守り奉公に行った」と述べています。私達はこれまで、教育委員会の公文書で6年まで在籍したと（6年の出席日数まで記載されている）されているのだから、そちらの方が正しくて、石川君の記憶違いだろうと思っておりました。

ところが、とうとう6年生の担任の先生が神戸に住んでいるということを弁護団事務局で突き止め、その方と会って初めて分かったのですが、やはり石川君は6年は1日も学校に来てない。担任の先生はもちろん石川の顔も知らないし、家庭訪問したこともないということだったのです。

石川君が法廷で言っていたことの方が正しかったのです。それにもかかわらず、一応6年まで行ったということで彼を卒業させているのです。

そのような中で、石川君が逮捕された時には、ひら仮名さえ満足に書けなかったわけです。それは逮捕された直ぐ後、警察の種々の書面に書かされたりしているのですが、ひら仮名も間違っているので動かせない事実なのです。それにもかかわらず、20万円持って来いと書かれている脅迫状には、三十四の漢字が正しく使われているのです。

どうして文字を知らない石川がその脅迫状を書けたのかということが、2審以来ずっと争点になってきております。それに対して裁判所は、確かに石川君が、教育程度が低くて、文字を知らないということを認めたわけです。

しかし、補助手段を使えば、文字を知らない石川にも脅迫状が書けるのだと。その補助手段が、石川君の妹の美智子さんが級友から借りていた1961年11月号の雑誌『りぼん』で、それにふり仮名がしてあり、そのふり仮名を頼りに漢字を抜き出して脅迫状を作成したというのが、裁判所の認定です。

ところが、現在の再審段階に至って、裁判所が認定していた『りぼん』、それが実は事件当時、石川君の家には存在しなかったのだということが、検察が隠していた五通の供述調書によって明らかになった。即ち検察が妹の美智子さんとか、級友の方々から供述調書を作っているのです。

その中で妹の美智子さんが、雑誌『りぼん』を借りてきたのは事件前の9月頃だと、そして一週間位で返したということになっております。そして友達の方も返して貰ったと。貸してそのままになっているということはないという風に述べられているのです。

これによって私達は、判決の認定は崩れたということで再審を闘ったのですけれども、裁判所は、確かに供述調書には事件当時、請求人方（石川君の家）に『りぼん』が存在しなかったという記載があるが、それだけでは『りぼん』がなかったとまでは断定出来ないという無茶な論理で、私達の主張を蹴ったのです。

そしてごく最近、新聞でも報道されたように、Oさんという人の新証言が、事件発生以来18年目にして出てきました。石川君が被害者を殺したとされている「犯行時間」に、「犯行現場」から最短距離で15メートル、最も離れた所で60メートルの桑畑で農作業されていた方です。その方は、畑の離れた方から殺害現場に近い方に仕事をしてきて、作業が終わったのが殺害現場から約20メートルの所です。

石川君の自白、裁判所の認定では、被害者が「キャー、助けて」と大声で叫んだと、だから殺したんだということになっています。ところが、20メートルの至近距離のところで仕事をしていたOさんは、そういう人影は全く見なかったし、また悲鳴も聞いてなかったと、自分は事件当時から、ここで本当に犯行があったのかと不思議に思っていたと証言されています。私達も現場に行ったのですが、完全に殺害現場から、Oさんが農作業をしている所は見通せるわけです。もしそこで犯行が行われたのなら、犯人・被害者・Oさんがそれに気づかないということは絶対にありません。

また、被害者を殺したとされている地点から約30メートルの所にOさんは車を停めていたのですが、車も犯行現場から直線で見通せるのです。本当に、このような所で犯行を行うはずもなく、また、犯行があったとしたら、被害者が当然助けを求めなければならない。このようなことも全くないということで、ますます石川君の無実は明らかになっているわけです。

Oさんは仕事を終えて、車をバックさせて発進させた。その音、作業中の音とか、このような音も当然、犯人の耳に入らなければならない。もっと離れている所で普通に話しても、殺害現場は静かな所で聞こえるわけです。それが全く出てきてないということで、私達は最高裁に事実調べを求めているのですけれども、そのような事実が出てきていながら依然としてまだ、最高裁は事実調べをするという姿勢を示していません。

「自白」と部落差別

前述したように、石川君は逮捕された後、1ヶ月にわたって頑強にYさん殺しを否認しますが、警察の手段を選ばない強制・脅迫・誘導の中でとうとう嘘の自白に追い込まれます。

警察で取り調べられた経験のない普通の人たちには、無実の人間が嘘の自白をするということはなかなか信じ難いことであると思います。しかし、これまでにも、松川事件・八海事件・その他の冤罪事件で、警察の苛烈な取調べに耐えきれず、嘘の自白をした例は多いのです。

公訴時効が完成して話題になった三億円事件で犯人として誤認逮捕されたKさんは、日本弁護士連合会の調査委員会で「逮捕された朝8時頃から深夜の1時頃までぶっつづけでアリバイを追及され、頭がもうろうとして疲れて目をつむってしまうと殴られたり、土下座をさせられたりの暴力を伴う過酷な取調べをうけ、取調べが終わって留置場へ入れられてからも朝まで一睡も出来ず、このような取調べが続くのだったら、とても耐えられない、嘘の自白をするか、舌をかみ切って自殺するかとまで思いつめた」と訴えています。

そして狭山事件の特徴は、石川君が捜査段階だけでなく、第1審の裁判段階でも、警察の「10年で出してやる」という約束を信じて「自白」を維持したところにあり、彼は、第1審の死刑判決が宣告された後でも、警察は約束を守って10年で出してくれるものと信じて疑わなかったのです。

このようなことは普通だったらありえないことだと思われますが、しかし、現実にこの狭山事件では起こっているのです。

最高裁の決定では「所論のような約束があったということは、原審において始めて被告人が述べたことであって、被告人は捜査段階で自白して以来、捜査段階、第一審の審理を通じて自白を維持し、検察官から死刑の論告求刑を受けた後の被告人の意見陳述の機会においても争わなかった事実等に照らせば、被告人の原審における右供述は真実性のないものであり、その他、所論のいう約束があったことを窺わせる証跡はみあたらない」としています。

しかしながら「死刑の論告求刑を受けた後の意見陳述の機会においても争わなかった事実」をどう評価するのか、何故に石川君が自白を維持したのか、その原因を究明すべきであるということが問題とされているのであり、最高裁は弁護団の主張にまじめに答えずに論点のすりかえをはかり、自白維持の事実から直ちに自白に任意性・信用性があると結論づけているのです。

第1審の主任弁護人であった中田直人弁護士は、第1審判決の直前に石川君と接見し、「石川君、本当に言いにくいけどもこのままいくと死刑判決になる」と告げています。それに対して、石川君はニヤッとして、「いいんです。いいんです」と答えているのです。第2審で証人に立った中田弁護士は、「その時の石川君の態度は生涯忘れない」と証言しています。

浦和留置場の房に約1か月間、石川君と一緒にいたI_5証人も第2審28回公判で、「自分も本人からいろいろ聞いていたし、また態度なんかみると、こういう罪を犯したという感じがなかった」し、死刑判決の直後に石川君は自分に対して「判決ではこういう判決だったけれども、10年か15年たてば出られる」と話していたと証言しています。これらの証言と、検事からの死刑の求刑論告をされても石川君が争わなかった事実とをあわせて考察すれば、石川君は死刑を少しも恐れていなかったことが明らかとなり、それは死刑判決が出ても、警察との約束で10年で出所できると信じていたからにほかなりません。

石川君は、小学校二年頃から、仕事の手伝いで学校を休み、教科書も一冊も持たず、ノートも買えない、学校でお金が必要な日には学校を休む、雨が降る日には家には傘が一本もないので休むという状態で、小学校時代、実に560日も欠席している長欠児童で、小学校5年で学校をやめて、農家の子守り奉公にいっています。そして学校での成績はクラス最低で、小学校2年程度の学力で社会の荒波に投げ出されているのです。

そしてその後の状況も、靴屋の店員時代に、そこの娘さんから、勤務時間が終わった後、数ヶ月間「あいうえお」から順次ひらがなを教わり、靴屋の得意客の名前の漢字を教わった程度であり、会社の簡単な欠勤届さえ、他人に代筆してもらわざるをえなかったのであり、本事件で逮捕された当時、住所・氏名さえ漢字で満足に書くことが出来なかったのです。そしてこのような状態は石川君だけに特有のことではなく、部落差別の結果、教育の機会均等を保障されていない部落の子どもたちに共通する現象でありました。

狭山市教育委員会の調査では、石川君が在学した昭和26年の狭山市の小学校の全体平均で「同和地区」の子どもたちの1年間の平均欠席日数は16・1日、一般地区は8・1日。石川君が在籍した小学校では部落の子どもたちは20・1日で、一般地区の子どもたちの6・1日の3倍強となっています。

学校の成績にしても、国語・算数といった課目から、美術とか体育にいたるまで、石川君のみならず部落の子どもたちすべてが最低の評価がなされており、教育の場でも差別され、その能力の発達が阻害されていたことが明らかとされています。

私たち弁護団は上告趣旨書において、石川君がなぜ「自白」し、それを維持したかの真相を究明するためには、部落差別の中での石川君の教育歴・生活歴にまで立ち入って考察しなければならないと主張しました。

本事件は、捜査官憲が前述したような部落差別の現実、その中での当時の石川君の状態を巧みに利用したからこそ、人を殺してもいない人間が、警察の10年で出してやるという約束を信じて虚偽の自白をし、それを維持するという驚くべき事態が起こったのであり、まぎれもなく、部落差別を利用した権力犯罪であります。

石川君は第2審の最終意見陳述において「一番人生で楽しかるべきはずの青春時代を灰色の獄中に閉ざされて、余儀なくされてしまったことの代償は一体何をもって償ってくれるのであろうか」という怒りを訴えています。

4　自白・自白維持と部落問題

1　はじめに

作家・野間宏は、狭山裁判批判を、雑誌『世界』（岩波書店）に、第2審判決後の1975年2月号から1991年4月号までのほぼ16年間にわたって、191回連載し続けた。同連載の第1回の冒頭は、「一九七四年一〇月三一日、東京高等裁判所は、寺尾正二裁判長のもとに、狭山事件の被告石川一雄氏に、無期懲役の判決を言い渡した。私はこの一九七四年一〇月三一日という日を、この恐ろしい判決の下された日として、忘れることはできない。恐ろしい判決と私は言ったが、これはまさに恐ろしいというほかに言いようのない判決である。この審理と公判は、はたして裁判ということが出来るのかと、私はいまこれを書きながら、改めて考えている。」との文章から始まっている。

さらに、「この事件、裁判の中で重要だと考えられるのは、一つは、被告石川一雄氏が被差別部落の生れであるということ、二つは別件逮捕により捜査が始められたということ、三つはもっぱら被告の『自白』に基づいて裁判が進められたということ、この三点である。

私はこの判決文を繰り返し読み、第一にあげた被告石川一雄氏が被差別部落の生れであるということについて一言も触れられていないということに疑念を抱かないわけにはいかなかった。これは一審の内田裁判長のもとに行われた裁判にあっても同じことである。第二の別件逮捕、私はこれを認めることは出来ない。しかも今回の別件逮捕は被告石川一雄氏が被差別部落の生れであることと非常に深くかかわっていると考えられるがゆえに、いっそうこの感を深くするのである。」と書いている。

この野間宏の指摘は正鵠を得ているものであり、本事件に注目している広範な国民世論を代表するものであり、弁護人の主張とも合致しているものである。

以下、本事件と部落差別との関わりについて論証し、原々決定、原決定が取消しを免れないものであることを明らかにする。

2　部落問題の判断を回避した確定判決、上告棄却決定、各再審請求棄却決定の不当性について

野間宏の上記「狭山裁判」連載を上・中・下の3巻の本としてまとめて刊行された『完本狭山裁判』（藤原書店）上巻巻頭文で、刊行委員会・代表の日高六郎は、「『世界』連載は延々とつづいた。野間宏の持続力にはおどろくほかはなかった。その力のみなもとはどこにあったのだろうか。第一に、野間宏の部落問題にたいするなみなみでない強い関心にあった、と私は思う。戦中、大阪市役所で働いていたとき、部落についての調査を行っていた。そのとき彼は市役所吏員である以前に、一人の人間として仕事に打ちこんだ。戦後、衝撃を与えた『真空地帯』では、部落出身者が重要な主役として登場している。そして彼の最大長編『青年の環』も部落問題を抜きには語れない。彼には―そのことを私は彼からじかに何度か聞いているが―日本社会の重要問題のひとつとして、部落解放があるという強い認識があった。狭山事件を一般的な冤罪事件とし

てではなく、まさしく部落に生れた青年が不当な目標になっていると考えたとき、彼はこの事件の究明から逃れることはできないと考えたのだと思う。」と書いている。

第2審更新弁論で元裁判官であった佐々木哲蔵、青木英五郎両弁護人も、本事件と部落問題とのつながりを解明することが自白・自白維持の解明に重要であることを強調し、最終弁論においても各弁護人が部落問題について論及している。

しかるに第2審判決は、野間宏氏も指摘しているように部落問題には触れていないし、上告棄却決定、以後の各棄却決定も弁護人の本事件と部落問題との関わりの主張を全く無視している。

寺尾正二裁判長は、第74回公判で、「自分はかつて部落問題についてはは島崎藤村の『破戒』を読んだ程度の知識しか持っていなかった。しかしこの事件を担当するようになってからは『部落問題の歴史研究』（藤谷俊雄）、『部落解放の30年』（松本治一郎）（等の10数冊の著作をあげて）そういうものを読んでいます」（要旨）と述べ、雑誌『部落』を職権で証拠採用し、あたかも判決で部落差別と本件とのかかわりについて判断をなすかのごとき態度をしめしたのである。

しかし判決では、部落問題について直接触れないで、第三事実誤認の主張、自白の信憑性のところで、「捜査官が始めから不当な予断と偏見をもって被告人をねらい撃ちしたとする所論を裏付けるような証跡はついにこれを発見することはできない」と判示している。

弁護人は上告趣意書において、本件での捜査は、捜査官の部落に対する予断と偏見に基づいてなされた差別捜査であり、憲法第14条の法の下の平等に違反し、違法捜査によって得られた証拠は禁止、排除されなければならないのに、第2審判決は、捜査官の差別捜査、第1審の差別的審理、判決を追認、擁護し、被告人（請求人）の自白・自白維持と部落問題との判断を回避したものであり、憲法第14条、同37条1項違反の主張、論証をなしたものである。

上告棄却決定も弁護人の主張、論証に対し、「記録を調査しても、捜査官が、所論のいう理由により、被告人に対し予断と偏見をもって差別的な捜査を行ったことを窺わせる証跡はなく、また、原判決が所論のいう差別的捜査や第一審の差別的審理、判決を追認、擁護するものではなく、原審の審理及び判決が積極的にも消極的にも部落差別を是認した予断と偏見による差別的なものでないことは、原審の審理の経過及び判決自体に照らし明らかである。それ故、所論違憲の主張は、適法な上告理由にはあたらない。」としたのである。

弁護人は原審（本第二次再審異議審）でも、「捜査に関する総括的批判―差別捜査・違法捜査によって『自白』はつくられた―」の項で、原々決定（再審請求棄却決定）も「捜査の不正、本件捜査の実態に目をむけることなく、捜査側証拠については、無批判的に証拠価値を認め、弁護側証拠については、証拠価値、明白性を否定し、請求人の自白の任意性、信用性を肯定する誤りをおかし」「部落差別の中で教育の機会を奪われていた請求人には本件脅迫状は作成できなかったことを証明する意見書等の明白性も否定し、請求人の自白と部落差別との関わりについても一考だにしていない」ので、「本異議審においては差別捜査、違法捜査の実態を直視されることを強く求め」たものであるが、原決定も、本件捜査の実態、自白・自白維持との問題については全く判断をなしていない。

１９９７年10月14日、弁護人山上益朗、中山武敏同席のもと、請求人は原々審高木俊夫裁判長と面接し、請求人の無実と少年時代の部落差別の状況、何故に虚偽の自白をしたのか、脅迫状の文字は書けなかったこと等を切々と訴えた。弁護人も請求人が捜査段階で「自白」し、第一審公判中それを維持したことの背景には部落問題があり、差別された中での教育歴、生活歴にまで目を向けて考察する必要性を強く主張するとともに部落差別の現実について説明したのである。しかしながら、原々決定、原決定もまた、確定判決、上告棄却決定を踏襲し、部落問題についての判断を回避しているのである。

3　部落問題に関する弁護人主張要旨

（1）第2審更新弁論（第69回公判　1973年11月27日）

弁護人佐々木哲蔵「狭山事件の見方」弁論要旨

佐々木哲蔵弁護人は裁判官退官後、弁護士として数々の刑事弁護をなされ、八海事件の弁護団長もなされたが、意見陳述は、「私としては、狭山事件はすでにこれまでの証拠調によりまして到底有罪に出来ない、無罪判決は当然であるという確信をもって居ります。この確信のもとで『狭山事件の見方』ということで若干、申上げたいと思います」から弁論を開始している。そして狭山事件とこれまで担当事件との違いについて触れ、本件では部落問題の理解の必要性を強調している。

「狭山事件とこれまでの多くの無罪事件とのちがう最も特徴的な点は恐らくは石川君が捜査段階だけではなく第1審の公判終結まで自白をつづけたという点であろうと思います。これが少なくとも形のうえで石川君を大変不利にしていることは確かであると思います。現に第1審判決は『被告人は捜査機関の取調べだけでなく、起訴後の当公判廷においても一貫してその犯行を認めているところであり、しかもそれが死刑になるかもしれない重大な犯罪であることを認識しながら自白していることが窺われ、特段の事情なき限り措信し得るものというべきところ』云々と判断して居るのであります。然しながら、実は、これは『Yちゃん殺しを認めれば十年で出してやる。認めなければ何時までも出られないで殺されてしまう』という警察官の言を信用したという、そして弁護人よりも誰よりも警察官を信用したという、今どきの普通の若者の常識としては、到底考えられないもの、一言にしていえば無知によるものであります。この驚くべき無知、これは、石川君の場合は単に恵まれない環境にそだったという単純な環境論の見地からとらえられるだけでは、決して十分な理解は生まれません。これは実は石川君が被差別部落に生まれ、育った若者であるという部落差別の問題としてとらえるところに正しい心底からの理解が生まれるものでありまして、この事情こそまさに原判決に所謂、特段の事情に該当するのであります」と弁論している。

　同弁護人は自らが弁護団長として弁護した八海事件の例をとり、裁判、誤判の恐ろしさを述べている。最高裁自身が全員一致で原判決の死刑から無罪の逆転判決を言い渡した直後、最高裁裁判官と面会した時、「吉岡はどう思っているだろうか」と尋ねられ、判決後間もなしに吉岡を広島の刑務所に訪ねた際、吉岡は、「最高裁判決の通りです。私一人が真犯人でした。阿藤君の名は、まことに申しわけありません」と深々と頭を下げてわびた。「このとき、やっぱりそうだったんだ。阿藤君の名は、ほんとうにあぶなかったんだな、と思った瞬間、そのときは感激ではなくて、ぞっとしました。裁判のおそろしさをみにしみて感じたからでした」と述べている。

　同弁論で「被告人の自白のなかにおかしいこと、特におかしいこと、特に客観的事実に合わないものがあることが証明されていても、その自白が全体として大筋からはずれていないと認められればその客観的事実に反する供述を一時の思い違いとして度外視して、その大筋で犯罪事実を認めるという考えがあります。これを所謂大筋論と申しましょう。八海事件の場合、『阿藤君が犯行現場でロープに血をぬりつけた』という吉岡供述がある。我々も一見して、それは血であると思っていた。ところが鑑定の結果それは血ではなくて鉱物油ということがわかった。これは自白の真実性を否定するに足る有力な反証であるはずである。しかしながら八海事件有罪判決はこれを一時の思い違いという、それだけの理由で、その反証を排斥したのであります」

「狭山事件の場合、石川君の脅迫状は、ボールペンでかいた、訂正も、ボールペンでかいた、ということになっている。ところが当審の鑑定の結果、訂正部分はボールペンでなく、万年筆乃至ペンによるものであることが判明したのである。そして石川君の自白調書では万年筆はつかってないとはっきりいっているし、他に万年筆、又はペンをもっていた証明は全くない。これは八海事件の前掲の例とよく似ていると思います。

この鑑定結果は、石川君の本件Yちゃん殺しの自白が信用出来ないことの有力な反証であります。この点で私は、裁判所が八海事件の前記の轍をふむようなことは絶対ないと、かたく信ずるものであります」と弁論している。

確定判決、上告棄却決定、各再審棄却決定は、まさにこの佐々木弁護人が指摘した「大筋論」の立場に立ち、脅迫状訂正箇所の筆記用具の問題を請求人が「嘘」をついたからであるとし、訂正前の元の日付問題も請求人の「記憶」違いとして、請求人の自白の信用性を肯定する誤りをおかしているのである。

同弁護人の「ペンはつかっていないとはっきりいっている」「万年筆又はペンをもっていた証明は全くない」との指摘は、原々審、原審、本特別抗告審で提出された、脅迫状封筒記載の「少時」は万年筆で書かれたとする「齋藤一連鑑定」によって、その指摘の正しさが証明されているのである。

元裁判官で数々の著名刑事事件も経験された同弁護人の、狭山事件は「無罪であるとの確信」と同弁論指摘に謙虚に耳を傾けていれば、誤判は第2審判決段階でしりぞけられたのである。

弁護人青木英五郎「自白維持と部落差別の問題」弁論要旨

青木弁護人も元裁判官として裁判官在職中から弁護士会を含めた法曹界で良心的な裁判官との評価が高かったのであるが、弁護士としても仁保事件の主任弁護人として著名である。同弁護人も請求人の無実を確信し、裁判所が請求人の自白・自白維持を理解するためには、部落問題が重要であるとの認識であったのである。

「なぜ、この事件が狭山差別裁判と呼ばれるか、つまり、この事件が部落差別とどのようなつながりをもっているのか、それを解明することによって、なぜ被告が一審公判の最後まで虚偽の自白を維持しつづけたのか、それを解明することができる」から始まる青木弁論は、部落差別の問題を本事件で初めて正面から打ち出した画期的なものであった。続けて、「そのことを理解するための前提として、われわれは、まず、『差別する側』と『差別される側』との基本的な関係を明らかにしなければならない。裁判官は、検察官をふくめて、われわれが『あなたは差別意識をもっているか』と問われた場合、おそらくは誰もがそれを否定するであろう。

しかし、それは観念のうえでのことである。観念的には、あるいは主観的には差別意識をもっていないからといって、現実に部落差別の問題に出会った場合、差別される側の人びとと同様に、それを受けとめられるということには、かならずしもならないのである。それは、部落出身者でないかぎり、部落差別をされた体験を持っていないからである。差別された体験をもたない人びとにとっては、その体験のないことについて根本的な自己反省をしないかぎり、むしろ現実には、意識するとしないとにかかわらず、『差別する側』に立ってしまうことが多いのである。そして『差別する側』に立つならば、この事件について、被告の立場を正当に理解することはできない。公正な裁判をするためには、『差別される側』に立って、その視点からこの事件をみなければならないのである」と述べている。

同弁護人は、請求人と関巡査との関係についても部落差別の視点から言及し、「被告の差別された環境のなかでの生活史、それが原点とされなければならない」「部落外の人たちが、商売の上とか、教育の上とか、その他行政の上とかで、部落の人々の信用を得たときは、それがさらに牢固として、抜くことのできないほどの強靱な絶対的な、その人に対する尊敬と信頼にまで進む場合が、しばしばみられるのである。部落の青少年は、ひとたび人を信ずると、どのような障碍があろうとも、また自分に不利益なことがあろうとも、その信ずる人を絶対に疑わないという純真さをもっている。被告が関巡査に抱いた心情は、まさにそういう性質のものであったとみられるのである。死刑の宣告を受けてさえ、自分の周辺がおかしいと気づかず、特定の人を信じているという被告の心情や行動は、部落問題に対する深い理解をもち、部落差別が被告のような環境のもとに生育した青年に対して、どのような性格を与え、どのような心情をもたせるのかを徹底的に掘り下げ、検討しない限り、正しく知ることはできないのである」と弁論している。
かかる弁論を意識しての第74回公判での寺尾裁判長の部落問題に関する発言となったことは明白である。

（2）第二審最終弁論（第76回～81回公判）

最終弁論は、昭和49年（1974年）9月3日の第76回公判から同月5日、10日、20日、24日、26日の第81回公判までの6開廷であり、20人の弁護人によってなされた。昭和39年9月10日の控訴審第1回公判開始以来、昭和49年9月26日の第81回公判での結審までの満10年に及ぶ審理と弁護活動の中での請求人の無実を論証する弁論であったのである。

弁護人最終弁論は、中田直人主任弁護人の「弁論を始めるにあたって」から開始され、「被告人石川一雄は、Yさん殺しについて無実である。裁判所は、原判決を破棄し、強盗強姦・強盗殺人・死体遺棄・恐喝未遂の公訴事実について、無罪を言い渡さなければならない。全弁護人は、この無実の確信を共通のものとし、その一点において一致し、考えかたや立場の違いを乗り越え、ここに弁論を始める。狭山事件は、まぎれもなく冤罪である」との冒頭での弁論であった。

最終弁論では、第1に本件捜査は部落への集中見込捜査、請求人の別件逮捕、請求人を含む4名の被差別部落青年の見込逮捕、逮捕・勾留理由の蒸し返し、強制、誘導、偽計による違法な取調べ、部落差別を利用した自白強要としてなされた違法、違憲な捜査であった事実を明らかにしたものである。

第2に請求人自白は、自白自体が不自然不合理であり、客観的事実との間には重大な矛盾があることを明らかにしたことである。

第3に、警察・検察側証拠は信用性がなく、発見経過にも重大な疑問があることを証明したことである。

最終弁論の中で、部落問題に論及している弁論は、佐々木哲蔵「刑事裁判としての狭山事件」、青木英五郎「自白維持と部落問題」、佐々木静子「狭山事件弁論要旨」、和島岩吉「本件の特異な構想について」、中山武敏「部落に対する集中見込捜査について」「石川君の5月1日、2日の行動について」である。以下その要旨を述べる。

弁護人佐々木哲蔵「刑事裁判としての狭山事件」（第76回公判）

佐々木弁護人が部落差別との関連で問題としたのは、前記詳述した部落問題に関する4名の証人申請却下等である。

「特に、石川君が第一審時迄自白を維持した理由の根拠付けとしての部落差別に関する証人調、万年筆の発見押収が、警察の工作であることの立証に関する石川君の自宅現場における証人調べ等は、これ迄為されなかったものであるので特に期待して居ったのでありますが、これらのことも、御取上げにならなかったことに就いて、私個人としては、率直に申して、この決定の告知の瞬間に遺憾の念と不安の感じがしたのであります。然して、よく考えてみますと右の証拠調請求は先程来申上げているようにもともとだめ押し的なものであったにしても少なくとも形の上では、新しい観点からの立証趣旨をふくむものを裁判所は全面的に却下している。このままの状態で被告人に不利な裁判をするということは、憲法第三十一条の適正手続による処罰の保障、憲法第三十七条第一項に規定されている公平な裁判所の理念に反することであり、謂わず刑事裁判の基本的理念の点からも、到底考えることは出来ない、このような基本的理解のもとに、私共は、本件最終弁論にのぞんだ次第であります。私共の右の基本的理解につきましては最終弁論終結後にもなお尾をひく、刑事裁判の基本的なあり方に関連する重要な問題であると、私共が理解しているという点に、特に深い御配慮を願うものであります」との弁論をなし、部落問題の証人申請を含む弁護人の事実調請求却下に対する懸念と却下のうえで請求人に不利な判決が仮になされるならばそれは刑事裁判の基本的理念に照らして違憲、違法なものとの指摘をなしている。佐々木弁護人の懸念と不安は的中し、第2審判決は、最終弁論を全く無視してなされたものであり、正義と真実に背を向けた強引な不当判決である。

同弁護人は、「私の経験し又調査した限り誤判事件は、すべて、こうした予断判決であった点では共通しているのである。この予断こそ、同一事件に就いて黒、白のわかれみちとなる重要な一つの要因であることは、厳然たる事実として申上げることが出来ると思うのであります。私は先程、狭山事件程合理的な疑いだらけの事件はないと申上げました。もともと合理的な疑いというのは何もむずかしいことではなくて、それは一般人の知識判断からみて、納得がいかないという程度のことであります。このようなものが一つでもあれば有罪に出来ないというのが、裁判本来の建前なのです。ましてや、この合理的な疑いが科学的な裏付によるものである場合は、尚更のことであります。狭山事件ではこうした科学的な裏付のある合理的な疑いが数多くあるのであります」とも弁論している。

確定判決はまさに請求人に対して、「犯人である」との予断と偏見に基づいてなされたものである。

弁護人青木英五郎「自白維持と部落問題」（第80回公判）

青木弁護人の弁論は、「この事件は、単なる冤罪事件ではありません。部落差別に原因する冤罪事件であります。被告人は、部落問題のすべてを一身に背負って、この法廷に立たされているのであります。この事件において、全国六千部落、三百万の部落民が裁かれている、という言葉は、そのような意味をもっているのであります」との弁論から始まっている。これは、全国の部落民の「石川一人の命は３００万部落民我が命」との思いを的確に表現した弁論である。裁判所は、このことを理解すべきである。

部落差別で呻吟してきた全国の部落の人々は、請求人のことを自分のこととしてとらえ、本件が部落に対する予断と偏見に基づくものであることを見抜いているのである。本件捜査は部落に対する差別捜査として展開され、部落差別を利用して請求人の自白を得たものである。

この事件で裁かれるものは、死刑判決にまで追いやった「差別する側」の人々であり、そのことが「差別裁判」といわれる意味であり、「この事件の真の原因である部落問題を回避して、単なる冤罪事件とみることは、この事件をわい小化し、事件の本質から眼をそむけるものであります」と同弁護人は論じている。「差別を受ける悲しみは、差別された者でないとわからない」といわれる。「差別される側」に自分の身をおくことによって、部落差別に対して人間の心に備わっている感情移入の作用が働くことになり、部落差別の鞭を間接的に受けとめることが可能となる。

青木弁論も前記佐々木弁論と同じく証人申請却下は重大な問題であることを指摘している。

「再開後の当審において、自白維持と部落問題との関係を立証するために、私は四名の証人を申請しました。それらの証人はいずれも部落問題、もしくは同和教育に関する専門家であります。しかし、この証人申請は必要なしということで却下されました。このことは、きわめて重要な意味をもつものと考えます。というのは、この証人申請の却下は、それらの証人の証言を聞くまでもなく、この事件における自白維持と部落問題とが深いつながりをもっていることを、裁判官がすでに理解されているという前提をとらざるを得ないからであります。その前提をとらない限り、この証人却下は、裁判所が部落問題に関する判断を回避されるものと考えざるを得ないからです。しかし、私は、裁判所が、そのようなこそくな態度をとられることはないものと堅く信じております」と論じている。

「裁判所が、そのようなこそくな態度をとられないことは堅く信じています」との信頼は確定判決によって裏切られたのであり、前記の第74公判での部落問題を理解しているかの如き裁判長の発言は、まさに証人申請を却下し、早期に弁論終結、判決をなすためのこそくな訴訟指揮であったのであり、山上弁護人が叫んだ「ペテン」であったのである。

青木弁論は、同和対策審議会答申を引用し、同和問題は人類普遍の原理であり、裁判所が部落問題についての十分な理解と認識に立って本件を判断することは裁判所に課せられた責務であり、公正な裁判をなすことを求めている。同和対策審議会答申は、部落差別を心理的差別と実態的差別とに分けて説明しているが、請求人の第2審での供述にあらわれた部落差別は、まさに、この心理的差別と実態的差別の典型的なものであることを同弁論は論証している。

「心理的差別とは、人々の観念や意識のうちに潜在する差別であるが、それは言語や文字や行動を媒介として顕在化する。たとえば、言葉や文字で封建的身分の賤称をあらわして侮辱する差別、非合理的な偏見や嫌悪の感情によって交際を拒み、婚約を破棄するなどの行動にあらわれる差別である。実態的差別とは、同和地区住民の生活に具現されている差別のことである。たとえば、就職、教育の機会均等が実質的に保障されず、政治に参与する権利が選挙などの機会に阻害され、一般行政施策がその対象から疎外されるなどの差別であり、劣悪なる生活環境、特殊で低位の職業構成、平均値の数倍にのぼる高率の生活保護率、きわだって低い教育文化水準など同和地区の特徴として指摘される諸現象は、すべて差別の具象化であるとする見方である。このような心理的差別と相互に因果関係を保ち、相互に作用しあっている。すなわち、心理的差別が原因となって実態的差別をつくり、反面では実態的差別が原因となって心理的差別を助長するという具合である。そして、この相互関係が差別を再生産する悪環境をくりかえすわけである」

この同和対策審議会答申のいう「劣悪な生活環境」のうちでも、請求人が生育した家庭の状況は、その極限に近いもので、請求人は、小学校に上がる以前から家事労働の担い手で、家計を助けるための日雇い、しの刈りなどの仕事に従事し、仕事がない場合に学校へ行くという状況におかれていたもので、学校を欠席する理由は、ＰＴＡの会費が払えない、文房具が買えない、傘がないなどの貧困によるもので、このような状況は、昭和30年代まで全国の被差別部落に共通してみられていたものであることを同弁論は論証している。

請求人は、本件で逮捕されるまで、自分の住所氏名さえ満足に書けず、ハガキ一つ書いたこともなく、職業安定所には友人について行ってもらう、就職の場合には履歴書を書いてもらう、新聞や雑誌は読んだことがないという状況であり、それは部落差別によるものであったのである。請求人は、子どものころ、部落外の子どもたちに石を投げられたり、床屋で、汚いのは「カワダンボ」と差別されているが、差別の原因もわからず、部落差別への抗議もなされていないことが、本件の自白維持に重要な関係をもっていることを同弁論は指摘している。請求人は、裁判官よりも、弁護士よりも、取調官であった長谷部警視を「えらい人」だと思い、「10年で出してやる」との約束を信じていたものである。この約束が嘘であったことを知った請求人は、自分の無実を訴えるために文字を覚える勉強をなし、部落差別と闘う人間に自己変革をなしたのであることも明らかにしている。

同弁論は、「この事件の原点は、部落差別に求めなければなりません。石川君の自白維持の問題を正しく理解するためには、彼に背負わされた部落差別との関連においてとらえることによって、はじめて可能なのであります。それは、この事件を、『部落問題の中における狭山事件』として把握することであります。これが私の弁論の結論であり、また、この事件について、公正裁判の要請を行っている二百万を超える多数の人びとの期待であります。この事件で、石川君の無実を明らかにすることは、同時に、『差別する側』に対する批判であり、部落差別の糾弾につながっているのであります」と結んでいる。

5　事実審議を回避した最高裁決定を批判する

1977年8月9日、最高裁判所は、狭山事件の上告を棄却決定しました。上告棄却決定のあと、10日にただちに出された、野間宏、針生一郎、日高六郎の3人の「最高裁の狭山事件上告棄却『決定』に抗議する」という声明には、20日現在で約400人の文化関係者が、署名参加しています。

この抗議声明は、つぎの三点をあげて「われわれは重大な疑義と限りない不信を抱かざるを得ない」と、表明しています。

「第一に、この最高裁『決定』は狭山事件に関わる数々の疑問の究明を願って、口頭弁論、事実審理を行なうことを要請した多数の人びとの声を無視したことである。

第二に、最高裁自らが、その『決定』の中で認めているとおり、『解明されない部分』が残されているにもかかわらず、先入観に基いて有罪の結論を出していることである。

第三に、弁護団が上告趣意書の中で具体的事実をあげて、差別捜査、差別審理を指摘しているが、『決定』には、わずかに、数行で、その事実はないとし、部落問題に触れることを一切避ける態度を貫いていることである。」

まず最初に、私たちはこのたびの最高裁の「上告棄却」が、「判決」ではなく「決定」であったことに注目する必要があります。つまり、法廷がひらかれなかったということです。口頭弁論、事実審理を行なえという多くの人びとの声を、最高裁は完全に無視したのです。〝門前払い〟の処分である、といってよい。

憲法違反や、一・二審の審理不尽は、当然ながら上告理由にあたります。

狭山事件は違法不当な捜査によって無実の人間が有罪とされたのですから、憲法に重大な違反をしていますし、一・二審の審理は、きわめて不十分であったことを意味します。

「決定」には、「職権による調査及び判断」がしめされています。

「上告審は、上告趣意が適法な上告理由にあたらない場合であっても、自ら原判決の当否を調査することができ、その調査の過程において、原判決の事実認定に重大な瑕疵を発見し、これを看過することが著しく正義に反すると認められる場合には、最終審の責務として、刑訴法四一一条により職権を行使してその瑕疵を是正する処置をとるべきものであることはいうまでもない」とわざわざ最高裁はのべています。「決定」を出したいという形を、示す必要があったのです。つまり、５１０万人の署名に対し、あるいは野間宏をはじめとする文化関係者の寺尾判決批判に対して、そうしなければならなかったのです。

最高裁は、「一部証拠上なお細部にわたっては解明されない事実が存在することも否定することができない。この解明されない部分について合理的に可能な反対事実が存在するかどうかを吟味しこれを排除することにより、はじめて有罪の確信に到達することができるのである。そしてまた、合理的に可能な反対事実が存在する限り、犯罪の証明が不十分として、疑わしきは被告人に有利に解決すべきである」とのべています。「細部にわたっては解明されない事実」のあることを認めたわけです。

次に、「解明されない事実」をこそ解明することによって、「はじめて有罪の確信に到達」するとし、「疑わしきは被告人に有利に」という、最高裁の当然すぎる説に、一瞬期待をもたらされましたが、ついに事実にもとづいて解明しようとしなかったのです。

「被告人が犯人であることに合理的な疑念をさしはさむ事実の成立は認められ」ないと結論し、万年筆のインクの色と、被害者Y日記の書かれた文字との相違という決定的に重要な鑑定すらも、「これらの鑑定書は、取調べを終えていないのであるから、所論（注：弁護団の主張）は、証拠に基づかない主張である」としてしりぞけています。

つまり、二審の法廷で取り上げられていない鑑定は、証拠にもとづかない主張だというのです。これが、一・二審の誤りを訂正しなければならない最終審としての最高裁の態度であっていいのでしょうか。

石川さんに脅迫状は書けなかった

学習院大学教授の大野晋さんの「鑑定書」も、きわめて明白に、石川さんの無実を証明しています。

大野さんは、１９６３年5月21日付の、石川さんが狭山署長あてに書かされた上申書を分析してつぎのとおり指摘しています。

1年程度　一、五、六、日、月、山、川、水、石、上。
2年程度　入、村。
3年程度　才、市、申、和。
以上が、誤らずに書けた17種（33字）の文字で、おおよそ小学校一年程度であるとしています。教育漢字以外の「狭」もあるが、これは、住所の「狭山」から記憶したものと考えられます。いずれにしても、字画の少ない文字ということが特徴です。
正確に書けなかったのは、次のとおりです。
1年程度　右。
2年程度　書、間、年、時。
5年程度　昭。
5年程度　造。
「造」は5年程度だが、兄の六造という名前から記憶していても不思議ではないものですが、それすら正しく書けていません。ここから大野さんは、「被告人の書きうる漢字の字種は極めて低度のもので、小学校一年生程度である」と結論しています。
次に、ひら仮名の使用については、
①「ま」が六字つかわれているが、正しく書かれていない。
②「は」と「わ」とを混用している。「は」と「わ」の区別がわからないのは、漢字技能の低い人である。
③「エでません」と方言的発言をそのまま書いている。
④仮名の脱落がある。「にさの」（にいさんの）「なし」（なおし）
⑤句読点がうっていない。

⑥拗音をちいさく書いていない。
⑦運筆速度が極めて遅い。

　つまり子どもの文字のように、たどたどしく書かれているのです。

　以上から、大野さんは「被告人は当時小学校一年生程度の漢字は、比較的書き得たけれども、二年生程度の漢字のうち画数の多いものは書き得ず、拗音の書き方、句読点を正しくうつことの意識は明確でなかった。また平仮名の中にも正しく書けない字が二字以上はたしかに存在した。つまり、被告人が当時身につけていた書字技能は、かろうじて小学校一年生程度のものであったことは確実である」と結論づけています。

　寺尾判決は「被告人は漢字の正確な意味を知らないため、その使い方を誤り、仮名で書くべきところに漢字を充て」たとしたのに対し、「万葉仮名的用字法は、単なる漢字仮名の混用ではない」と反論しています。そして「このような文章を書くためには、一度、漢字平仮名混り文として普通に文章をかき、その中から『で・き・な・し・え』の部分を摘出して、そこに『出・気・名・死・江』という字をあらたに書き、さらにそれを清書しないならば、このように書くことは不可能である」そして「この脅迫状の作成者が標準以上の文字技能に達したものであることを示している。このような『え』に『江』を用いることは小学校一年生程度の書字技能の持ち主の到底なし得ない作為的技巧である」と断言しています。

土壌は証明している

　スコップについていた土と、死体発見現場の土は、「類似性が高い」というのが、警察の星野鑑定でした。しかし、これがインチキであることを、和光大学教授で地質学者の生越忠さんが暴露しています。星野鑑定は、鑑定の名に値しないほどいいかげんなものだったのです。

　まず第一に、死体発見現場の土壌は、星野鑑定によると20センチぐらいまで黒土で、ついで60センチぐらいまでが赤土でその下が黒土だというのです。しかし、生越さんらが掘ってみますと、86センチまで黒土で、星野鑑定のように三層になっているなどということはないのです。つまり、スコップに赤土がつくわけがなく、ここにも作為が見られるわけです。

さらに生越さんは、土壌の分類の基本は、土壌単粒子（土壌をかたちづくっている一つひとつの粒子のこと）の「重量構成比」だとされています（つまり、礫・砂・微子・粘土の重量比を出すこと）。生越さんが鑑定したところ、スコップの土と発見現場の土は別の「重量構成比」を示していて、まったくの別物だということがわかりました。そして、星野鑑定は、検査結果を意図的にねじ曲げたか、科学者として無知であったかのいずれかであろうとまで述べています。

あまりに杜撰な事実認定

（二）たった7行で片付けられた部落差別の問題

最高裁決定要約：記録を調査しても捜査官が所論のいう理由により被告人に対し予断と偏見をもって差別的な捜査を行ったことを窺わせる証拠はなく、また、原審の審理及び判決が積極的にも消極的にも部落差別を是認した予断と偏見による差別的なものでないことは明らかであるから、所論違憲の主張は前提を欠き適法な上告理由にあたらない。

弁護団は上告趣意書のなかで、部落差別こそ、無実の石川さんを罪におとしいれた根本であることをいろいろな角度から取り上げて明らかにしました。それは裁判所も無視できないほど詳しく、つぼをおさえたものでした。また2審判決以後、差別裁判を許さないという世論はさらに大きくなりました。

決定本文では、わずかに7行で片付けられてしまっています。「記録を調査しても」と書いているだけで、どのように調査したのか、なにも書いてはいないのです。「証拠」は存在しないのでしょうか。

狭山署捜査課長（当時）だった諏訪部正二証人は、I方関係者の筆跡収集は事件直後だったと述べ（2審11回公判）、特捜本部長（当時）の中勲証人は筆跡収集は5月4日から行なったと証言（2審43回公判）しているのです。

また筆跡調査が部落民に集中していることに抗議したことを、当時の部落解放同盟埼玉県連委員長野本武一さんが証言し、この事実を同じく狭山署長だった竹内武雄証人が認めています（2審41回公判）。120人余の人たちの筆跡調査が行われていますが大部分は部落の青年たちでした。

二審の法廷で明らかにされたこれらの事実は、具体的な証拠もないのに、はじめから部落をあやしいとして見込み捜査が行われたことを物語っています。

「原審の審理及び判決が積極的にも消極的にも部落差別を是認した予断と偏見による差別的なものでないことは、原審の審理の経過及び判決自体に照らして明らかである」と決定にありますが、これこそレトリックによって詳しい調査が行われたのだと思いこませる以外のなにものでもありません。

最高裁判所の判決は部落差別の問題をその冒頭にかかげてみせたものの、弁護団の指摘した事実と問題点をなにひとつまじめに検討も加えず、調査もしていません。

㈡　原因と結果を逆立ちにさせた事実認定

最高裁決定要約：所論は被告人は取調べにあった捜査官から「Yちゃん殺しを自白すれば10年で出してやる」と約束され、これを信じて自白したものであるから、自白に任意性がないというのであるが、所論のいう約束があったということは、原審において初めて被告人が述べたことであって、被告人が警察官から死刑の論告求刑を受けた後の意見陳述の機会においても争わなかった事実等に照らせば、被告人の原審における右供述は真実性のないものであり、その他、所論は、被告人の自白、捜査官により強要された自白、捜査官の強制、脅迫、誘導等による任意性のない自白であるというが、記録を調べてもこれを信じるに足りる証拠を発見することはできない。それ故、所論違憲の主張は前提を欠き、適法な上告理由にあたらない。

石川さんが二審のはじめに、捜査官の約束を取り上げたのは真実性がないと最高裁判所は断定しています。「死刑の論告求刑を受けた後の意見陳述の機会においても争わなかった事実」を引き合いに出しています。

最高裁判所は石川さんの「自白」は「不当に長く抑留又は拘禁された後」のものでないと認定しています。しかし、石川さんは別件で逮捕されたその日からポリグラフ（うそ発見機）にかけられ、Yさん殺し事件の容疑者として追及されつづけてきたのです。証拠として石川さんのポリグラフ使用承諾書があります。

刑事起訴訟法では一つの事件について勾留できる日数を最大限23日と決めています。だが、石川さんが警察官にだまされてウソの「自白」したのは逮捕後1ヶ月もたってからです。この事実を認めず、不当に長い勾留ではなかったかという最高裁判所の決定はみずから刑事訴訟法を破ってまでも違法捜査を擁護するものです。

石川さんは取調べのあいだ手錠をかけられていました。いつ出ることができるとも判らず留置され、しかも手錠をかけられたまま調べを受ける。はめられた手錠のつめたさに捜査官が自分がどうでもできる権威をもっていることを思い知らされます。これは任意の供述ができるはずがありません。弁護団はこのことを取り上げました。

ところが、最高裁判所は手錠は片手錠であって両手錠よりも「心理的圧迫の程度は軽」いから、自白は強要、強制、脅迫によるものではないというのです。なんという独断でしょう。しかも非較するならば手錠なんかかけられていない通常の社会生活との違いをみなければなりません。そうでなく両手錠と比べたところはペテンというべきです。

石川さんがニセの「自白」をしたのは、弁護人が接見を禁止され、防御の権利を奪われていたその時期です。弁護人の強い要望にもかかわらず、捜査官によって接見の時間は短く制限され、6月21日から25日までは全面的に禁止されました。なぜ禁止するのか、このことを明らかにしないまま弁護人を石川さんに会わせませんでした。そして法廷でも当の責任者原正検事が証人として呼ばれ、弁護人にその理由を尋ねられ「別にありません」と証言しているのです。「右期間中の弁護人と被告人との接見を検察官が理由なく拒否した事実は認められない」というのです。

弁護人の接見禁止が行われた時期は、石川さんにとっても弁護活動が必要だった時でした。保釈されたもののすぐに警察のなかで再逮捕され川越に身柄を移され、さらに開かれるはずで心待ちにしていた裁判（勾留理由開示裁判）は取り消しになってしまいました。いちおう法律的な手続きがふまれていますが、法律上の知識のない石川さんには、なにがなんだかわからず、大きく不安をつのらせていたのです。弁護人から少なくとも事態についての法律的な説明を受けることが必要でした。

この時期に捜査官によって接見が禁止されました。石川さんにはこのことがわからず、大事な時にやってこない弁護人に不信をいだき、いっそう不安を拡大しました。そして、ついにニセの「自白」をさせられてしまったのです。

石川さんの自白は任意になされたものでなく、強要され、強制されたものであることは明らかです。勾留期間を不法に長く延長し、肝心のときに弁護士の接見を禁止し、片手錠をはめての取調べが行われています。決定は脅迫の事実を否定していますが、このような状態のもとで脅迫がなかったら不思議だといえましょう。石川さんは、髪の毛を引っ張られて、「自白せよ」とどなられたり、「ここは警察だから殺してしまっても逃走したといえば、それですむ」とおどかされたりしたことを法廷で明らかにしています。石川さんは脅迫されたのです。これらの証言を調べもしないで脅迫はなかったと最高裁判所が決めつけるのは、真実を明らかにする態度とはいえません。

㈢　別件逮捕は合法だったと強引に言いくるめる決定

最高裁決定要約：被告人に対する窃盗、暴行、恐喝未遂被疑事件（別件）についての第一次逮捕勾留とこれに続く窃盗、森林窃盗、傷害、暴行、横領被告事件の起訴勾留及び強盗強姦殺人、死体遺棄被疑事件（「本件」）についての第二次逮捕勾留はいずれも適法であり、右一連の身柄拘束中の被告人に対する「本件」及び「別件」の取調べについて違法の点はないとした原判決の判断は正当として是認することができる。従って、右の捜査手続きの違法を前提として原判決の違憲をいう所論はその前提を欠き適法な上告理由にあたらない。

最高裁判所はこの事実を次のように言いくるめて違法だという弁護団の主張を退けています。別件のなかの恐喝容疑＝脅迫状を書いてN家に届け、20万円をおどしとろうした事件はYさん殺しの事件に深く結びついた一連のものである。だから別件を調べるときにYさん殺しの本件を調べるのは当然である。したがってはじめから本件を調べる目的で取り調べたのではない。だから別件逮捕のあとでYさん殺しを取り調べても違法ではないというのです。

逮捕当日のことですが、石川さんはポリグラフ検査を受けています。検査がなんであったかは石川さんの承諾書に現れています。そこには「私はただいま云われましたような女の人を殺したことなどは知りませんから、本日ポリグラフ検査をすることを承認いたします」と書かれているのです。なにが調べられているかは明白です。「女の人」つまりYさんを殺したということで取調べを受け、つよく否定したためにポリグラます。

フが用いられたのでした。ポリグラフの調査要項も９項目のうち６項目まで本件に直接かかわっています。

とても恐喝未遂を調べているなかでＹさん殺しに及んだというようなものではありません。もし恐喝未遂を中心にした取調べがなされていたのなら、ポリグラフの承諾書にそのことが書かれて当然です。これらの事実は最高裁判所の決定に反して、石川さんが最初から本件を中心にして取調べを受けたことを物語ってい

決定には「第１次（＝別件）逮捕の時点においても、既に捜査官が被告人に対し強盗殺人、死体遺棄の嫌疑を抱き捜査を進めていたことは否定し得ない」というのです。いうまでもなく、「強盗殺人、死体遺棄」は事件の本命であって、だからこそ本件とよばれています。この嫌疑をいだきながら取調べを恐喝未遂容疑を中心にして進めることができるでしょうか。最高裁判所はやむなく、はやる心を抑えてそうしたのだというかも知れません。

しかし、こう弁解するほか仕方がないにしても、現実的ではありません。本件について嫌疑をもてば当然本件を調べることとなります。このことは何よりもポリグラフの使用が立証しており、別件で逮捕しておいて本件で取り調べた事実を明らかにしています。

最高裁判所は別件逮捕について「その被疑事実について逮捕、勾留の理由と必要性があった」といいます。そして、多くの資料があるかのようにならべ立てています。

ところが、本当は事件と石川さんを結びつけるものはたった一つ、「筆跡鑑定」しかありません。だがこの鑑定もきわめてあやふやなもので、容疑者として認定するだけの力をもつものではなかったのです。

前の対照資料となった石川さんの上申書と脅迫状は鑑定の前日５月21日に埼玉県警鑑識課にまわされ、22日に中間報告書を入手しました。鑑識のやり方は単純な比較でごく短時間でやられています。これは予断が入りこみ、すぐには出ない結論を敢えてつけた「鑑定」でしかなく、専門家の批判に堪えないものでしかあ

りません。

また逮捕にしても、別件逮捕の「後に発見収集した証拠」にもとづくと決定にありますが、これもいい加減なものです。最高裁判所の決定にはスコップ、血液型、筆跡、足跡、タオルと手拭いなどがあげられていますが、スコップと筆跡はすでに別件逮捕のさいの疎明資料として用いられ、足跡、血液、タオル、手拭いなどについても別件逮捕時にすでに捜査官が調査済みでした。弁護人はこれらについて詳しく論証し、上告していました。しかし、これらの指摘をすべて無視して、なんの論拠も示さず、別件逮捕「後に発見、収集した証拠」で再逮捕したというでたらめな認定を行なっているのです。

石川さんが逮捕されるにいたったいきさつがそれです。決定には、5月11日のスコップの発見がきっかけとなり、その出所とされたI_1方に目をつけ、番犬に吠えられることなく出入りできる関係者20数人の筆跡、血液型を調べた結果、有力な容疑者として石川さんが浮かびあがってきた、とあります。

I方関係者の取調べがスコップ発見後、すなわち5月11日以降に行われているかのように述べています。しかし、これはまったく事実ではありません。すでにみたようにI方関係者にたいする捜査5月3日朝、I_1さんが調べられたのをはじめとして早くから始まっており、筆跡収集にしても4日から開始、I方関係者のそれについては本件直後からでした。

最高裁判所はこれらの証言を完全に無視し切っています。そして事実を1週間以上もあとにずらせてスコップ発見後にI方関係者の取調べを行ったということにしているのです。

客観的証拠は石川無実を示す

(一)　みせかけの職権調査

これらの鑑定書を判断するだけの専門知識をもちあわせていない以上、単に鑑定書を読むだけでなく、口頭弁論・事実審理を行い鑑定人の見解を十分に聞き質問を行うなどしなければ、決して正しい判断を下すことはできません。

裁判官の狭い知識・体験という物差しの目盛りの範囲で、脅迫状・石川さんの書字・作文能力を測ることはできるはずがないので、国語教育・研究にたずさわっている人々の物差し＝判断基準によって初めて両者の能力を正しく判断することができ、比較ができるのです。

有罪とするのに都合の悪い新鑑定書・新事実を全て抹殺して、最高裁は、上告棄却を行ったのです。

警察の鑑定書、警察が都合の良いように集めた証拠のみを追認して承認し、犯人デッチあげの総仕上げを行った最高裁判所の中身を徹底的に明らかにしていく必要があります。そのことによって、なぜ最高裁判所が残り10通の上告趣意補充書（その中には6通の鑑定書をふくむ）をまたずに上告棄却を行ったか、われわれの最低の要求である口頭弁論・事実審理も行わなかったかを、誰もがはっきりと知ることができます。

（二）総合的考察のまやかし——差別捜査を前提とした推測のつみ重ね

27名の部落民の誰かに絞られるなら、血液型は「被告人と犯人とを結び付ける証拠」（最高裁決定）の一つとみてもよいでしょう。

この部落に絞った捜査の方向が誤っていたとするなら、結論は全く違ってきます。石川さんが「犯人であるとも考えられる」可能性をいくら集めても、このような証拠をいくら「総合して考察」しても、石川さんが犯人であることにはならないのです。

有罪の証明は、実は犯人はI養豚場出入りの部落民27人のうちの1人、という虚構の上に成り立ったものであり、真犯人は被害者と顔見知りという事件の本質に目をつぶったものです。

デッチあげられた三物証

最高裁決定要約：被告人の自白の真実性を裏付ける証拠として鞄、万年筆及び腕時計がある、これらはいずれも被告人が犯行現場から持ち去りその所在を秘密にしていた被害者Yの所持品であって、被告人が自ら明らかにしたことによって発見された証拠物であるとされているものであり、かかる関係が明確にされれば被告人が犯人であるとの自白の真実性を担保するものとして高く評価される。所論は、右の三証拠物はYの所持品であることの証明はなく、また、右の三証拠物の発見過程に捜査官の作為や工作があった疑いがあるというのである。そこで記録を検討したが、右の三証拠物はいずれもYの所持品であって、被告人が犯行現場から持ち去りその所在を秘密にしていたが被告人の自供に基づいて捜索したところ発見するに至ったものであるとした原判決の認定は正当であり、捜査過程に捜査官の作為や工作があったことを窺わせる証跡は見いだせない。これによれば、被告人の自白は犯人でなければ知りえない事実を内容としているものであってその真実性は極めて高い。

「決定」は石川さんを犯人だと断定する理由の一つに、石川さんの自白によって被害者の持ち物である靴、万年筆、腕時計が発見されたことなどをあげ、犯人しか知らない事実を石川さんが知っていたのだから、石川さんは犯人だというのです。この理屈を成立させるには、三大物証が、①あらかじめ捜査官などがこれらの証拠物を発見していないこと②これらの証拠物がニセものでないこと③自白が任意になされ誘導されたものでないこと、が必要です。

（1）靴

「決定」は6月21日に発見された靴が被害者のものであったことは「証拠上明らかなことである」と、なんの根拠も示さないで断定したうえ「記録を詳細に検討したが、本件靴の発見過程について捜査官になんらかの作為があったと疑せる証跡は見い出せない」とのべています。

（2）万年筆

6月26日、石川さん宅から押収された万年筆は、本当に被害者のものかどうか、これは、この裁判の一つの大きな争点でした。弁護団は一・二審を通じて、万年筆「発見」の経過から、押収万年筆は被害者のものではないと主張してきました。「決定」自身もこの点について「この押収万年筆自体からその所持者を特定する特徴や付着指紋等を発見することはできなかった」とのべています。押収万年筆インクは被害者がその前日までつけていた日記、その日学校で使用したペン習字などに使われているインクとは色がちがい、したがって押収万年筆は被害者のものでないことを明らかにしています。

第一はこのインクの色のちがいを明らかにしている警察技師による鑑定書は、裁判所が法廷の場で正式に証拠として採用したものではないから、そのような鑑定書をもとにした主張は意味がないといって、しりぞけていることです。もし最高裁が真実を明らかにする立場に立つなら、こんな法手続きの問題に逃げこまず、正々堂々と事実調べをすればよいのです。最高裁は押収万年筆が被害者のものではないという真実が暴露されるのを恐れたのです。

第二に、押収万年筆のインクと脅迫状訂正部分のインクとは色が一致するから、押収万年筆は脅迫状訂正に使ったものと認定してよいとしていることです。石川有罪に都合のよい場合は、法手続きを無視しても利用する。これが最高裁の論法です。

しかしここには大きなごまかしが隠されています。「決定」はインクの色が同じだから、同じ万年筆だというのです。しかし「押収万年筆がYさんの持ち物かどうか、その万年筆で脅迫状を訂正したのかどうか」が問われているのですから、なによりもまず「押収万年筆がYさんのものかどうか」を確定しなければならないはずです。もし押収万年筆がYさんのものでないのなら、万年筆についての石川自白はすべてくずれるのです。ところが「決定」はこの問題を素通りし、インクの色の一致だけを根拠に「以上のとおり、本件万年筆（押収万年筆）は、Yの所持品である」とぬけぬけと断定しています。

また「決定」は二審寺尾判決と同じように現場検証をやらないで、鴨居の高さや奥行きをもちだし、「必ずしも捜査官の目にとまる場所ともいえず、捜査官がこの場所を見落とすことはありうる」といっています。弁護団は、2回にわたり、24人におよぶ捜査にもかかわらず、誰の目にもすぐ発見できるような場所から見つからなかったのはなぜなのか、万年筆の経過には捜査官の作為がみられる、と主張してきました。ところが「決定」は、6月26日、石川さんの自白によって3回目の捜査で発見されたのだから、それ以前の2回の捜査ではみつけられなかったのだ、というのです。「自白による物証の発見」がその理論の大前提になっていて、そこからしか議論をたてないのです。

「自白による物証の発見」の筋書きそのものに疑問が投げかけられているときに、その筋書きを用いて疑問をとくことなどできるわけがありません。鴨居の高さや奥行きをもち出し「誰の目にもすぐわかる」事実をなんとか否定しようとするのは、そうしなければ、警官の作為、デッチあげが暴露されてしまうからです。最高裁には真実を明らかにする姿勢はひとかけらもないといわなければなりません。

（3）腕時計

石川さんの自白が6月24日付なのに、腕時計の捜査が行われたのは5日後の6月29日と30日でした。また2日間のべ7、8人の捜査官がいろんな道具を使って自白が指定した三差路付近を中心に40～50メートルの範囲にわたって4時間以上徹底的に捜査したのに見つからず、7月2日になって、三差路の中心からわずか7・55メートルの茶垣の下から散歩中の老人によって発見されたことになっています。

自白の背景にあるのは、部落差別の中で教育を受けられなかった石川さんが、「警察は何でもできる」という言葉に、弁護士よりも裁判官よりも警察は偉いんだと最終的には警察を信じてしまったことです。また、警察は、六造さんにはアリバイもあり、事件とはまったくの無関係であることを承知しながら、もしかすると六造さんが事件に関係しているかもしれないと思いこませ、六造さんが犯人であれば自分が身代わりになろう、という気持ちを抱かせるのです。

このように、石川さんを自白へと追いつめていったのは、部落差別や石川さんの当時の肉親愛、石川さんの家はお兄さんが働いて家族を支えていることなどを利用した違法な取調べです。

目撃証言（自白で、脅迫状を届ける前に寄ったとされている向かいの家の人が、間違いないと言っている）が客観的証拠として第1審のときに出てきたことも、石川さんの有罪を支えています。ところが、その証言がどういう経過で出てきたかというと、その人は事件から40日も経って言い出してきているのです。警察には調書があるのですが、これだけ問題になって連日報道され、その家の奥さんは本部に炊き出しにも行っていたのに、なぜ40日も言わないのかという不自然さを誰もが思います。そこで部落差別を利用しているわけです。

すなわち「事件が起こって、犯人はどこからともなく4丁目の人たちという風評が伝わってきた、昔むしろ旗を立てて押しかけられたこともある。だから恐くて黙っていた。しかし犯人が出なくて困っていたから本当のことを言う気になった。このことは決して外部に漏らさないでくれ」という調書ができあがっているわけです。なぜそういう証言ができあがったかというと、石川さんが逮捕された後「残忍性ある石川」とか「底知れず不気味な石川」とか、「石川さんの地域は血縁関係で結ばれていて捜査本部が苦労している」とか、「特殊地域・犯罪の温床」という報道がなされていくわけです。

そしてまた、「筆跡の一致・足跡の一致」ということから、石川さんが犯人に間違いないという雰囲気が現地でつくりだされてきました。裁判所が事実調べをしない、証拠調べをやり直そうとしない最大の原因が、石川さんの自白を裏づける客観的な事実がある――こういうのを「秘密の暴露」といいますが――石川さんの家から被害者のものといわれる「万年筆」が発見されているということです。

ところがそれも、六造さんが第２審のときから「違うんだ」と言っています。５月23日、石川さんが逮捕されたときに１回目の家宅捜索が12名でなされ、そのあと２回目に14名の警察官が徹底的に探しても見つからず、３回目にたった３名の最高幹部が行ったとき、六造さんに「ここにあるから取れ」と言って、それも素手で取らせているのです。万年筆があった場所は写真撮影もせず、取り出すところだけ写しています。そういう捜査経過が非常に不自然です。

六造さんは２審のときに、「万年筆が３回目に発見された場所は、２回目のときの物証班の責任者の小島警部が部下に提示して探した場所なのです。ちょうど発見された鴨居の横に穴があって、そこから鼠が入ってきて困ってたからボロきれで防いでいたのだけど、それを小島警部が指示して、捜索の警察官が手でさわって『泥がつく』などいって探した場所なのです。そして、取ったボロきれもそのままにしていたから自分が後でまた入れたのです」とまで具体的に言っています。ところが当の小島警部は、１審のときも２審のときも法廷で「上の方は全く捜索しなかったから見落とした」と証言しているのです。

寺尾裁判長は、「六造さんの証言は家族の証言で信用できない。それに比べて小島警部の方は信用できる」と言って六造さんの訴えを退けていたのです。裁判所は石川さんや家族の訴えを、「助かるために嘘を言っている」ということで頭から信用していないのです。

寺尾裁判長が第２審で無期懲役の判決を出した後に、重要な新証拠がいろいろ出てきました。被害者のＹさん宅に差し入れられた脅迫状について、石川さんは今までは捜査段階でも裁判所の認定でも、「１９６３年の４月28日に作成して脅迫状の身代金をもってくる日付も４月28日と書き込んでいたのを、５月１日に訂正して身代金をもってくる日にちを書き換えたんだ」というふうに言っていました。裁判所の認定も寺尾裁判長の認定もこのようになっていたのです。

ところが、再審段階で裁判所にある脅迫状を写真撮影した結果、当時も大きく報道されましたが、もとの日付は石川さんが自白し裁判所が認定していた4月28日ではなく、4月29日だという、動かせない事実が明らかになったのです。脅迫状全体が青色のボールペンで書かれた上を万年筆のインクで消して、日付が5月2日に訂正されていたのです。ところが、裁判所はこの寺尾裁判長以後、誰も石川さん本人を尋問もせず、石川さんにも会わずに書面だけ読んで頭のなかでいろいろ考え、「石川さんの記憶違いだ」ということで処理しているのです。

寺尾判決は、部落差別により違法捜査の判断を回避して黙殺するという態度をとりました。最高裁の上告棄却決定では、「記録を調査しても捜査官が所論のいう理由により、被告人に対し予断と偏見を持って差別的な捜査を行ったことを窺わせる証跡はなく、また原判決が所論のいう差別的捜査や第一審の差別的審理、判決を追認擁護するものではなく、原審の審理及び判決が積極的にも消極的にも部落差別を是認した予断と偏見による差別的なものでないことは原審の審理の経過及び判決自体に照らして明らかである」と言っています。

しかしながら、弁護団の中でも、私自身が差別捜査を明らかにするために捜査全般を担当し、その差別性を示す数々の証拠を提出し、上告趣意書の中で、狭山事件と部落差別とのかかわりを証拠と事実に基づいて公正に判断するならば、「捜査官の差別捜査、違憲、違法な捜査の中で証拠としての価値を有せず、それらを禁止、排除しなければならず、石川さんの有罪を認定することはできないのです。」と主張しています。

捜査官憲の権力犯罪とそれを追認・擁護した「司法の権威」を守ることを第一義的な使命であると決意した最高裁は、狭山事件の差別性を何としても否定しなければならなかったのです。

最高裁の上告棄却決定後、狭山事件に絡んだ事件が続発

全市大生の皆さん。
石川は有罪であります。
死刑！！死刑！！何故ならヤツはエタ非人であるからであります。
部落民は犯罪予備軍であります。
市大から部落民をおい出そう。
差別をして自殺においこもう。
殺せ！！殺せ！！エタ非人

これは関西の某大学校内の掲示板に10数回にわたって貼られた差別ビラの一部です。真理探究の場、学問の府とされる大学においてこのようなことが起こっています。
また、大阪市のある部落解放同盟の組織のある解放会館前に、差別の貼り紙がされ、

○○3丁目はエタ・非人の住みかだ、近づくと殺されるぞ。
奴らは、血税を湯水のごとく使い、一般市民を搾取している。
石川なるものの殺人犯を吊し上げろ、奴らは大阪の蛆虫である。
直ちに強制収容所へ送り、毒ガス室へ入れろ……

というひどい内容です。

さらに、東京でもビル建築に端を発して、行政の確認の場で、「新平民には基本的人権はないと、天皇があるのだから新平民は在ってもよいと、新平民と口をきいてやっているだけでも有難く思え」というような発言があり、東京の解放同盟が問題にした事件が起こりました。

私が担当している事件でも部落出身の個人の家に、

俺はこの度、貴様が江戸時代におけるエタ・非人、すなわち特殊部落民の子孫であるという秘密をつきとめた。

この秘密を日本中に暴露・宣伝されたくなければ、即金で５００万円持って来い。

もし、拒絶すれば貴様は徹底的な嫌がらせを受け、従来のごとき平民並みの生活を営むことができなくなるだろう。

という脅迫状が個人宅まで送られています。

石川さん逮捕後の5月26日に狭山市の公会堂で、青少年を守る市民大会というのが開かれているのですが、そこで婦人会の会長が、「犯人石川はあんな大罪を犯しながら、まだぬけぬけとしらをきっているそうではありませんか。何という悪人、そんな子を産んだ母の顔が見たいものです」ということを述べています。

そういう中で石川さんの家では、１ヶ月にわたって家に鍵を掛けて外には出られない。また兄さんの六造さんは鳶職の仕事をしていましたが、仕事も出来ない。当時中学二年生であった妹さんは、学校にも行けないという状態が作り出されているのです。

石川さんは、第二審の公判廷で少年時代、「カワダンボ」といってののしられ、米が食べられなくて、穀類とか野ネギなどを食べたと言っていますが、私は法廷で聞いていていて、全国の被差別部落民の差別体験は共通していることを強く感じました。

6　証拠開示問題で国連人権規約委員会へ提訴

私は狭山事件に関してジュネーブの国連本部にも行った。狭山事件再審弁護団は、「殺害現場とされている雑木林」でのルミノール反応検査報告書等の証拠を具体的に特定し、開示請求をなしているが、担当検察官は、弁護団請求の証拠のうち、警察から送致された証拠標目を記載した書面（証拠リスト）は存在するが、内部資料であり、それを開示すれば、今後の捜査に支障をきたすおそれがあり、プライバシーにも関わるので開示は相当でなく、その他の証拠は調査したが存在しないとの回答に終始していた。

しかし、弁護団請求の証拠はいずれもその存在の根拠が確かなものであり、とりわけ雑木林でのルミノール反応検査報告書は、現実にその検査をなした埼玉県警刑事部鑑識課警察技師から、「請求人の自供後、請求人の身柄が特別捜査本部（警察）にある間に、自供の確認の為、本部の指示により、犯行現場（殺害現場）内の請求人の自供にある松の木を中心に、消毒用の噴霧器を使用してルミノール反応検査を実施したが、反応はなかった」（要旨）との供述を弁護団は得ているのである。検察官の回答をとうてい了解することはできない。

弁護団は証拠リストを含む証拠開示を得るために検察庁、裁判所への請求だけでなく、いろいろの活動を展開している。支援団体と協力し、カナダのマーシャル事件の再審弁護人であったスティーブン・アーロンソン弁護士を日本に招き、東京、京都、福岡で講演会を開催し、証拠開示の制度を確立したカナダの教訓、国際的な人権基準に基づいて「証拠開示を受ける機会の保障」の確立の必要性を多くの市民に伝える活動もなした。

狭山事件の証拠開示については、これまでの活動の積み重ねのなかで、広範な国民世論も開示を求め、東京高等検察庁に提出された証拠開示・証拠リストの開示を求める署名は、第２次再審段階だけでもすでに１２５万名を超えているし、国会においても何度も取り上げられているし、国際的にも問題とされている。

国連の経済社会理事会の諮問資格も有している国連ＮＧＯの反差別国際運動（ＩＭＡＤＲ）も、１９９６年8月21日、ジュネーブでの国連人権委員会で、狭山事件の証拠開示問題を取り上げ、証拠リストの開示がなされていないのは国際人権Ｂ規約に違反しているとの訴えがなされている。

そのような経緯のなかで、１９９７年12月5日、ＩＭＡＤＲの武者小路公秀事務局長（前国連大学副学長・明治学院大学教授）らが法務省原田明夫刑事局長（当時）と面会され、「外国から見ると、証拠リストが存在しているのに、開示しないということはどうなっているのだと不信、疑問をもたれている。国際的にも理解が得られるような処置をなすべきである」との申し入れをなされた。

私も同席し、「狭山事件の証拠開示については、長い間、何回も、東京高等検察庁の担当検察官と折衝を重ねてきている。同じ法曹として弁護人と検察官との協議で、前進を図りたい」（要旨）との申し出をなした。原田刑事局長の「国際的なイメージも大切にしていかなければならない。長い間取り組んでこられた運動や国際的な関心があることは理解している」（要旨）との発言はあったが、積極的、具体的な進展は得られなかった。

このような経過のなかで、証拠開示の活動をさらに前進させ、日本政府が規約人権委員会に「日本では、証拠開示を受ける機会は保障されている」と報告（１９９７年6月提出の第4回報告）しているが、狭山事件の具体的な例を挙げたカウンターレポートを提出し、ジュネーブでの規約人権委員会による日本政府報告書の第4回審査の際に、狭山事件の弁護人が当事者として自ら訴えようということになったのである。

規約人権委員会に提出したカウンターレポートは、狭山事件再審請求弁護団は、規約人権委員会の１９９

3年のコメントや国際的な人権基準に基づく証拠開示手続の実施を踏まえて、東京高等検察庁に証拠開示を求めているが、全面的な証拠開示は未だに実現していない。

規約人権委員会のコメントを受けて、日本政府は、第4回報告で弁護人が証拠開示を受ける十分な機会が保障されていると報告しているが、現実には、狭山事件の再審請求においては、証拠開示の十分な機会は保障されておらず、規約人権委員会の勧告は現実のものとはなっていないことが詳細かつ具体的に指摘している。

1997年10月の規約人権委員会の審査の際には、私と庭山英雄専修大学教授、北村哲夫衆議院議員、片岡明幸部落解放同盟担当中央執行委員がジュネーブ入りした。

私は1997年10月13日に規約人権委員会の委員の方と日本NGOとの懇談会に出席し、7番目に狭山事件と証拠開示について発言し、政府の報告では「裁判所が、証拠調べの段階において、一定の場合、個別的に検察官に開示命令を発することができる」とし、必要な証拠開示を受ける十分な機会が保障されているとされているが、被告人・弁護人の権利として証拠開示請求権が認められていないため、開示命令を発するかどうかは担当裁判官の自由裁量に任されているし、狭山事件のように被告人の無実を示す重要な証拠が検察官の手元に隠されたままになっている例もあることを指摘した。

私の後に、北村議員が狭山事件の証拠開示については国会でも問題となっていることを指摘された。庭山教授もカナダのヤルデン委員やオーストラリアのエヴァット委員らと接触され、狭山事件の証拠開示について説明され、10月23日の日本NGOによるカウンターレポート説明会でも片岡明幸氏とともにスピーチされているし、活発な活動を展開した。

日弁連や私たちの活動の成果として、審査の際、証拠開示についてはイスラエルのクレツマー委員、オーストラリアのエヴァット委員、カナダのヤルデン委員が証拠開示について発言され、とりわけヤルデン委員は「石川（狭山）事件についてです。支援者の人が冤罪として殺人罪に問われたとしている事件ですが、この場合、弁護団はすべての必要な情報または証拠にアクセスできなかったと言っております。委員会におきまして、過去に取り上げられていますが、もう一度提起したいと思います。クレッツマー委員のコメントにも出ていましたが、私の見解でも問題点が残っていると思います。私がいま述べた点、特にいま述べた事件に関してであります」と具体的に狭山事件の証拠開示について言及されている。

ヤルデン委員の言及に対し、日本政府側は酒井邦彦氏（大臣官房参事官）が、狭山事件の証拠開示のこれまでの経過を説明し、「現在も検察官と弁護人との間において、証拠開示についての話し合いが行われていると承知しております」と回答していた。

審査の結果の規約人権委員会は証拠開示について、日本政府に「弁護を受ける権利が阻害されることにないように関係資料のすべてを弁護側が入手することが可能となる状態を当該締約国が法律や実務によって確保することを勧告する」との最終見解を採択している。

弁護団は規約人権委員会の勧告を活かすべく引き続き担当検察官と協議中であるが、未開示の大量の資料が存在していること、前述の元埼玉県警鑑識課技師に担当検察官が面会し、殺害現場とされた雑木林でルミノール反応検査をなしたが、反応がなかった事実も確認されている。

渡部保夫先生のこと

渡部保夫先生は、30年間刑事裁判官をされて退官され、北海道大学法学部教授になられた。

狭山事件の再審段階で事実調べが必要ということで81名の法学者の方が署名されたが、その呼びかけ人になっていただいた。先生は、狭山事件の現地調査にも加わって下さり、私と一緒に石川さんの家に行ったとき、万年筆の発見された場所や現場も回って、「石川さんの自白には疑問がある」とおっしゃった。

渡部先生は自分が裁判官として30年間やってきて、「裁判は誤判が生まれる。それは人間は弱いもので追いつめられると案外嘘の自白をする」「それを人生経験が狭くて浅い上品な生活しかしたことがなく、人間の弱さ、心理を理解できない者が裁く日本の裁判は自白大明神である」と批判されている。

渡部先生と同じように、30年間大阪で裁判長をされた裁判官が退官の前に「自分は本当に30年間裁判をしてきたんだろうか」ということを自戒されている。形式化、儀式化している書類裁判で、裁判が始まった時、警察が作った書類と検察庁が出してきた書類を見るだけでもう判決が書ける。裁判は警察と検察が作ってきた書類を追認するだけの儀礼と化してしまっていることをおっしゃっている（『法学セミナー』90年3月号）。

それも警察と検察が作った有利な証拠だけが出てきている。一般的な感覚では、被告人にとって不利な証拠だけでなく、被告人に有利な証拠も弁護士は見ることができると思われているが、警察と検察が集めてきた証拠の中で、無罪を立証するような証拠は隠しているのだ。松川事件のアリバイを証明する諏訪メモがそうだったし、松山事件の四人殺したとされていた斉藤さんの血痕がなかったという鑑定書もそうだ。そういった重要な証拠を弁護士と裁判所の前から隠して出してこなかったのだ。

それが冤罪をうむ一つの原因になってきているのである。

7　第3次再審を全力で闘おう

狭山事件の再審を求める5・23市民集会

２００６年5月23日、石川一雄さんと狭山弁護団は、東京高裁に第3次再審請求書を提出した。

この日、弁護団、石川さんとともに、あらたな闘いのスタートを確認し、決意をあらたに第3次再審の闘いを全力ですすめようと、全国から日比谷野外音楽堂に４０００人の市民・仲間が集まった。主催は狭山事件の再審を求める市民集会実行委員会。5月23日は石川さんが43年前に逮捕された日だ。

部落に対する見込み捜査と差別、別件逮捕、代用監獄、密室の取調べ、証拠隠し――参加者は、石川さんを冤罪におとしいれた司法のいまをもう一度問い、石川さんの無実と司法の民主化を実現することを誓い合った。

狭山シンボルマークを描いた漫画家・石坂啓さんの力強いアピールで市民集会は幕を開け、第3次再審のあらたな闘いは始まった。第3次再審請求書を提出する弁護団の面々が壇上に並び、中山主任弁護人、中北事務局長が報告する。石川さん夫妻が43年目に決意を述べ、東京高裁に向かう弁護団と石川さんを4000人の仲間が大きな拍手で送り出す。さまざまな立場から石川さんと弁護団への激励と連帯とあらたな闘いの決意が述べられた。東京高裁に再審を求めるあらたな100万人署名運動に取り組むことも提起された。

弁護団報告　狭山弁護団主任弁護人　中山武敏

2005年3月の特別抗告棄却決定以来、弁護団は弁護団会議、合宿、法学者との学習会、鑑定人との打ち合わせなどを積み重ね、新証拠を準備し、本日、再審の申立てをおこなう。再審申立書は401ページにわたる。第3次再審では12人の弁護士が加わって23人の弁護団体制で申し立てる。

今回、弁護団は、新証拠として、筆跡が異なるとする半沢鑑定、教育学の観点から石川さんが脅迫状を書いていないことを指摘した川向・加藤意見書、封筒の「少時」が万年筆で書かれているという齋藤鑑定の正しさを科学的に証明する楢崎意見書、万年筆発見にいたる家宅捜索に関する元警察官の報告書などを提出する。

第3次最新請求書は、冒頭で、なぜ三度再審を申し立てるのか、それは狭山事件が冤罪であり、これら新証拠と旧証拠を総合的に判断すれば、再審開始決定以外にないという確信をもって再審を申し立てると訴えている。

免田さんや赤堀さんら4人の死刑再審事件をはじめ、何回も再審請求が棄却された多くの再審事件で、最高裁の判断に誤りがあったという厳然たる事実をあらためて想起してもらいたいということも指摘している。再審の扉を開かせるためには苦難の努力が必要とされている。日本の巌窟王と言われた吉田石松翁は50年間、半世紀にわたって無実を訴えて第5次で認められた。加藤新一老は62年間無実を訴えて第6次で再審開始になり無罪になった。62年間無罪を訴えたということが行動証拠として高く評価された。石川さんも43年間無実を訴えている。

私たちは、第3次再審で裁判所に何としても事実調べをさせるという決意で再審申立にのぞむ。市民の立場から見ても、狭山事件は冤罪である。

裁判所が事実調べをしないのは不当だという大きな世論をもりあげてほしい。弁護団は、法廷で証拠の力、事実の力を積み重ねて、第3次再審では必ず鑑定人尋問をかちとるという決意で一丸となって闘う。

きょうはあらたな闘いの出発点だ。ともにがんばろう。

石川一雄

振り返ると、43年前のいまごろは警察できびしい取調べを受けていた。マスコミに犯人扱いされたことなどが走馬灯のようにめぐっている。そのことを思うと43年を経たいまも無念に思う。

みなさんのご支援をえて、この第3次再審で何としても勝利をとの思いで、わたしたちも全力で闘う決意だ。みなさんが裁判所の姿勢をゆゆしきことととらえていること、それを正して3次再審で勝利したいという思いの歌を作った。

司法の府　不正極みに怨嗟の声　断固糾弾　三次で征服

司法がみなさんの声を聞くならば、必ずや事実調べをやらざるをえないと思う。ぜひ、裁判官みずから自白をたどって歩いてもらいたい。いかに作られた自白かということをわかってほしい。

この第３次再審が最後になるように、わたしたちも一生懸命闘っていく。みなさんのご支援に感謝する。厳しい目で私を見つめながら闘っていただきたい。

石川早智子

第３次再審を迎えるなかで、最近うれしいことがいろいろあった。全国で１２７番目の住民の会が新潟市でできた。徳島で住民の会代表をしていた木村清志弁護士が日弁連副会長になられ、狭山弁護団にも入って下さった。日弁連の中でも狭山を訴えたいとおっしゃってくださった。棄却決定は間違っているということで、あらたに弁護士さん12人も弁護団に入ってくださった。

狭山の闘いは司法の民主化を牽引してきたと思う。全国をまわらせていただいて、狭山再審を求める運動の裾野が広がっていることを感じる。今度こそ裁判所を逃がさないという包囲網ができつつあると感じる。闘いのなかで励まされてきた。

きょうから第３次再審の闘いのスタート。みなさんの力で裁判所を動かしていただきたい。声をあげて下さる限り、裁判官は動きます。

私たちも決してあきらめない。そういう決意でがんばる。

無罪を勝ち取った冤罪被害者から

真の民主国家を築こう　免田栄

狭山事件は、長い苦労が実らず第３回目の再審請求を迎えた。私にとって死刑確定後、記録に残る再審開始決定が３回目の再審だった。３回目の再審ではじめて日本の司法の暗い歴史に明かりをつけた。

ところが、この再審開始決定に対して、検察官は証拠隠し、証人偽造など、あらゆる手でもみ消した。かれらのとった手段は司法犯罪といっても過言ではない。第3次再審は検察官の抗告で棄却された。

警察は私を連行し、取り調べ室へ連れ込み強制・強要・誘導尋問・暴力という言葉に表すことのできない残酷な扱いで、かれらの筋書きの中にはめこんでいった。だから自白証書は現場の状況とまったくあわない矛盾だらけだった。裁判記録を読み返し、いかなる心情に追い込まれて自白調書が作られたか、詳しく上申書に書いて裁判所に出した。

自分の現在の心境を便箋3枚に書いて再審にとりくんだ。そして日本弁護士連合会に訴え第6次再審で無罪をかちとった。

しかし、再審で無罪になっても1審の確定判決は消えない。再審では1審の判決を法的に取り消す道がない。だから、私はいまでも死刑囚。まだこの身は拘置所に籍がある。

この国は文明は拓けているが文化は非常に遅れている。個人の人権が尊重され、冤罪・誤判がなくなる社会が本当の民主社会。

これから、石川さんも第3次再審の闘いで、この暗い司法を相手に真理を求めていくことになる。自分の身の潔白を明かすためにしっかりととりくんでほしい。

みなさんも、これまで以上に、この事件に関心を持ち、日本の人権が世界に劣らない、ゆたかな民主国家になるよう、こういう事件が二度とおこらないように、そして、差別がなくなるように、努力してほしい。

私も、明るい、個人の権利が育つ社会を築くために、がんばりたい。

集会のまとめ　鎌田慧

43年間たったが、運動はちっともへこたれていない。ますます元気で、新しい運動が始まろうとしている。

「狭山事件の再審を求める 5.23 市民集会」にて石川一雄さんと

きょうのこの会場にも石坂啓さんが描いたイラストがいろいろなものに活用されている。どんどんこうした活動を広げてほしい。

長年冤罪を闘い無罪をかちとった免田栄さん、山田悦子さんがかけつけてくれ力をもらった。さまざまな冤罪と闘う人びととこれからも力をあわせていこう。

第３次再審で必ず勝利するという力をこめて一歩を踏み出したい。これから１００万人署名をもう一度はじめる。前回最高裁に持っていった署名は75万人だった。これも膨大な数だが最高裁は棄却した。さらに力を入れて取り組もう。

署名運動は単に名前を集めることだけでなく、一人ひとりに話かけてほしい。みなさん一人ひとりが石川さんは無実だということを確信をもって話しかけ、相手を説得して署名をしてもらってほしい。

いま運動は部落解放同盟を中心に市民に広がっている。10年前に石川さんが千葉刑務所から出られたのは、部落解放同盟の女性たちがくりかえし刑務所へ行き、仮出獄を要求し無実を叫んだ力だ。そういう一人ひとりの力をもう一度、石川さんの本当の奪還にむけて出てほしい。

石川さんはまだ仮出獄だ。石川さんを完全に無実にしなければならない。

　東京で石川一雄さんや早智子さんといっしょに銀座や新宿の街頭で無実を表明する署名運動をやっていきたいと思っている。各地でも大胆な運動を展開してほしい。

　いろいろな集会にいって狭山事件を話す、狭山を中心にして幅広い集会を開く、狭山事件のビラを集会で配り説明する、そういう一人ひとりの力が運動になっていく。一人ひとりが自分の力で切りひらいていく。そういう運動を各地ですすめてほしい。勝利までもう少しだ。ともにがんばろう。

第５章　狭山事件の第３次再審を求めて——再審事件報告

１　再審通信①　13人の弁護士が新たに弁護団に加わる（２００６年10月１日発行）

はじめに

最高裁判所第一小法廷は２００５年３月16日付で狭山事件第２次再審請求特別抗告を棄却した。弁護団は、再審の壁は厚く、再審の扉を開くまでの道程は苦難の道であることを改めて痛感した。

第１次再審担当の佐々木哲蔵弁護団長・青木英五郎主任弁護人・元日弁連会長の和島岩吉弁護士・倉田哲治弁護士、第２次再審担当の山上益朗主任弁護人はいずれも故人となられている。

だが狭山再審弁護団はどんなに苦難の道であっても狭山事件ほど合理的疑いだらけの事件はないとして情熱を注がれた先人の志を継承していくことを固く心に決めている。それは、狭山事件は冤罪事件であり、再審裁判所が鑑定人尋問等の事実調べを実施し、白鳥・財田川決定の立場で判断すれば再審開始以外にあり得ないと確信するからである。

２度も再審が棄却されたにもかかわらず、第３次再審段階で最高裁の棄却決定は不当だと若い弁護士を中心に13名の弁護人が新たに弁護団に加わった。弁護団は特別抗告棄却決定後、弁護団会議・合宿、再審法学者との学習会、鑑定人との協議、新鑑定の依頼、全証拠の全面的再検討、事件当時の捜査関係者訪問、面接、現地・関係者の再調査等の活動を積み重ねた。これまでの各棄却決定の誤りを明らかにする新証拠を添えて、石川さん逮捕（現在は仮釈放中）から43年目の２００６年５月23日、第３次再審請求申立を行い、東京高等裁判所第４刑事部（仙波厚裁判長）に係属している。

客観的証拠の主軸

確定判決は、第１審判決が「自白を証拠の中心に据えて、これを補強する証拠が多数存在するという理論構成をとっているのであるが、当裁判所として事実認定の当否を審査するに当たっては、むしろ視点を変え、まず、自白を離れて客観的に存在する物的証拠の方面からこれと被告人との結びつきの有無を検討し、次いで、被告人の自供に基づいて調査したところ自供どおりの証拠を発見した関係にあるかどうか（いわゆる秘密の暴露）を考え、さらに客観性のある証言等に及ぶ方法をとることにする。」と判示している。

確定判決は脅迫状の筆跡を客観的証拠の主軸としている。確定判決が、脅迫状の筆跡を「証拠の主軸」と位置づけなければならないところにこそ、確定判決の事実認定は、証明力の弱い脆弱な証拠によって支えられていることを示すものである。

確定判決が依拠している警察側３鑑定は伝統的筆跡鑑定であり、客観的や科学性が不十分で鑑定人の主観が介在する余地も大きくその証明力に限界があることは多くの裁判例が示しているところである。そもそも確定判決は「自白を離れて」客観的証拠から犯人との結びつきの有無を検討すると冒頭部分で宣言しながら、実際の判断では、自白を離れることができず、自白に依拠しているのである。

脅迫状には34種類、75文字の漢字が使用され、当て字はあるが誤字はない。ところが、教育の機会を奪われて育った請求人は事件当時は脅迫状使用の漢字は書けず、平仮名さえ満足に書けなかったことは証拠上明白である。確定判決は、「たしかに、被告人は教育程度は低く、逮捕された後に作成した図面に記載した説明文を見ても誤りが多いうえ漢字も余り知らないことが窺える」としながら、請求人の取調官に対する雑誌『りぼん』から振り仮名を頼りに漢字を拾い出して脅迫状を作成したとの自白に依拠し、脅迫状作成を認定しているのである。これは他の情況証拠についても同じで実際は自白に依存しているのである。

足跡についても現場足跡（足跡石膏３個）は犯人の残したもので、被告人宅から押収された兄の地下足袋（９文７分）によって印象されたものとしている。足跡そのものが不鮮明で証拠価値のないものである。各棄却決定も大きさの違いを認めざるを得なくなっているものであるし、請求人の兄の地下足袋を履いたとの自白に依拠して客観的証拠の一つとされているに過ぎないものである。自白によって発見されたとされる「三物証」もいずれも捜索された場所から発見されたものであるし、そもそも同一性にも疑問のあるものである。

再審開始決定に向けて

筆跡鑑定等の新証拠とともに第３次請求をなしている。脅迫状は配列も揃っており、漢字の誤字はなく、平仮名にも誤りがない。句点も正しく打たれている。

速書、草書体様で書かれ、「な」「す」の１筆、２筆部分が連筆されている等の特徴がある。これに対し、請求人作成文書は、右下がりで、平仮名さえ誤りが多く、小学校１、２年で習う漢字でさえ間違っており、句点も打たれておらず、文字はたどたどしくぎこちなく力をいれて書かれた楷書体用であり、連筆もなく、その特徴は脅迫状とは大きく相違している。特別抗告棄却決定も脅迫状と請求人作成文書とは、「表現力、文字の正誤、筆勢の渋滞、巧拙につき差異」があることを認めざるを得なくなったのである。しかし、書くときの条件の違い、心理状態の違い等で相違があらわれたものとして脅迫状を請求人が作成したとの判断は維持している。

新証拠である半沢英一金沢大学大学院助教授作成の鑑定書は数理学と統計学を駆使して脅迫状と請求人作成の文書とはかけ離れた相違点があることを明らかにし、脅迫状を請求人が作成したものでないことを証明している。同鑑定人は、請求人が逮捕、勾留中の１９６５年まで書いた２年分の文字一覧を作成し、請求人の「安定した書き癖」が脅迫状には現れていないことを証明している。

脅迫状の「な」は5文字あり、全て1筆と2筆が連続して書かれているが、請求人は1筆と2筆を離して書く書き癖であり、請求人作成の頻度からは仮に請求人が脅迫状を書いたとするとのそのようなことが起こる可能性は０・０００００００６８１７２５％という非常に小さい数字となり、限りなく0に近いことを指摘している。

「す」も脅迫状の3文字は全て1筆と2筆が連続して書かれているが、そのようなことが起こる確率は13万回に1回という確率になる。これまでの各棄却決定は類似点を強調することによって相違点を無視、排斥している。本来、二つの人相、歯形等に類似する部分があっても明確に相違する部分があれば別人とされる。各棄却決定の論理は、よく似た顔の人がいて、「たしかに眼は違うが鼻は酷似しているので、同一人物との疑いは拭いきれない。」というものである。

筆跡の形態の違い等に加えて、請求人の自白と客観的事実との矛盾はますます深まり、確定判決の事実認定は崩壊している。第3次再審では何としても鑑定人尋問等の事実調べを求め、再審開始決定を得るために全弁護人が全力で活動を展開している。

2　再審通信②　新証拠を添えて再審を申し立て（２００７年11月1日発行）

第3次再審請求審提出の新証拠

第３次再審請求では、脅迫状筆跡、筆記用具、押収万年筆関係、犯行現場、死体処理の請求自白の虚偽架空等の新証拠を提出しているがここでは脅迫状の字数の関係から筆跡についてのみ述べる。

これまでの裁判所の判断は、文字の類似点を強調することによって相異点を無視したり、類似点が相異点を打ち消すという論理に立っているのである。本来、二人の人相、歯形等に類似する部分があっても、明確に相異する部分があれば別人とされる。

各棄却決定の論理は、よく似た顔の人がいて、「たしかに眼は違うが鼻は酷似しているので、同一人物との疑いは拭いきれない。」というものであると半沢鑑定は指摘している。

脅迫状には「知」「出」「江」「気」「名」「死」「刑」「小」の漢字が当て字として使用（誤用）されている。請求人作成文書には、誤字はあってもこのような当て字使用（誤用）はない。手本を見ながら漢字を書写したとしても、筆記能力の低い者が書写した場合には、正確に書写しきれず誤字が発生する。

請求人自白の『りぼん』掲載の漢字を引き写して作成したとされる脅迫状には明らかな漢字の誤字は存在しない。捜査段階で、手本を書写した請求人作成文書には多くの漢字の誤字が発生している。

当て字使用（誤用）について、特別抗告棄却決定は、「漢字の知識の乏しい者が文中に漢字を多用しようとする意識などが働いて、音を頼りに同じ音の平仮名に漢字を当てることによって生じるものと考えられる」としている。これらの点に関し、新証拠として第3次請求審では、福岡教育大学で識字問題の研究・教育実践にかかわられた川向秀武氏、公立中学の教員で福岡の識字学級に実際にかかわられた加藤陽一氏作成の「文字習得能力及び文章構成能力に関する意見書」を提出した。
同意見書は「非識字者」の実態や識字能力と観点から、脅迫状と請求人作成文書を比較し、同一人が書いたものではないことを明らかにしている。「漢字の知識に乏しい者」は、「漢字を多用しよう」などとはしないで、むしろ漢字使用を避けるということ、文字を大雑把に認識するということと実際に書くということと別問題であり、文字をきちんと書く。

再審開始に向けて

２００６年５月の申立時の担当は仙波厚裁判長であったが、同年９月には大野市太郎、本年５月には、門野博裁判長に交代している。弁護団では、第３次再審では何としても鑑定人尋問等の事実調べを実施させ、再審開始決定を得るために全弁護人がさらなる新鑑定提出等の活動を全力で展開している。

３　再審通信③　新証拠と補充書を提出（２００８年10月１日発行）

追加新証拠と補充書提出

弁護団は第３次再審請求申立後、２００７年３月30日、死体処理に関する獨協医科大学上山滋太郎名誉教授作成実験鑑定書（２００６年11月４日付）等の新証拠と第１補充書の提出、本年５月23日、自白の殺害方法に関する重大な矛盾を立証する関西医科大学法医学教室赤根敦法医鑑定、「犯行現場」の虚偽架空性を示す新証拠と第２補充書提出、同８月13日に後述の新証拠と第３補充書を提出した。

本年5月23日提出の新証拠と第2補充書

（１）殺害方法、死体処理に関する赤根法医鑑定書

殺害方法

殺害方法に関し、請求人は捜査段階で「右手の親指と外の四本の指を広げて首のあごに近い方ののどの所に手の平が当たるようにして上から押さえつけて被害者の首を締めた」と自白させられている。確定判決も「右手親指と人指し指との間で被害者の喉頭部を押さえつけて強圧し窒息させて殺害」と認定し、死因は扼殺であり、自白との矛盾はないと判断している。

これに対し、弁護団は、殺害方法は軟性索状物による絞殺であるとする京都大学教授上田正雄作成鑑定書、千葉大学医学部教授木村康作成意見書、東京慈恵医科大学教授青木利彦作成意見書、独協医科大学教授上山滋太郎作成鑑定書を第１次、第２次再審請求審で提出した。これは、被害者の前頸部に横走する著明な生前の損傷（警察側五十嵐鑑定でＣ１と命名）があり、扼殺では成因を説明し得ないことや扼痕や爪痕がないこと等を根拠として絞殺としたものである。

第２次再審請求審で検察官は、石山昱夫鑑定書を提出し、同鑑定は、上記弁護側鑑定、とりわけ上山鑑定を批判し、着衣による絞圧作用を加味した扼絞併用説を展開した。第２次再審棄却決定、特別抗告棄却決定は石山鑑定に依拠し、弁護団提出の上記殺害方法に関する法医鑑定の明白性を否定した。

今回提出した赤根鑑定は、死体所見を詳細に分析し、石山鑑定の問題点、誤りを指摘し、同鑑定は信用性はないことを明らかにしたものである。

死体処理

請求人は被害者の死体を芋穴に逆さづりにしたと供述している。

上記上山鑑定は、人間の皮膚にもっとも近いとされる豚を用いた実験を行い、その痕跡を観察し、ダミー

人形逆さ吊り実験、生体逆さ吊り実験の結果も考慮して分析し、請求人自白のように足首を木綿ロープで縛って逆さ吊りにした場合、3日後でも痕跡が残らないことはありえないのに本件死体にはそのような痕跡がまったく見られず、逆さ吊りはなかったことを明らかにしたものである。

赤根鑑定も死体の状況、被害者下肢に死斑が出現していることからも逆さ吊りは考えられないとしている。同鑑定は、石山鑑定がいうように出血が20ミリリットル程度でも、後頭部の受傷場所に血痕が残る可能性は高いとしている。

捜査当局は、事件後の7月にルミノール反応検査を実施しているが、結果は陰性である。芋穴の検査を実施した警察技師は、「犯行現場」でも実施したが陰性であったと弁護人に供述している。

（2）「梅雨期の風雨に晒された血痕に対するルミノール反応検査についての実験結果報告書」

上記報告書は、地面に落下した血痕が微量で、日時が経過し、その間に風雨に晒された場合のルミノール検査結果について検証したものである。ルミノール検査に詳しい元栃木県警察本部科学捜査研究所主任研究員の統括のもとで実験した。実験条件は厳しく設定し、わずか2ミリリットルの血痕を土の上に垂らし梅雨をはさんだ2ケ月あまり直接風雨にさらしたが、結果は陽性であった。この実験結果と上山鑑定、赤根鑑定結果とを合せて考察すれば、請求人の死体処理、犯行現場に関する自白は虚偽であることは明らかである。

本年8月13日提出の新証拠と補充書

（1）神戸大学教授魚住和明作成の筆跡鑑定書

狭山事件の最も大きな争点は被害者宅に届けられた脅迫状を請求人が作成したものであるかどうかである。

第3次再審でも弁護団はこの点に力を入れ、既に半沢鑑定書等を提出している。魚住鑑定は、脅迫状と請求人作成文書をスキャナーで画像データ化し、筆跡の異同を鑑定したもので、固有筆癖を抽出し比較し、異筆と鑑定している。

（2）駿河台大学教授原聡作成の「U供述（目撃）の信用性に関する心理学鑑定書」

事件当夜、被害者宅所在を尋ねてきた人物が請求人であるとするU供述（目撃）は信用性がないとしている。

（3）日本大学文理学部心理学研究室教授厳島行雄作成の「狭山事件における声の同一性識別に関する心理学鑑定書」

身代金受取に現れた犯人の声が請求人の声に似ているとする被害者姉らの供述は信用性がないと鑑定している。

事実調べが不可欠である

狭山再審事件ではこれまで鑑定人尋問などの事実調べを全くなすことなく書面審理のみで新証拠の明白性を否定している。この9月には門野裁判長と面会し、事実調べのための三者協議の申入れを行う。

4　再審通信④　門野博裁判長に面会（2009年5月1日発行）

門野裁判長との面会状況

2008年9月11日、門野博裁判長と面会した。門野裁判長との面会で当弁護人は総括的な要請を行った。同裁判長の7月14日の布川決定を評価するものであり、同決定と同様に狭山事件でも証拠構造の分析と新・旧証拠の総合評価をなされたいとの要請をまず行った。そのうえで請求人の自白の信用性を再検討されたいとの申し出をなした。

当弁護人は、第2審の寺尾裁判長が担当裁判長になられた時に弁護団に加入したが、弁護団会議で、元裁判官であられた佐々木哲蔵弁護士や青木英五郎弁護士が「寺尾君だから無罪判決が出る」と言われ、それを疑わなかったことも申し上げた。

佐々木・青木両弁護士が無罪判決を確信された理由は、請求人は脅迫状の身代金持参の日付及び指定場所をボールペンで訂正したと自白しているが、裁判所の鑑定の結果、ペンまたは万年筆との鑑定結果が出て、自白と客観的事実とのくい違いが明らかとなった。請求人が犯人であればこの点について虚偽の自白をする必要がないというものであった。しかし寺尾裁判長は請求人が嘘をついたものであるとし、有罪判決を宣告した。

本再審請求審では、請求人の自白を全面的に再検討されるべきことを門野裁判長に求めた。

①自白では脅迫状作成に関し、手袋等は使用していないとなっているのに、脅迫状・封筒からは請求人の指紋は検出されていない。

②自白では脅迫状の用紙は、妹の大学ノートを使ったとなっているのに、請求人方から押収されたノートの綴じ目は11個で、脅迫状の綴じ目は13個で一致していない。

③脅迫状の封筒も請求人方から発見されていない。

④家にあった鉛筆型のボールペンで脅迫状を作成したとの自白も事実と異なっている。

さらに、第1次再審請求審では脅迫状訂正箇所の筆記用具の問題に加え、訂正前の脅迫状の元の日付は、請求人の自白、確定判決の認定の「4月28日」ではなく「4月29日」であることが新証拠によって判明した。

脅迫状作成の際、妹が友達から借りていた雑誌『りぼん』を手本にしたとする自白も、第1次再審請求審提出の新証拠である妹の石川美智子、友達のM_2、H、I_6、O_2の昭和38年7月1日付司法警察員に対する各供述調書によって、当時妹が借りた雑誌『りぼん』は、事件より前に友達に返却されていて、請求人方にはなかったことが判明している。

第２次再審では、脅迫状封筒の宛て名の「少時」は自白のボールペンとは異なる万年筆インクであるとの元栃木県警鑑識課員の齋藤保鑑定も新証拠として提出している。さらに第３次再審ではボールペン・万年筆のインクの化学分析により筆記用具が異なるとする化学者による鑑定書も提出している。

今後の活動

弁護団は、本年５月22日に、被害者の頸部に残された痕跡は第２次再審段階で検察官が提出し、各棄却決定が依拠している石山昱夫鑑定書の殺害方法（被害者の着衣のブレザー・ブラウス）の襟締めでは形成されないことを明らかにする殺害態様再現実験に基づく鑑定書、脅迫状の訂正部分「五月２日」「さのヤ」は押収万年筆で書かれたものではないことを証明する専門家の実験報告書等の新証拠等を提出する予定である。

前記、門野裁判長と面接の際、新証拠が提出されれば順次検討したいと表明されている。狭山事件では再審段階で重要な新証拠が提出されているのに、書面審理のみで明白性が否定されている。門野裁判長のもとでの筆跡、法医鑑定人等の鑑定人尋問、事実調べの実施を求めている。

５　再審通信⑤「犯行現場の虚偽架空性」と証拠開示（２００９年11月１日発行）

はじめに

狭山事件第３次再審請求申立から３年３ケ月を経過した２００９年９月10日、はじめての三者協議が門野博裁判長のもとで実施された。狭山再審事件の第一次申立は１９７７年８月30日であったが、当時の担当山本卓裁判長のもとで同年９月27日、同裁判長交代後の四ッ谷巌裁判長のもとで翌78年２月28日、証拠物保全に関しての三者協議が実施されたことはあったが、再審の審理、事実調べの実施、証拠開示に関しての三者協議ははじめてである。

弁護団はこれまでの第一次、第二次再審段階でも重要な争点で数多くの新証拠を提出したが、裁判所は、三者協議はもとより、鑑定人尋問等の事実調べを全くなさず、書面審理のみで再審申立を棄却した。

証拠開示勧告、命令の申立もなしたが、裁判所は何らの処置もとらず各決定でも証拠開示、未提出証拠問題には何も触れず、無視している。特別抗告審で弁護人が担当調査官と面会した際に、調査官は、証拠開示勧告、命令の申立は、職権の発動を促すだけのものであり裁判所には応答の法的義務はないとの見解を表明したのである。

門野博裁判長は証拠開示問題に積極的姿勢も示され、今回の第1回目の三者協議では証拠開示の問題を中心に協議がなされた。以下、狭山事件の争点の一つである「犯行現場の虚偽架空性」と証拠開示の関連を中心に報告する。

「犯行現場の虚偽架空性」と証拠開示問題

被害者の後頭部には、1・3㎝の長さ、帽状腱膜に達する深さをもつ「本人の後方転倒等の場合に鈍体との衝突等により生じたと見做し得る」裂創がある（警察・五十嵐鑑定）。弁護人提出の上山法医鑑定では約200ccの外出血、検察官提出の石山法医鑑定でも約20ccの外出血があったと推認されている。

請求人の自白では「犯行現場」と認定されている本件雑木林で強姦・殺害を実行し、その際に、被害者の後頭部の外傷が生じたことになっている。請求人の自白では、犯行後、殺害現場から約200メートル離れたところにある農作物を貯蔵しておく「芋穴」に一旦死体を逆さに吊るして隠匿したとなっている。

この第2現場といえる「芋穴」については、ルミノール反応検査が実施され、その結果は陰性であり、埼玉県警鑑本部刑事部鑑識職員の昭和38年7月5日付検査回答書が作成されている。同鑑識課員は弁護人に対し、殺害現場とされている雑木林も本部の指示でルミノール検査を実施したが陰性で、報告書も作成し、検察官の問い合わせにもそのように答えていると供述している。

下校途中の女子高校生であった被害者が行方不明となったのが１９６３年5月1日、同4日に狭山市の農道で被害者の死体発見、同23日に請求人は別件逮捕され、被害者殺害等の本件犯行を否認し続けたが、6月20日に至って「3人共犯」の「自白」、同23日に単独犯の「自白」をなしている。捜査当局が、「犯行現場」及び「芋穴」でルミノール反応検査を実施したのが7月4日である。事件発生からルミノール反応検査が実施されるまでの間、梅雨期をはさんで約2ケ月間、血痕は風雨に晒されたことになる。

弁護団は、ルミノール検査に詳しい元栃木県警察本部科学捜査研究所主任研究員の統括のもとで、実験条件は厳しく設定し、わずか2ミリリットルの血痕を土の上に垂らし梅雨をはさんだ2ケ月あまり直接風雨にさらした実験を実施した。結果は陽性であった。

「梅雨期の風雨に晒された血痕に対するルミノール反応検査についての実験結果報告書」を新証拠として提出した。死体処理に関する獨協医科大学上山滋太郎名誉教授作成実況鑑定書も関西医科大学法医学教室赤根敦法医鑑定も提出している。上山鑑定は、人間の皮膚にもっとも近いとされる豚を用いた実験を行い、その痕跡を観察し、ダミー人形逆さ吊り実験、生体逆さ吊り実験の結果も考慮して分析し、請求人自白のように足首を木綿ロープで縛って逆さ吊りにした場合、3日後でも痕跡が残らないことはありえないのに本件死体にはそのような痕跡がまったく見られず、逆さ吊りはなかったことを明らかにしたものである。赤根鑑定も死体の状況、被害者下肢に死斑が出現していることからも逆さ吊りは考えられないとしている。同鑑定は、石山鑑定がいうように出血が20ミリリットル程度でも、後頭部の受傷場所に血痕が残る可能性は高いとしている。

「犯行現場」に隣接する畑で事件当日に農作業をしていたOさんの「犯人・被害者を目撃していない」し、自白にあるようなキャー助けてーという「悲鳴も」聞いていないとする弁護人に対する供述調書、至近距離で悲鳴が聞こえない、聞き違えることはないという音響工学の鑑定書も新証拠を提出している。

これらの新証拠によって、「犯行現場」についての請求人の自白、確定判決認定には合理的な疑いが生じている。この関連で弁護団は、「本件殺害現場とされる雑木林内における血液反応検査の実施及びその結果に関する捜査書類一切」、「司法警察員作成にかかる昭和38年7月4日付実況見分調書記載の現場撮影8ミリフィルム」等の開示勧告を求めている。

三者協議での検察官の対応

証拠開示について検察官は消極的姿勢であった。裁判長は弁護団請求の証拠開示勧告申立書記載の各証拠の存否を含めた検察官の意見を10月末日までに提出するよう求め、検察官もこれに応じた。検察官の意見をふまえたうえで12月に再度三者協議が実施される。

弁護団は確定判決が客観的証拠の主軸としている脅迫状の筆跡鑑定、殺害方法に関する法医鑑定、目撃供述の信用性に関する心理鑑定、脅迫状の訂正部分、封筒訂正部分は請求方押収万年筆で書かれたものではないとする鑑定書等の重要な新証拠を提出している。

証拠開示、事実調べの実施、再審開始にむけて全弁護人が活動を強化している。

6　再審通信⑥　裁判長の開示勧告（２０１１年10月1日）

はじめに

本件再審請求申立後、三者協議が現在まで7回持たれている。これまでの三者協議では、まず、証拠開示問題を中心に協議がすすめられている。

再審請求審における証拠開示に関する検察官の主張の要点は、①再審請求審には公判前整理手続における証拠開示制度は準用されない。②公判前整理手続における証拠開示制度の精神を尊重し、裁判所の審理に協力すべきであるとしても、再審請求審の訴訟構造に照らして、「新証拠の新規性・明白性を判断する上で関連性・必要性があり、かつ、開示による弊害のないことなど相当性も満たされる場合」でなければ開示には応じられない。③したがって、新証拠の新証拠の新規性・明白性を判断する上で新規性・明白性を関連性・必要性がないことが明らかなものについては、開示に応じられないし、その存否も明らかにできないというものであった。

しかし、第2回三者協議（２００９年12月16日）で門野博裁判長（前々任）は、検察官に対し、犯行現場関係等4項目の開示勧告をなされた。同裁判長退官後の第3回三者協議（２０１０年5月13日・前任の岡田雄一裁判長）で、検察官は筆跡関係等36点の証拠を開示した。検察官も、再審請求審の審理への協力との観点から、証拠開示問題を軌道に乗せようとの姿勢への変化が見られていた。

ところが、岡田裁判長から小川裁判長に交代された後の第7回三者協議（本年7月13日）において、新たに担当となった検察官は、新証拠の新規性、明白性を判断するうえで関連性、必要性がないことが明らかなものについて、開示に応じられないし、開示勧告の必要はないとの見解に基づいて、弁護人が開示を求めている各証拠はすべてについて開示勧告の必要はないとの意見書を提出してきた。

これは、これまでの三者協議で積み重ねきた協議結果に反するものとして、検察官に対し、誠実に対応する事を求め、引き続き三者協議が継続されることになっている。

門野開示勧告の内容と意義

門野開示勧告は、（1）犯行現場関係、（2）死体関係、（3）筆跡関係、（4）取調べ状況関係の4項目である。

開示勧告をなされた門野博元判事は、退官後、「再審事件に共通の問題として感じたのは、検察側の証拠開示が不十分であるということでした。今の公判前整理手続きに付されている事件であれば、当然開示されるはずの証拠が弁護側には全然開示されていません。

結論はどうあれ、そのような証拠のままではフェアな手続とはいえないと思います。新聞で報道されましたが、東京高裁で担当した狭山事件の再審では、裁判所の見解を明確にしておこうと思い、訴訟指揮の一環として証拠開示の勧告にまで踏み込みました。直接の根拠条文はありませんが、再審事件においても、公判前整理手続き中に盛り込まれた類型証拠開示や主張関連証拠開示の制度に準じて、検察官側証拠の開示がなされるべき場合であると考えます。」（「人権新聞」改題・通巻号374号・2010年4月号）との論稿を書かれている。

この「今の公判前整理手続きに付されている事件であれば、当然開示されるはずの証拠」は開示すべきとの見解は、同判事の後の前岡田雄一裁判長、現小川正持裁判長も継承されている。門野勧告は狭山事件のみではなく他の再審事件の証拠開示についても、再審請求審における証拠開示の積極的かつ適切な運用の方向での影響を与えている。袴田事件でも検察官は証拠開示の法的根拠はないと主張しているが、弁護人は、狭山事件での証拠開示勧告も根拠として開示を請求し、裁判所も任意の開示を促し、検察官も一部の証拠の開示に応じている。門野勧告は、誤判防止という証拠開示制度の主たる目的・意義、証拠収集面における不平等の是正等々についての意義を有するものである。

未開示証拠の開示請求

門野開示勧告のうち、①本件殺害現場とされる雑木林内における血痕反応実施及びその結果に関する捜査書類一切、②昭和38年7月4日付け実況見分調書記載の現場8ミリフィルム、③請求人取調べにかかる捜査官の取り調メモ（手控え）、取調べ小票、調書案、防備録等の証拠は、今だ開示されていない。

これらの未開示の証拠についての開示、さらに④請求人が事件当日に着用していた押収ズボン・ジャンバー等の着衣に対する血痕検査に関する報告書、⑤請求人が死体を農道に埋めるのに使用したとされているスコップについての指紋検査結果を記載した書面、⑥被害者宅納屋から事件当夜に発見された被害者自転車の指紋検査結果を記載した書面等、追加の開示請求、開示勧告を求めている。これらはいずれも重要な証拠であり、弁護団は開示にむけて活動を継続している。

7　再審通信⑦　１２１点の証拠開示（２０１３年5月1日）

12回の三者協議で１２１点の証拠開示

本件再審請求申立後、再審の審理をどう進めるか、検察官手持ちの証拠をどうするのか等についての裁判官、検察官、弁護人の三者協議が２０１３年1月30日までに12回実施された。これまでの三者協議で１２１点の証拠が開示された。三者協議での証拠開示の経過、概略は以下のとおりである。

第1回三者協議（2009年9月10日）で門野博裁判長（当時）は、弁護団の証拠開示勧告申立に対しての検察官意見を求められた。検察官は、再審請求審では証拠開示の法的根拠はなく、開示の必要性はないとの意見書を提出した（同年10月30日）。

弁護団は、検察官意見に対する反論意見書、再審における証拠開示の必要性についての指宿信成城大学教授作成鑑定意見書を提出した（同年12月9日）。

第2回三者協議（2009年12月16日）で門野博裁判長検察官に対して、「犯行現場」関係等8項目の開示勧告をなされた。

門野裁判長退官後の岡田雄一裁判長（前々人）担当の第3回三者協議（2010年5月13日）で検察官は筆跡関係等36点の証拠を開示、第6回三者協議（2011年3月23日）でルミノール反応検査に関する検察官作成の報告書等3通の証拠を開示した。

岡田裁判長から小川正持裁判長への交代（前任）後の第9回三者協議（2011年12月14日）で14点、第10回三者協議（2012年4月23日）では死体を埋めるのに使用されたと認定されているスコップに関わる証拠等19点の開示がなされた。第11回三者会議（2012年10月3日）で4点、第12回三者協議（2013年1月30日）では被害者死体が狭山市の死体埋没現場で発見された際に、死体両手首を後手にして縛られていた手ぬぐい関係、被害者の物とされている腕時計の発見経過、被害者宅近辺に事件当日駐車していた軽自動車の目撃に関する捜査報告書等19点が開示された。

さらに2013年3月27日付で手ぬぐい関係の捜査報告書26通が開示された。121点の開示証拠の中には第1審以来の重要な争点に関する証拠も含まれている。

5月に予定されている第13回三者協議を前にして小川裁判長から河合健司裁判長に交代された。

開示された証拠の重要性

第３回三者協議で開示された筆跡関係等36点の証拠の中には、１９６３年５月23日付請求人作成上申書（請求人逮捕当日作成）も含まれていた。確定判決（第二審寺尾判決）、最高裁上告棄却決定、各再審棄却決定は、脅迫状は請求人が作成したもので脅迫状と請求人の筆跡は同一であり、脅迫状の作成は自白を離れて請求人が犯人である客観的証拠の主軸としている。開示された上申書により脅迫状は請求人が作成したものでないことが一目瞭然となった。脅迫状作成、筆跡に係るこのような重要な証拠が47年間も未開示であったのである。開示された上申書は脅迫状とは異筆であるとする２０１０年10月25日付元文京大学教授遠藤織枝作成鑑定書、２０１０年12月１日付神戸大学名誉教授作成鑑定書を弁護団は提出した。

請求人は上申書作成日の５月23日を「２０３にち」と書いている。脅迫状には身代金額は「二十万円」と書かれているが、請求人は「に10まんい」と書いている。「２０３にち」は「23＝にじゅうさん」を「にじゅう（＝20）＋さん（＝３）」、「に10まんい」は「20＝にじゅう」を「に＋じゅう（＝10）と理解、思いこんだ結果の表記と鑑定は指摘している。各棄却決定も脅迫状と請求人作成文書とは「文章作成能力、用字・用語の使用状況、その他の国語能力に差異が存在している」ことを認めているが、「書文条件」の違いを理由に弁護人の主張を排斥していたものである。しかし、開示証拠、提出鑑定によりその判断の誤りは明らかである。

その他、請求人の自供で発見されたと認定されている被害者の所持品（鞄、万年筆、腕時計の３物証）に関する証拠も開示された。開示証拠によって、３物証の発見を秘密の暴露とする認定には重大な疑問があることも益々明らかとなっている。請求人の取調べ録音テープ９本をはじめ重要な証拠が多数開示されている。

弁護団は引き続き未開示の証拠開示をさらに求めると共に開示の取調べ録音テープ分析鑑定書、検察官提出の殺害方法に関する意見書の反論鑑定書等の新証拠を提出し、犯行現場の虚偽架空を立証するＯ証人、筆跡鑑定人、法医鑑定人尋問等の事実調べの実施を求めている。

8　再審通信⑧　狭山事件発生から50年（２０１３年10月１日）

狭山事件発生50年——新たな動き

今年（２０１３年）は狭山事件発生（１９６３年５月１日）、請求人石川一雄さんが脅迫状を作成し被害者宅に届けたとの恐喝未遂容疑での別件逮捕（５月23日）、強盗強姦、強盗殺人等の本件逮捕（６月17月）、起訴（７月９日）から50年目にあたる。

請求人逮捕・勾留、起訴、第１審浦和地裁での死刑判決、第２審東京高裁での無期懲役判決までの主任弁護人は松川事件の弁護もなさった故中田直人弁護士、上告審から第１次再審の途中までは元裁判官で二俣事件の主任弁護人もなさった故青木英五郎弁護士、その後が故山上益朗弁護士（大阪弁護士会）で、私は山上弁護士が死去された第２次再審の途中から主任弁護人を引き継いでいる。

これまで、上記弁護士のほか、八海事件の弁護団長もされた元裁判官の故佐々木哲蔵弁護士、免田事件の弁護もなさった故倉田哲治弁護士、元日弁連会長で徳島ラジオ事件の弁護団長もなさった故和島岩吉弁護士をはじめ多くの先輩弁護士が請求人の冤罪を晴らす為になみなみならない尽力をなさった。第１次再審も第２次再審も三者協議も実施されず、証拠開示の勧告もなされず、書面審理のみで再審請求が棄却された。

狭山事件発生から50年、この半世紀は、請求人、亡請求人両親・家族はもとより弁護人にとっても苦難の50年であった。しかし、第３次再審になり、現在は退官の門野博裁判長の三者協議の実施、第２回三者協議（２００９年12月16日）で同裁判長は検察官に対して、「犯行現場」関係等８項目の開示勧告をなされた。この証拠開示勧告により、新たな動きが始まった。

第3次再審段階で133点もの証拠が開示

狭山事件第3次再審請求は2006年5月23日に申立をなし、現在、東京高等裁判所第4刑事部（河合健司裁判長）に係属している。現在まで14回（2013年7月26日）の三者協議が実施され実に133点もの膨大な未開示の証拠が開示された。

開示証拠の中には、前回の再審通信⑦で詳述しているように、1963年5月23日付請求人作成上申書（請求人逮捕当日作成）も含まれていた。確定判決（第二審寺尾判決）は、被害者宅に届けられた脅迫状は請求人が作成したもので脅迫状と請求人の筆跡は同一であり、脅迫状の作成は自白を離れて請求人が犯人である客観的証拠の主軸としている。これに対し、開示された上申書は脅迫状とは異筆であるとする2010年10月25日付元文京大学教授遠藤織枝作成鑑定書、2010年12月1日付神戸大学名誉教授作成鑑定書を弁護団は提出した。脅迫状作成、筆跡に係るこのような重要な証拠が47年間も未開示であったのである。

その他、133点の開示証拠の中には第1審以来の重要な争点に関する証拠も含まれている。被害者死体が狭山市の死体埋没現場で発見された際に、死体両手首を後手にして縛られていた手ぬぐい関係捜査報告書が開示された。手ぬぐいは、現地の米販売店が年賀用としてお得意先に165本配布した中の1本が犯行に使用されている。警察によって155本が回収され、3本は切ってナプキンや枕カバー等に使用されているのが現認されているので、未回収の7本のうちの1本が犯行に使用されたとされている。請求人宅には、1本が配布され、回収されている。本来ならば請求人は犯人ではないと認定されなければならない。しかし、確定判決は、請求人宅で未回収のうちの1本を工作するなどして入手可能性があったと判示している。今回の手ぬぐい関係の捜査報告書の開示により、請求人宅で手ぬぐい工作などしていないことが明らかになった。

弁護団は引き続き未開示の証拠開示を求めると共に開示の取調べ録音テープ分析鑑定書の提出、犯行現場の虚偽架空を立証するO証人、筆跡鑑定人、法医鑑定人尋問等の事実調べの実施を求めている。次回15回三者協議は本年10月末に予定されている。

9　再審通信⑨　第3次再審で136点の証拠開示（2014年5月1日発行）

第3次再審段階で136点もの証拠が開示

これまで17回の三者協議（2014年3月28日）が実施され、第18回三者協議は本年6月中旬に行われる。門野博裁判長（当時）のもとで、2009年12月16日の三者協議で、同裁判長は、筆跡関係等4項目8点の証拠開示勧告をなされた。この開示勧告により証拠開示の問題が大きく前進した。同裁判長退官後の2010年5月13日実施の三者協議で、検察官は筆跡関係等36点の証拠を開示した。この中には、請求人逮捕当日（1963年5月23日）の請求人作成の上申書も含まれていた。確定判決（第2審寺尾正二裁判長）は、被害者宅に届けられた脅迫状は請求人が作成したもので脅迫状との筆跡の一致は、自白を離れて請求人が犯人である客観的証拠の主軸としている。開示された上申書により脅迫状との違いは一目瞭然となった。その後も手拭関係捜査報告書等の重要な証拠が開示された。

これまで第3次再審で136点の証拠が開示されているが、門野裁判長が開示勧告された「犯行現場」での血痕検査関係捜査書類、被害者の死体に関する写真ネガ等は不見当の回答であり、その他の多数の未開証拠が存在しており、引き続き開示を求めている。

手拭関係捜査報告書と新証拠の提出

被害者死体が狭山市の死体埋没現場で発見（1963年5月4日）された際に、死体両手首を後手にして縛られていた手拭関係捜査報告書が2013年3月27日に開示された。被害者手首が縛られていた手拭いは、現地の米販売店が事件発生の１９６３年（昭和38年）の年賀用としてお得意先に１６５本配布した中の１本である。警察は、配布先を回り１５５本を回収し、未回収10本のうち３本は使用されていることを確認している。不明の７本のうちの１本が犯行に使用されたものとされている。請求人宅にも１本が配布され、同年５月11日に警察に任意提出されている。

本来ならば請求人は犯人でないとされなければならない。手拭捜査を担当した滝沢直人検事（当時）は、第２審第14回公判（１９６６年３月８日）で、被告人の姉婿石川仙吉は五十子米屋から二本配布を受けたのに一本しか貰わないと主張し、被告人方の隣家のＭは五十子米屋から貰っていないと主張したので、被告人方で石川仙吉方かＭ方から都合をつけて警察へ提出したのではないかと推測したとし、「警察がはいる前にＴＢＳテレビがその犯行に使われたと同種類の手拭を放送したと、そういうことから何か手拭を配られた先が相当神経を使ったんじゃないか、で、考えられることは、そういうことから石川が本当に家にあったものを持って行ったとすれば石川の家にはないわけですから、あとでどこどこからか都合したんじゃないかという疑問……」との証言をしている。

確定判決は同証言を根拠に、「当審における事実取調べの結果によって、被害者Ｙの両手を後ろ手に縛るのに手拭一枚も五月一日の朝被告人方にあったと認めて差し支えなく、したがってこれも自白を離れた情況証拠の一つとして挙げるのが相当である。」と認定したのである。

しかるに、前記開示捜査報告書等の新証拠により上記事実認定には合理的疑いが生じている。

①死体発見直後の５月５日付手拭い捜査報告書には請求人の義兄石川仙吉方には手拭いの配付数が１本と記載されている（５月５日付（巡）針谷守次作成捜査報告書）。

②この手拭い配付数を示す数字「１」が別の筆記用具に「２」と見えるように書き加えられている（吉備国際大学下山進教授作成の「手拭い配付一覧表記載の数字文字に使われていた書記用色材に関する鑑定意見

書」）。

③5月6日午後0時20分に警察官2名が請求人方に赴き、熨斗袋に入った38年配付手拭いを現認している（5月6日付（巡）関根治郎・板倉克次作成の捜査報告書）。

④TBSの手拭いについてのニュースの放映は5月6日午後0時2分過ぎから50秒程度である（弁護士照会に対するTBSテレビ報道局長西野智彦作成の回答書他）。

⑤5月6日に警察官2名が請求人の義兄石川仙吉方に赴き、38年配付手拭い1本を確認している（5月6日付（巡）関根治郎・板倉克次作成の捜査報告書）。以上の事実により、TBSテレビ放映から約17分後には請求人方に手拭いがあったことが警察官によって現認されており、このわずかな時間に工作など不可能であるし、工作の必要も全くないことが明らかになったのである。

10　再審通信⑩　開示の取調録音テープ反訳書等の新証拠を提出（2014年10月1日発行）

2010年5月13日の第3回三者協議で検察官は、取調べメモ等は不見当とし、それに代わるものとして、請求人の取調べを録音したテープ9本を開示した。

請求人は1963年5月23日、被害者宅に身代金20万円を要求する脅迫状を届けたとする恐喝未遂容疑等で逮捕（別件逮捕）され、6月17日に強盗強姦、強盗殺人等の本件で再逮捕されていた。請求人は逮捕後、犯行を否認し、無実を訴えていたが、再逮捕から4日後の4月20日に3人犯行の自白をし、6月23日に単独犯行の自白をしたことに調書上はなっている。

検察官開示の9本の録音テープは6月20日から25日までの取調べの一部を録音したものである。弁護団は2014年5月7日、同録音テープをダビングしたデータとその反訳書と取調べテープを心理学的に分析した２０１４年5月2日付奈良女子大学名誉教授・立命館大学特別招聘教授浜田寿美男作成「狭山事件・請求人の取調べ録音テープの心理学的分析―録音テープは請求人の真犯人性を表わしているのか、それとも請求人の無実性を表わしているのか―」と題する鑑定書（以下「浜田鑑定」という。）を提出した。

同録音テープ6月20日「録音テープ⑤A前半」には6月20日夜の最終の取調べが収録されているが、同「録音テープ⑤A後半」の約13分のテープは3人犯行自白以前の否認期のものである。同テープでは、請求人の供述はほとんどなく、３人の取調官（警察官）が執拗に脅迫状について「石川君がかいたこと、こりゃ間違いねえんだ」、「石川君に供述義務ってものがある」、「これはもう議論の余地はない」、「書いた、書かねえのと言っている、ん、ことじゃねえ」、「石川君にも責任を持ってもらう」と自白を迫り、自白すれば、「執行停止にしてもらうとか、保釈にしてもらうとか。ね。さまざまな結局、手続をとってもらうと」、「そうすべきなんじゃないか、石川君。その代わり石川君の言うこともわしらも全然聞かねえっちゅう訳じゃない。その先は、じゃこうしてもらいたいという場合だったらば、また考え……」とも誘導している。

請求人は部落差別の中で教育の機会を奪われ、逮捕された当時は、「非識字」の状況で、平仮名さえ書き方を間違っているし、脅迫状のなかの文字には請求人が書きえない漢字が含まれている。請求人は5月23日の逮捕以来、脅迫状を書いたのではないかと繰り返し追及されている。浜田鑑定は、「いくら言っても聞いてもらえないその無力感に、もはや耐えられない状態に陥ってもおかしくない。虚偽自白への転落にとって問題となるのは、暴力を伴うような脅迫的な取調が行われたどうかではない。上記録音テープに典型的に見るような、被疑者の無実の可能性をまったく念頭におかない取調が執拗に繰り返されることにこそ、じつは、より大きな問題があるのである。」と指摘している。

同鑑定は、録音テープ全体を通して、「請求人は取調官の質問に語句レベルのごく短い言葉で応じるのみで、犯行筋書の流は取調官の主導の下に展開されている。このように録音テープでは請求人の『語句レベルの短い応答』しかないのに対して、請求人の自白調書に録取された犯行筋書では『流のある語り』になっていて、そのあいだの落差はきわめて大きい。確定判決で証拠とされた請求人の自白調書は、いかにもその内容のすべてが請求人によって語られたように記録されているが、録音テープ上で、その自白内容に請求人自身がどこまで主体的に関与しているかを検討してみると、その関与度は非常に低い」とし、取調状況を収録した同録音テープからは「秘密の暴露」はなく、真犯人であれば当然に知らないはずのない事実の認識がなく、かつ自白後にこれを嘘で偽る必要のない事実であり、「無知の暴露」が多く見られるとし、「請求人の自白過程は無実の人の虚偽自白過程であるとの認定を避けることはできない。」と結論づけている。

11　まとめ

発生から56年目を迎える狭山事件は今、重要な時期に入っている。

第3次再審を請求してから12年以上が経過しているが、これまでに100万筆を超える再審開始を求める署名が東京高裁に提出された。2009年9月に裁判所、検察官、弁護団による三者協議が開始されてから2018年末までに38回行われ、191点の証拠が開示され、200点以上の新証拠が提出されている。

その内容は、石川一雄さんが逮捕当日に書いた上申書や取調べ録音テープの開示であり、新証拠としては、新たな筆跡鑑定や、録音テープの分析から石川さんの自白の虚偽を明らかにした心理学者の鑑定書などが提出されている。そして、「自白」によって発見され有罪証拠とされた万年筆が被害者のものではないという「下山鑑定」も、新証拠として提出された。

下山鑑定と福江鑑定の意義

下山鑑定の重要な意義は、石川さんの自宅で発見された被害者のものとされる万年筆が、被害者のものではないことを科学的に明らかにした点である。

下山先生は、文化財非破壊分析を専門とされ、ボストン美術館の依頼を受けた浮世絵の調査や、ゴッホの「ドービニーの庭」に隠されていた「黒猫」を確認し、同じくゴッホの「農婦」のオリジナル絵の具の調査に成功された、この分野の世界的な第一人者である。

石川さん宅で発見された万年筆の中に残っていたインキは、被害者が使用していたインキと異なるとする当時の科警研技官による鑑定結果を、弁護団は再審段階で新証拠として提出していた。これに対して、第1次、第2次再審請求の各棄却決定は、発見万年筆の在中インキが、被害者の級友のインキ、狭山郵便局のカウンター備え付けインキを入れた可能性があるとして、万年筆は被害者のものであるとする確定判決の認定を維持した。

しかし、今回の下山鑑定で、被害者が使用していた「ジェットブルーインキ」の痕跡が、石川さん宅で発見された万年筆在中インキには全く現れていないこと、すなわち、万年筆在中インキに被害者が使用していたインキが混在していないことが、実験等により明らかになった。

下山第1鑑定は、石川さんの自宅で発見された万年筆に被害者の使っていたインクが入っていなかったことを科学的に明らかにしているが、検察官が反論をしており、ここが争点となっている。

これに対して下山第2鑑定は、第1鑑定とは異なる蛍光X線分析による元素分析という確立された分析技術を使った方法を用いて、石川さん宅で発見された万年筆が被害者のものではないことを科学的に証明した画期的鑑定である。鑑定結果では、被害者が事件当日に使用していたジェットブルーインキにはクロム元素が含まれていたのに対し、石川さん宅で発見された万年筆に入っていたブルーブラックインキには、鉄元素は含まれていたがクロム元素は検出されなかったのである。

これにより、石川さん宅で発見された万年筆は、被害者とは何ら関係のないものであり、石川さんを有罪とする確定判決を形成する重要な証拠が突き崩されたと言える。被害者の万年筆を石川さんの自白に基づき石川さん宅から発見したことを「秘密の暴露」として有罪の有力な証拠の1つとしていた認定が、根底から覆ったのである。

裁判所が今回の下山鑑定の意義を認め、弁護団の主張を認めさせるためには、新証拠の意義について広く報道してもらい、世論を大きく喚起していく必要がある。

また、筆跡鑑定についても、福江鑑定報告書により有罪の証拠が覆されている。

これまで、石川さんが作成したとされる脅迫状の筆跡と彼の筆跡との一致は、自白と離れて石川さんが犯人であるとの客観的証拠の主軸とされてきた。

これに対し福江鑑定は、画像解析の手法を使って筆跡の画像を重ね合わせた際の相違度である筆跡のズレ量を客観的に計測し、これを統計的に解析し鑑定した結果、脅迫状と石川さんの書いた上申書とは99・9％の確率で別人が書いたものであるとの結論に至っているのである。

当時の石川さんの読み書き能力や筆跡などから、非識字の実態を指摘し、脅迫状を書けなかったことを明らかにした新証拠も提出されている。

このように現在、石川さんが逮捕当日に書いた上申書や録音テープ等の証拠が弁護側に開示されたことにより、石川さんが脅迫状を書いていないことや、自白の疑問、証拠の捏造が次々と明らかになっているといえる。確定判決の主軸は崩壊しているのである。

最後に

近年、足利事件や布川事件など、相次いで再審無罪判決が出ている。いずれも、証拠開示と鑑定人尋問などの事実調べが再審開始への大きな力となっている。さらに、２０１８年10月10日付の最高裁第2小法廷の決定で、松橋《まつばせ》事件の再審開始が確定した。松橋事件でも、検察が隠し持っていた証拠が証拠開示によって明らかになり、再審開始への突破口となった。

一方で袴田事件では、東京高裁が再審開始を取り消す不当な棄却決定を行った。

我々は、一喜一憂することなく新証拠を着実に積み重ねていき、全証拠の開示と事実調べを求める世論を高める必要がある。

石川さんは、逮捕後1ヶ月は否認を続けていた。しかし、耐えきれなくなって嘘の自白をするに至り、その後の第1審段階においても自白を維持し続けた。この点を裁判所は重く見ており、捜査段階途中から一貫して犯行を認めており、検察官から死刑の論告求刑を受けた後の被告人の意見陳述の機会においても争わなかったことを重視して、自白に信用性があると認定している。

この第3次再審では、何としても、狭山事件の差別捜査、違法捜査の実態、なぜに石川さんが「虚偽自白」に追い詰められ、第1審段階で「自白」を維持したのか、差別された中での石川さんの教育環境を含めて、部落差別の実態を裁判官に理解してもらうことが不可欠である。

石川さんや支援をしてくれる多くの人たちと共に、最後まで頑張り抜きたいと思っている。

解説

弁護士　宇都宮健児

本書は私が尊敬する親友中山武敏弁護士の自伝である。

中山弁護士は福岡県直方市の被差別部落に生まれ、父が靴の修理業、母が廃品回収で生計を立てるという貧困家庭で育った。本書でも中山弁護士は「私は子どもの頃友達から父・母の仕事をからかわれ、『クツ』『ボロ』とか、『お前のとこは火の玉が出て恐いところだ』などと色々言われ、中学の修学旅行もお金がなくて行けませんでした」と語っている。

中山弁護士は中学卒業後、昼間は働きながら定時制高校に通い、定時制高校卒業後は上京し、働きながら中央大学法学部の夜間部に通った。そして司法試験に合格し、１９６９年司法研修所に入所し23期の司法修習生となる。

中山弁護士は、弁護士を志したのは父中山重夫さんの影響だったと語っている。中山弁護士の父中山重夫さんは、中山弁護士が小学生の頃から、部落差別のしくみや水平社の闘い、初代部落解放同盟執行委員長であった故松本治一郎の話をしてくれたり、憲法の条文を壁に貼り、教えてくれたと語っている。

父重夫さんは、部落解放運動、平和運動の闘士であり、「人間は貴賤の別はなく天皇も部落民も平等であるはずであり、天皇制は天皇を尊い人間として国民と区別する制度である以上、なんとしても天皇制をなくさないかぎり、万人は真の人間となることはできない」と強調していたということである。父重夫さんは、死の直前「人はこの世に生まれたら一度は死なねばならぬ、重要なことは意義ある生き方をして価値ある死を得ることである」と書き残していた。この言葉は中山弁護士の座右の銘となっている。

私と中山弁護士が出会ったのは、司法研修所においてであった。司法研修所で中山弁護士に最初に会ったとき、大変人懐っこく、温かい人柄が印象的であった。後から中山弁護士が被差別部落出身であり、大変な苦学をしながら定時制高校や中央大学法学部の夜間部に通い司法試験に合格したこと、部落解放運動、平和運動の闘士である父重夫さんの下で育てられたことなどを聞いて、中山弁護士の人懐っこく、温かい人柄が形成された背景が理解できた。

私と中山弁護士が出会った司法研修所時代は、司法反動の嵐が吹き荒れていた時代であった。

１９７１年３月、最高裁判所（最高裁）は、青年法律家協会（青法協）に加入していた宮本康昭判事補の再任を拒否し、23期司法修習生７名（うち６名が青法協会員、他の１名は任官拒否を許さぬ会の会員）に対する任官を拒否した。さらに、最高裁判所は同年４月５日、23期司法修習生の修了式で同期修習生の任官拒否問題について質問しようとした阪口徳雄クラス委員会委員長を即日罷免した。

私たちは、宮本判事補の再任と任官拒否された同期司法修習生の任官、阪口君の罷免撤回を求めて運動を行ったが、宮本判事補の再任と同期修習生の任官は実現できなかった。阪口君に関しては、１９７３年に司法修習生として再採用され、弁護士となることができた。

青法協は、１９５４年４月、憲法を擁護し平和と民主主義および基本的人権を守ることを目的に、若手の法律研究者や弁護士、裁判官、司法修習生などによって設立された団体である。

ところで、宮本判事補の再任拒否問題、23期司法修習生の任官拒否問題、阪口修習生罷免問題は突然起こったのではなく、それまでに前段階ともいえる事態が進行していた。

1967年、右翼雑誌の『全貌』10月号が、「裁判所の共産党員～その後この人たちは何をしているか」というタイトルで、青法協の実態と称する記事とともに青法協裁判官部会の会員名簿を掲載した。その後、『経済往来』10月号、『日経連タイムス』9月28日号、1968年に入ると、『週刊時事』4月28日号、自民党機関誌『自由新報』8月7日号などで、矢継早に青法協攻撃が展開されていく。

そして、このような青法協攻撃キャンペーンは、政府・自民党を動かし始める。1969年3月には、西郷吉之助法務大臣が、東京都公安条例違反事件の無罪判決に憤って、「あそこ（裁判所）だけは手を出せないが、いまやなんらかの歯止めが必要になった。国会で予算の面倒をみているんだからたまにはお返しがあってもいいんじゃないか」と発言する。1970年に入ると自民党が、「共産主義思想を背景として組織されている青法協会員や革命勢力と同一歩調をとる法曹グループが現体制変革を目指して作為的に行動している。これらの行動を監視し、きびしく糾弾して法の厳正を確立するための世論を形成することにつとめる」とする1970年度運動方針案を発表した。

1969年8月に発生した平賀書簡事件は、右翼ジャーナリズムとそれに呼応した政府・自民党の青法協攻撃にいっそう拍車をかけることになった。

自衛隊の地対空ミサイル（ナイキ・ハーキュリーズ）の基地建設のために、農林大臣が北海道長沼町馬追山の保安林指定解除を告示した。これに対して長沼町民が、自衛隊は憲法9条に違反しているので、違憲の自衛隊のミサイル基地建設のために保安林指定を解除することはできない、と札幌地方裁判所（札幌地裁）に訴えたのが「長沼ナイキ訴訟」であるが、平賀書簡問題は、この事件の判決が決まるまで保安林解除の執行停止をするかどうかが問題となっていたときに起こった。

事件を担当する福島重雄裁判官を裁判長とする合議部が、執行停止の決定をしようとしていることを知った平賀健太札幌地裁所長は、この裁判に介入して、執行停止の決定をすべきでないという自分の見解を書いた書簡を福島裁判長に手渡した。福島裁判官は、この平賀所長の書簡を黙殺して、1969年9月2日に執行停止の決定を言い渡した。その後、この平賀書簡が明らかになると、国民世論は平賀書簡は裁判干渉であると強く批判した。

ところが、自民党の森山欽司議員は『毎日新聞』の取材に答え、「平賀書簡は裁判官の独立を侵したものとは思っていない。問題はむしろ、なぜ、こんな騒ぎになったかだ」とした上で、青法協の裁判官会員機関誌の編集長であった福島裁判官の経歴などを挙げて、「この経歴で分かるように、受け取った方が問題裁判官なのだ」と述べた。これに呼応して、飯守重任鹿児島地方裁判所所長は、自民党の外郭団体である国民協会の機関誌『国民協会』に「平賀書簡事件の背景」と題する論文を発表し、「裁判官が反体制的な青法協に加入することこそが問題であり、最高裁判所は青法協会員裁判官に対して脱退するよう勧告すべきである」と主張した。

1969年11月、最高裁の事務総局に勤務する局付判事補に対し青法協脱退勧告が行われ、1970年1月、局付判事補10名全員が青法協脱退届を提出した。局付判事補の青法協脱退を契機として、全国一斉に青法協裁判官に対する脱退工作が行われた。1970年2月には、22期司法修習生で裁判官任官を希望していた修習生のうち3名が任官を拒否された。3名中2名が青法協会員、1名がその同調者であった。

このような前段階を経て1971年に入り、宮本判事補の再任拒否と23期司法修習生7名の任官拒否、阪口君の罷免が行われたのである。

1960年代は国民の民主主義擁護の気運が高まった時期で、裁判の面でもこれを反映する判決が目立ちはじめていた。公務員の労働基本権を認め、基本権の制限を限定解釈した1966年11月の全逓東京中郵事件判決、１９６９年４月の都教組事件判決などは、このような気運が最高裁段階にも反映したものであり、これに勇気づけられて地裁、高裁段階でも良心的な判決が続出していた。

東京・大阪・京都などで革新都政・革新府政が誕生するなど保革が伯仲した国内政治情勢や、東西冷戦構造にともなってベトナム戦争が激化するなどの国際政治情勢の中で、右に述べたような司法の動きに、政府・自民党・財界などが大きな危機感をもったことが、青法協攻撃につながったと思われる。

私をはじめとして、本書で登場してくる梓澤和幸弁護士、児玉勇二弁護士、故安田秀士弁護士は、いずれも中山弁護士とともに司法反動の嵐が吹き荒れていた時代に司法研修所で学んだ、23期の司法修習生であった。

中山弁護士は、弁護士になってから、部落解放運動、平和運動の闘士であった父重夫さんの遺志を継ぎ、狭山事件再審請求運動の主任弁護人、東京大空襲訴訟原告弁護団団長、全国空襲被害者連絡協議会共同代表、重慶大爆撃訴訟原告弁護団、「軍隊を捨てた国コスタリカに学ぶ平和をつくる会」共同代表、「韓国併合１００年市民ネットワーク」共同代表、植村訴訟弁護団団長などとして、幅広い分野で活躍してきている。

私は弁護士になってからは主にサラ金・クレジット問題、多重債務問題に取り組んでいたため、中山弁護士とともに弁護活動を行うことはあまりなかったが、私が２０１０年と２０１２年の日本弁護士連合会の会長選挙に立候補した時や、２０１２年と２０１４年の東京都知事選に立候補した時は、中山弁護士は真っ先に駆けつけてくれて応援をしてくれた。

昨今の日本の社会状況を見ると、生活保護バッシング、東京医科大学の女性受験生差別、自民党杉田水脈議員の「ＬＧＢＴは生産性がない」発言、中央省庁における障害者雇用水増し問題、旧優生保護法による障害者の強制不妊手術問題など、差別や基本的人権の侵害が横行している。また、安倍首相は、日本を海外で戦争ができる国にするために憲法9条の改憲に執念を燃やしている。

このような日本の社会状況を考えると、中山弁護士にはまだまだ活躍してもらわねばならないと思っている。

私は私の人生の中で中山弁護士と出会えたことを大変幸せに思っている。本書は、是非多くの人に読んでもらいたいと思う。

あとがき

父は、憲法14条「法の下の平等」の条文を書いて壁に貼り、私たちに差別に負けないようにと教えてくれました。そのことが、日本国憲法に対する思いを強くして、私は弁護士を志しました。母は、誠実に働くことの大切さを子どもたちに伝えました。廃品回収の仕事を38年間も続けて私たち兄弟を育ててくれました。父と母の生きざまは私に、自分を大切にするとともに、他人も大切にすることを教えてくれました。日本国憲法は、14条をはじめとする人権規定こそが、個人を全体の犠牲にすることを禁じ、個人に価値の根源を置く「個人の尊厳」を支えています。

私は弁護士になっても1年間は開業しませんでした。任官拒否された仲間がいたからです。私の妻は、そんな私に対し「弁護士にならなくてもいい」と言ってくれて、私を支えてくれました。人生を共に歩んでくれている妻に感謝します。

序文を書いてくださった小林節先生は、「彼とは、差別の中で育った者どうし、握手してちょっと熱いものがあった。以来、呼ばれなくてもお友達です」と私のことを語ってくれています。私も小林節先生と初めて会った時から、不思議と心が通じ合った気がしていました。

本書は小林先生が発案し、出版する機会を得ることになりました。私にとっても大切な宝物のような本が出来上がりました。本当にご尽力に感謝しています。

宇都宮健児弁護士が「私は人生の中で中山弁護士と出会えたことを大変幸せに思っている」と本書の解説の中で書いてくれています。とてもありがたいです。私も宇都宮君に対し同じ思いでいます。

宇都宮弁護士と同じく、司法研修所時代の同期の梓澤和幸弁護士が「ひとは生まれながらにして本質的に平等であると内面の奥の奥で思っている人は少ない。辛い涙を流された血の上に中山君とともに歩きたい。年なんか吹っ飛ばせ。残された時間は無限でないが濃密さが問題だ。一歩前へ。わが同志　中山武敏君」という激励文を送ってくれました。宇都宮君、梓澤君を始め同期のみんなは、お互い刺激しあい人生を共に歩んできた、友情という言葉では簡単に片づけられないような存在です。

本書は、花伝社の平田勝社長のご理解と、原稿・資料の整理編集をしてくださった佐藤恭介氏の熱い意志なくして出来上がらなかったと思います。

狭山事件の資料は、狭山事件弁護団事務局の安田聡さん、深瀬暢子さんにご協力いただきました。感謝申し上げます。

私は人生の中で多くの素晴らしい出会いに恵まれました。

人間の可変性を心から信頼して、社会の根っこからの差別の根絶を目指して、これからも一歩ずつ歩みを続けていきたいと思います。

「人の世に熱あれ、人間に光あれ。」

２０１９年２月　中山武敏

中山武敏（なかやま・たけとし）
1944年福岡県直方市で出生。1963年福岡県立明善高等学校定時制卒業。上京し働きながら中央大学法学部法律学科二部（夜間部）に入学、1968年卒業、同年司法試験合格（司法研修所23期）。1971年弁護士開業（第二東京弁護士会）、狭山事件の2審が東京高裁でおこなわれていた1972年10月から狭山弁護団に加入。弁護団事務局長をへて、2003年12月から狭山再審事件主任弁護人。そのほか日弁連立法対策センター委員、東京大空襲訴訟弁護団団長、全国空襲被害者連絡協議会共同代表、重慶大爆撃訴訟弁護団、植村裁判東京訴訟弁護団団長、「軍隊を捨てた国・コスタリカに学び平和をつくる会」共同代表、「韓国併合」100年市民ネットワーク共同代表などをつとめる。

人間に光あれ——差別なき社会をめざして

2019年3月10日　初版第1刷発行

著者————中山武敏
発行者———平田　勝
発行————花伝社
発売————共栄書房
〒101-0065　東京都千代田区西神田2-5-11 出版輸送ビル2F
電話　03-3263-3813
FAX　03-3239-8272
E-mail　info@kadensha.net
URL　http://www.kadensha.net
振替　00140-6-59661
装幀————加藤光太郎
装画————安田みつえ
印刷・製本——中央精版印刷株式会社

ISBN978-4-7634-0881-5 C0036